Paul Scheerbart

Ich liebe Dich!

Ein Eisenbahnroman
mit 66 Intermezzos

Herausgegeben und
mit einem Nachwort versehen
von Michael Matthias Schardt

Affholderbach & Strohmann

Die Erstausgabe erschien 1897
im Verlag Schuster & Loeffler, Berlin.
Dieser Neuausgabe wurde die Erstausgabe
zugrunde gelegt.
Einige grafische Varianten, ältere Schreibweisen
und Anredeformen sowie offensichtliche Druckfehler
wurden korrigiert.
Ansonsten blieben Rechtschreibung,
Zeichensetzung und sprachliche Eigenheiten Scheerbarts
uneingeschränkt gewahrt.

Erste Auflage 1988

Umschlaggestaltung: Michael Krupp
Satz: Formsatz GmbH, Diepholz
Druck und Bindung: Welsermühl, Wels
ISBN 3-922524-44-3

Die Titel der 66 Intermezzos.

1. GLANZRAUSCH 22
Ein Traum
2. EINE GERICHTSSITZUNG IM JAHRE 1901 26
Zukunftsnovellette
3. DAS FÜRCHTERLICHE GELÄCHTER 34
Eine Sorgenvision
4. AUF DER FLUCHT 44
Angststück
5. HINTER DEN SCHWARZEN BERGEN DES GROLLS 49
Prosa-Rondel
6. STAMMBUCHVERS 51
7. ELOGIFANA 52
Nervöses Capriccio
8. DIE WEICHEN GLIEDER 62
Ein Gartentraum
9. DER RAUHE PFAD 66
Brutalitätsposse
10. JOHANN JACOB MUSCHKES AUTOBIOGRAPHIE 74
Eine Clumbumbus-Variante
11. KÜHN! 76
Eine Morgenstudie
12. WAS NIE EIN MENSCH GESEHN! 78
Romantischer Symbolistengesang
13. EINST! 80
Sentimentales Stimmungsbild

14. Die farbigen Monde 82
Kosmosophisches Scherzo
15. Der Pfarrer 96
16. Die zerbrochene Fensterscheibe . . . 98
Trauerstimmung
17. Sawiga, die liebende Fee 101
Ein Versöhnungslied
18. Schwalben 105
Fensterstudie
19. Der kluge Frosch 106
Eine Wiesen-Fabel
20. Der schlechte Kerl 108
Eine Gaunersilhouette
21. Fahnenlied der Neoanarchisten . . . 110
22. Unter wilden Tieren 113
Eine Verzweiflungsgeschichte
23. Wer tötet sie? 117
Eine Gesellschaftsfabel
24. Seelenliebe 123
Spiritistische Romanszene
25. Tiefernst! 128
26. Das Reich der ewigen Qual 130
27. Dahin! 138
28. Der nicht aufgeräumte Tisch 139
Ein Unauflösbares
29. Wein will ich! 141
Ein Despotenstück
30. Die gebratene Flunder 143
Tanz-Poem der »tiefen« Richtung

31. Liebst du mich nicht mehr? 147
Eine seltsame Geschichte
32. Dunkle Nacht in Europa 152
33. Du bist bei mir? 153
Alkoholisten-Traum
34. Putz'! Putz'! 154
Ein Kronenlied
35. Weit! Weit! 155
Ein Liebeslied
36. Die Götzen werden alt 156
Ein Jammerbild
37. Logische Vignette 158
38. Fragezeichen 162
Unsterblichkeits-Capriccio
39. Er ärgerte sich 166
Ein gereizter Tiger
40. Bläuliche Flammen 173
41. Lakkarúdia 174
Eine Schlangen-Novellette
42. Sein bestes Gedicht 184
Eine Engelsstimmung
43. Lachst nicht mehr? Nanu? 189
44. Die Weltschaukel 191
Erlösungsburleske
45. Alpdrücken 203
Eine Peinstimmung
46. Die Wiese der Lust 205
Ein Freundschaftslied
47. Himmlische Ehe! 215
Kosmische Novellette

48. Das Gewürm 224
49. Die schwarze Nacht 228
50. Die gebratene Taube 236
Eine Malerlegende
51. Sie verstehen sich nicht 240
Eine Neckerei
52. Die alten Derwische 246
Eine Parabel
53. Das Ziel der Sehnsucht 250
Eine Erlösungsvision
54. Atlas, der Gemütliche 257
Ein Humanitätsmythos
55. Der Biss 264
Rivalen-Vignette
56. Lompûschek 274
Eine Bummlervision
57. *Kikakokú!* 278
Ekoraláps!
58. Der Panzer der Gelassenheit 280
Eine Indianergeschichte
59. Das Flammenschwert 288
Ein Riesengedicht
60. Aufschrei! 292
61. Der Funkelnde 295
Pädagogisches Scherzo
62. Die unverständliche Sonne 297
Eine Seehundsgeschichte
63. Der Geier 302
Ein Temperamentsbild

64. Der alte Grübler und die Vögel . . . 306
Ein Nachdenker-Scherzo
65. Krietze und Kratze oder
Das neue Gemüse 309
Ein Märchen
66. Wir, die wahren grossen Menschen! . 331

DER IDEALE LESER.

Ein Vorwort.

Der ideale Leser weiß, daß die Dichter nichts Andres wollen, nichts Andres denken – als IHN zu unterhalten, zu zerstreuen – zu amüsieren!
Und ER kennt SEINE Dichter.

ER weiß, daß die Dichter sämtlich vor IHM knien.

Und wenn sich ein Werk tiefsinnig gebärdet, so läßt sich der ideale Leser nicht bange machen dadurch – ER weiß ja: die Dichter wollen IHN bloß amüsieren, zerstreuen – unterhalten!

Für IHN ist *alles Unterhaltungslektüre,* denn ER kennt SEINE Dichter.

SEINE Dichter benehmen sich IHM gegenüber – wie sich die hübschen Tänzerinnen einem alten steinreichen Sultan gegenüber benehmen.

Und da lächelt denn der ideale Leser immer, wenn IHM ein neues Buch gebracht wird.

ER, der König der Dichter, weiß, daß ER SICH amüsieren wird.

Und ich, eine arme ideale Tänzerin, ich knie vor meinem König und bet IHN an.

Ich rufe laut:

»Hier, mein idealer König, hier hast DU ein neues Buch! Es ist unterhaltend – zerstreuend – amüsant! Oh, lies mich, mein großer Sultan – *es ist nur Unterhaltungslektüre*!«

Ich wollte das Höhere – das Höhere!

Nein – ich wollte das Höchste!

Und zunächst – wollt' ich mal raus!

Es war Ende Juni um Mitternacht.

Ich stand auf dem Perron des Bahnhofs »Friedrichstraße« zu Berlin und rauchte.

Ich starrte in die runden elektrischen Lampen, nannte sie »Stirntränen der Sonne«, pustete die Rauchwolken meiner Zigarre weit fort und überlegte, was ich wohl noch trinken könnte.

Schließlich trank ich einen Cognac.

Noch volle fünf Minuten hatte ich Zeit, denn ich erwartete ja meinen Blitzzug – meinen Blitzzug, der mich nach St. Petersburg bringen sollte. In meiner linken tiefen Westentasche stak mein Billett »erster« Klasse.

Ja – ein Schlafwagen harrte mein.

Ein beneidenswerter Stolz hatte sich meiner ganzen Seele bemächtigt, denn ich hatte natürlich keine Ahnung, wie's in einem Schlafwagen erster Klasse aussieht.

Und auch diese fünf Minuten vergingen.

Und mein Blitzzug dampfte feierlich wie ein ergrauter Hoflieferant in das große helle wohlbekannte Stationsgebäude.

Kalt lächelnd stieg ich ein in den Zug. Kaum aber war ich in die weichen Polster gesunken, so hörte ich draußen vor meinem Fenster eine sonore Frauenstimme feierlich drei Worte sprechen.

»Ich liebe dich!«

Also lauteten die drei Worte.

Die kamen mir so grade recht.

Ich war in der richtigen Verfassung, die weiblichen Liebeslaute zu würdigen.

Um all' den Scherereien, die Liebe und Freundschaft uns in den Weg streuen, zu entfliehn – wollt' ich nach St. Petersburg.

Und nun – zu guter Letzt noch ein sonorer Liebeslaut aus Frauenmund – paßte ja!

Dieselbe Stimme rief noch laut:

»Schreib' bald!«

Doch nach diesen »zwei« Worten dampften wir endlich los. Ich pfiff vor Vergnügen.

Eine Sekunde später sah ich einen Herrn im Zylinder. Ich stand auf, glaubte plötzlich zu träumen, rief aber gleich höchst gemütlich:

»Herr Rechtsanwalt Müller, sind Sie's?«

Der war nicht weniger erstaunt als ich. Er stotterte, wurde rot und reichte mir zögernd die Hand.

»Sie fahren erster Klasse?«

Diese »vier« Worte kamen bebend nach einer Weile zwischen seinen Lippen hervor.

Ich prustete.

Müller prustete nicht, sondern frug mich strenge:

»Wo fahren Sie hin?«

»Nach St. Petersburg«, rief ich lachend, »wohin fahren Sie denn?«

»Ich«, erwiderte Müller, »begebe mich nach Nowaja Semlja!«

»So so!« sagt' ich da, »na, denn werd' ich mich auch nach Nowaja Semlja begeben.«

Der Herr Rechtsanwalt sah mich nach dieser Erklärung mit so entsetzten Augen an, daß ich glaubte, er hielte mich für den Geist Alexanders des Großen.

Dem war jedoch nicht so.

Müllers Gedanken schlugen eine ganz andre Richtung ein – er dachte praktisch.

Ich aber mußte an jene drei Worte denken, die ich auf dem Bahnhof Friedrichstraße hörte:

»Ich liebe dich!«

Neu war ja diese Redensart nicht, imponierend schien sie mir auch nicht – im Gegenteil – im Gegenteil!

Grade weil mich diese Redensart so unsäglich unangenehm berührte – grade deshalb reizte sie mich.

Diejenigen Menschen, die zu allen denen, die ihnen wohlgefallen, gleich sagen »Ich liebe dich« – stehen nach meiner Meinung auf einer sehr niedrigen Entwicklungsstufe.

Das Erotische ist das Gewöhnliche – und daher das Niedere.

Ich aber will das Höhere – und das ist das Antierotische!

Der Herr Rechtsanwalt, der mir gegenübersaß,

ahnte natürlich von diesen meinen Betrachtungen nicht das Geringste, denn er rief plötzlich ganz bleich:

»Mein Gott, haben Sie denn kein Billett?«

Ich prustete wieder und holte kalt lächelnd aus meiner linken tiefen Westentasche meine Fahrkarte erster Klasse heraus.

Die Karte machte Eindruck.

Müller war sprachlos, er rang vergeblich nach Worten, er bot mir dann eine seiner guten Zigarren an, und ich mußte den Fassungslosen bemitleiden.

Wie ich seine Zigarre in Brand gesetzt hatte, bequemte ich mich allmählich zu einigen Erklärungen; es ist mir immer unangenehm, Jemanden in fieberhafte Spannung zu versetzen. Müller mußte ja vor Staunen umfallen, denn darauf konnte er selbstverständlich niemals gefaßt sein, mich nachts um die zwölfte Stunde in einem Blitzzuge allererster Klasse im Besitz einer bis St. Petersburg giltigen Fahrkarte wiederzufinden; es war ja stadtbekannt in Berlin, daß ich als geschworener Feind des Kapitalismus selten mehr Geld besaß, als zu einem Omnibusplatz oben langte.

Es kitzelte mich wohl, einen wirklichen Rechtsanwalt in Spannung versetzt zu haben – doch die Kitzelgefühle kamen mir stets sehr kleinlich vor – ich sprach daher, um allem Fragen und Staunen ein Ende zu bereiten, einfach und ruhig folgendermaßen:

»Herr Doktor! Sie wissen, daß sich in den letzten Jahren – in dem letzten Jahrzehnt unsres Jahrhunderts – bei allen denen, die mit der Welt mitzuleben gewöhnt sind, eine merkwürdige Hinneigung zum Landleben entwickelte. Wir wollen Alle raus! Auch die größte Großstadt ist für uns zu eng! Der Zug nach dem freien Lande, nach dem freiliegenden Hause ist, wie Sie wissen, ein gewaltiger Zug unsrer Zeit – und der hat mich naturgemäß auch ergriffen – mitgerissen! Es wurde mir daher vor ein paar Jahren so schrecklich klar, daß die Lösung aller möglichen Fragen nur durch ›eine radikale Dezentralisation der Menschen und ihrer Wohnstätten‹ herbeigeführt werden könnte. Herr Doktor, Sie wissen auch, daß ich in einem besondren Buche, das leider auch heute noch nicht gedruckt ist, für die großen Dezentralisationsideen leidenschaftlich ins Zeug ging. Diese Ideen ließen sich, wie ich ausführte, nur nach einer radikalen Umwälzung unsrer Verkehrsverhältnisse durchführen. Sollten die einzelnen Menschen in freier Natur im eigenen Hause – ungestört von Nachbarn und Straßenlärm – fern von allen Verkehrs-, Vergnügungs- und Arbeitszentren die besten Stunden ihres Lebens verbringen, so mußten die einzelnen Menschen zu diesen Verkehrs-, Vergnügungs- und Arbeitszentren mit den flinkesten Bahnen gelangen können, da ja die erwähnten Zentren von den Wohnstätten sehr sehr weit entfernt liegen würden. – Hören Sie, Herr Rechtsanwalt, noch einen Augenblick zu! Ich bin gleich zu Ende! Ich trat bekanntlich ganz energisch für *eine Abschaffung sämtlicher Dampfeisenbahnen* ein und wollte überall elektrische, wo möglich noch schnellere Bahnverbindungen. Diese zweifellos eklich revolutionären Ideen und Forderungen erregten nun in gewissen Kreisen, die ich Ihnen leider nicht näher bezeichnen kann, Furcht und Entsetzen. Das wird Ihnen ja ganz erklärlich erscheinen, wir haben ja oft genug über meine ›Muster-Revolution‹ gesprochen. Was war also die Folge, als ich mein Buch endlich herausgeben wollte? Wissen Sie, was die Folge war? Zwischen Champagner und Austern nahm man mir das Versprechen ab, mein Buch vorläufig in meinem Schreibtisch noch weiter lagern zu lassen. Und damit ich meinen Haß gegen die Dampfeisenbahnen ein bißchen abkühlen könnte, verpflichtete man sich, mir Fahrkarten erster Klasse für sämtliche Länder der Erde zu überreichen – wenn ich Reiselust verspüren sollte. Knausern taten die Leute natürlich auch hierbei, denn ich bekomme immer nur Fahrkarten für meine eigene Person, meine Begleitung will man mir nicht bezahlen. Infolgedessen sehen Sie mich anitzo hier ganz allein Ihnen gegenüber! Ist Ihnen jetzt der ganze Rummel klar?«

Müller begriff allmählich; ich zeigt' ihm noch einige Papiere und Briefe, die das Gesagte bewiesen.

Nun – und dann schüttelten wir uns furchtbar vergnügt die Hände, lachten gar gewaltig, rissen gräßliche Witze und frohlockten, daß wir uns so ganz zufällig gefunden.

Müller ward gesprächig. Nachdem er mir ein Dutzend Mal meines pompösen ›Freibilletts‹ wegen in allen Tonarten gratuliert hatte, erzählte er mir, wozu er seine Reise nach Nowaja Semlja unternahm.

Zunächst wollte der Herr Rechtsanwalt in Finnland seltene Moosarten sammeln, denn er besaß eine der wertvollsten Moossammlungen Europas – er wollte auch im Norden Rußlands und auch auf Nowaja Semlja seltene Moosarten sammeln. Doch das Moossammeln war nicht der Hauptzweck der großen Reise. Müller reiste in erster Linie aus folgendem Grunde nach Nowaja Semlja: er wollte die dortigen Rechtsverhältnisse studieren.

Ich glaubte anfänglich, das wär' nur Spaß.

Aber nein – es hatte seine Richtigkeit, denn mein lieber Freund hatte große Rosinen im Kopf. Er wollte ein umfangreiches Werk schreiben und zwar ›Über die Justizpflege auf der russischen Insel Nowaja Semlja in ihren Beziehungen zu den agrarischen Rechtsverhältnissen der Südseeinsulaner.‹

Dieser Titel machte Eindruck auf mich, obgleich ich anfänglich ein wenig verwirrt wurde. Doch Müller teilte mir so viele interessante Details über das Thema mit, daß ich die Geschichte beim besten

Willen nicht für einen leeren Ulk halten konnte. Müllers Wesen war auch viel zu ernst, als daß ich ihm so ohne weiteres inhaltlose Witzeleien zutrauen durfte.

Und ich ward ihm bald so kurz vor Küstrin sehr gut. Und mir fiel was ein. Und der Einfall wurde die Veranlassung zu einer zweiten längeren Rede, die ich dem Herrn Rechtsanwalt zum größten Teil auf dem Küstriner Bahnhofe hielt.

Ich sprach ungefähr so – sehr verbindlich:

»Verehrter Herr Rechtsanwalt, ich irre wohl nicht, wenn ich annehme, daß Sie mir neulich, als wir noch so lange Pilsener Bier tranken, etwas übelnahmen. Sie taten's, ich weiß es. Ich sprach so zynisch über Ehe, Liebe und Freundschaft. Wissen Sie jetzt?«

Müller wollte nicht wieder darauf zurückkommen, ich aber sagte:

»Nein! Ich will grade darauf zurückkommen. Es war damals schon sehr spät, und ich hatte viel getrunken. Ich möchte Ihnen auf unsrer Fahrt nach Nowaja Semlja genauer sagen, wie ich über Ehe, Liebe und Freundschaft denke. Sie werden dann eine andre Meinung von mir bekommen und wohl bald einsehen, daß ich eigentlich kein Zyniker bin.«

Dabei sah ich so treuherzig aus, daß Müllers große blaue Augen mich erstaunt ansahen. Ich fuhr fort:

»Sehen Sie, das eine Buch, das von dem Ende der Dampfeisenbahnen, das kann ich nun nicht herausgeben. Dafür soll aber ein andres raus. Und das andre, das hauptsächlich aus 66 kleinen Geschichten bestehen soll, will ich unter dem Titel ›Ich liebe Dich!‹ herausgeben. Sie sollen staunen!«

Müller staunte sofort. Der Titel imponierte ihm augenscheinlich ganz gewaltig. Ich triumphierte bereits innerlich, sagte jedoch ganz harmlos:

»Wissen Sie, ich möcht' Ihnen die 66 Geschichten auf der Reise so allmählich vorlesen. Die Geschichten sind ganz kurz, und die Fahrt ist doch sehr lang. Tun Sie mir den Gefallen, hören Sie zu! Wir können uns dazwischen über Ehe, Liebe und Freundschaft recht umständlich unterhalten. Sie werden mich dann besser verstehen. Versprechen Sie mir?«

Ich hielt ihm die Hand hin und sah ihn zutraulich an. Doch er zögerte noch. Da ward ich erregt und rief:

»Wissen Sie denn auch, wie ich auf den Titel gekommen bin? Ich hörte die drei großen Worte kurz vor unsrer Abreise auf dem Bahnhof Friedrichstraße. Es war Ihre Frau Gemahlin, die die drei Worte sprach, nicht wahr? Nachher sagte sie noch: ›Schreib' bald!‹ Ist es nicht so? Diese beiden Worte bezog ich, verzeihen Sie, so um eine große Ecke herum auch auf mich und mein Leben. Ich will ›Ich liebe Dich!‹ bald schreiben. Bitte, geben Sie mir Ihr

Wort, daß Sie meine 66 Geschichten sämtlich ruhig anhören wollen! Bitte!«

Und jetzt schlug Müller in die dargebotene Hand ein. In seinem Auge glänzte eine Träne. Der Morgen graute, und wir fuhren weiter. Mein Einfall, Müllern fortwährend vorzulesen, erschien mir im glänzendsten Lichte.

Ich zündete mir vergnügt eine meiner russischen Zigaretten an und konnte nicht umhin, sofort mit dem Vorlesen anzufangen.

Die Lampen erloschten. Das verschlafene Morgenlicht drang durch die offenen Fenster, und ich erinnerte meinen Freund an meine Glaspaläste, von denen ich ihm schon öfters vorgeschwärmt hatte.

Ich wollte ja mit meinen Dezentralisationsideen nicht zu bäurischer Einfachheit zurück – im Gegenteil! Der Zukunftsmensch sollte mitten im freien Lande, ungestört von Nachbarn und Straßenlärm, auf den Glanz der üppigsten Kultur und Kunst nicht verzichten; das Haus des Zukunftsmenschen sollte palastähnlich mit dem kostbarsten Email und Mosaik, mit den entzückendsten Glasgemälden ausgestattet werden; grade das Glas, das glänzendste Baumaterial der Erde, sollte die erste Rolle in den Zukunftshäusern spielen.

Und ich warf den Rest meiner Zigarette zum Fenster hinaus und las wehmütig, aber mit lauter fester Stimme:

GLANZRAUSCH.

Ein Traum.

Ich steh auf hohem Berge. Morgendämmerung bricht hernieder. Drüben dicht unterm Himmel liegt ein breites, weites, dunkelblaues Meer.

Und mittendrinn' – nein, das ist ja gar kein Meer! Das sind ja die tiefblau glänzenden Flügel meines Dämons. Sein Körper mittendrinn' ist tiefschwarz wie schwarze Kohle. Sein Kopf ist weiß wie Elfenbein. Und seine roten Feueraugen brennen durch die Dämmerung.

»Warum liegst du da so unheimlich dicht unterm Himmel?«

Also frag' ich – und mein Dämon sagt darauf:

»Ich bedeck' mit meinen Flügeln all' den Glanz, den du erträumt. Willst du all den Glanz in Wirklichkeit schauen?«

»Warum zögerst du? Hebe die Flügel!«

»Du wirst aber blind werden – blind für alles Andre, wenn du diesen deinen Glanz unter meinen Flügeln erschaut.«

»Und wenn ich blind für Alles würde – hebe die Flügel!«

»Aber deine Sehnsucht nach dem Anderen wirst du dann nie mehr befriedigen können.«

»Sprich nicht weiter! Hebe die Flügel! Ich will meinen Glanzrausch in der Wirklichkeit schauen. Was drauf folgt, ist mir gleich.«

Und mein Dämon hob die Flügel, so daß sie sich oben steif aneinander schmiegten wie die Flügel der Schmetterlinge. Der Himmel ward durch die dunkelblaue Flügellinie in zwei Hälften geteilt.

Und da – links – da lagen unzählige glänzende Paläste mit Saphirsäulen und Smaragdkuppeln, mit Opaltürmen und goldenen Terrassen. Rechts lagen die Tempel der Kunst glitzernd in der Morgensonne – ein Diamantenreich mit tausendfarbigen Teichen und Wasserfällen. Die Paradiese des Glanzrausches blitzten und blendeten da drüben – rechts und links von meinem Dämon . . .

––––––––––––––––––––––

Meinem Dämon dankt' ich, daß er mir meine Träume in der wirklichen Welt verkörpert gezeigt.

Doch als ich mich umwandte – siehe – da hatt' ich wirklich verlernt, etwas Andres zu sehen als meine Glanzgefilde. Ich sah Glanz überall – auf allen Höhen und in allen Tälern.

Glanzrausch umfing mich überall.

Und ich fragte mich unwillkürlich:

»Sollt' ich durch meinen Dämon auch von der Sehnsucht nach dem Andern erlöst sein?«

Mein Dämon schien mit seinem Elfenbeinkopf zu nicken.

Ein kühler Morgenwind wehte durchs Fenster. Ich machte das Fenster halb zu.

Müller saß mir schweigend gegenüber, er strich mit der Linken seinen breiten rotblonden Schnurrbart, der rechts und links horizontal in die Luft hineinragte und mit der Nase zusammen einem umgestülpten Kreuze glich – Müllers große blaue Augen schauten in die schläfrige Morgenlandschaft hinaus, sein Zylinder glänzte, und sein Gesicht rötete sich – aber sagen tat er gar nichts – gar nichts.

Wie weiß war Müllers Stehkragen! Seine Manschetten waren noch weißer!

Und ich fragte mich verwundert:

»Was? Weiße Wäsche auf Nowaja Semlja? Na! Versteh' du's!«

Und der Zylinder?

Und der tadellose schwarze Salonanzug?

Müller sah fürchterlich wohlhabend aus – vornehm!

Warum schwieg er nur? Gehörte das auch zum vornehmen Ton?

Ich forschte ihn aus. Er sollte mir durchaus sagen, wie ihm mein Traum gefallen hatte.

Schließlich meinte er langsam, der Stoff läge ihm sehr fern. Er bereute augenscheinlich schon sein Versprechen, daher war er so still geworden.

Ich aber empfand nicht das geringste Mitleid mit dem unvorsichtigen Rechtsanwalt, zog aus einer anderen Rocktasche ein anderes Manuskript hervor – einen Stoff, der ihm näher liegen mußte – und las:

EINE GERICHTSSITZUNG IM JAHRE 1901.

Zukunftsnovellette.

Adolfine, die Tochter des reichen Fabrikanten Beisel, spielt gelassen auf der Mundharmonika. Das junge Mädchen hat bereits zwei Stunden hindurch Musik gemacht und ist noch immer nicht müde.

Plötzlich erschallt ein Hilferuf auf der Straße.

Die Adolfine läßt das Blasen auf der Mundharmonika ein bißchen sein, wendet zur Seite das zierliche Köpfchen und sagt dabei ganz verwundert:

»Ei! Ei! sollt' ich diese Stimme nicht schon mal gehört haben?«

Schnell eilt die gute Kleine ans Fenster, öffnet's und – erblickt – – erblickt – – – Friedrich Schumm, einen ehemaligen Buchhalter ihres Herrn Vaters.

Die Fine sinnt – denkt schließlich nach – und erinnert sich allmählich, daß sie Friedrich einst – liebte – liebte!

Das hatte ihn, den Geliebten, so verwirrt gemacht, daß er als Buchhalter sehr bald nicht mehr zu gebrauchen war.

Friedrich ward deshalb vor einigen Monaten entlassen, denn Vater Beisel kannte in Geschäftsangelegenheiten keinen Spaß.

Und jetzt – gerechter Himmel! – jetzt wird der Friedrich am hellen lichten Tage auf offener Straße »verhaftet«.

Das gnädige Fräulein sieht, wie der Schutzmann den geliebten Friedrich an den Ohren herumreißt, ihm die Handschellen anlegt und ihn wütend weiterstuckst.

Das gnädige Fräulein wendet sich unangenehm berührt – fast beleidigt – ab.

Finchen Beisel spielt wieder auf der Mundharmonika, um bloß nicht die häßlichen Straßenszenen zu sehen.

Die Rohheiten sind im vornehmen Beiselschen Hause verpönt.

»Pfui!« ruft Beisels Töchterlein, »wie ekelhaft sah das aus!«

Die Sonne brennt heiß auf das Straßenpflaster.

Schutzmann und Friedrich verschwinden.

Das vornehme Beiselsche Haus durchhallen die lieblichen Töne der Mundharmonika.

– –

Einige Tage nach diesem peinlichen Auftritt befindet sich Friedrich Schumm auf der Anklagebank.

Die Richter machen ein sehr ärgerliches Gesicht. Der Staatsanwalt schmeißt bereits zum fünften Mal wutschnaubend seinen Federhalter auf den grünen Tisch, denn der Fabrikant Beisel sagt als Zeuge ganz eigentümliche Sachen über den Angeklagten Schumm aus.

Der reiche Beisel schließt seine Rede, in der er den Friedrich Schumm ganz gehörig schlecht gemacht, ihm sein albernes verliebtes Wesen vorge-

halten, ihm seinen Größenwahn gehörig aufgemutzt, ihm wegen seiner frechen Gesinnungslosigkeit tüchtig den Kopf gewaschen hatte – mit den folgenden furchtbaren Worten:

»Und verrechnet hat er sich jeden Tag zwei Mal. Gewissenloser Friedrich, kannst du das leugnen?«

Friedrich weint und schüttelt wehmütig den Kopf. Der Staatsanwalt erhebt sich und spricht mit donnernder Stimme:

»Angeklagter, Sie sind wegen unmotivierter Mittellosigkeit verhaftet worden. Der Schutzmann Knillke hatte sich am fünfzehnten Juli Ihr Portemonnaie zeigen lassen, wie das seine Pflicht ist bei allen verdächtigen Individuen. Was fand der Schutzmann Knillke in Ihrem Portemonnaie?«

Angeklagter erwidert weinerlich:

»Eine Mark und fünf und fünfzig Pfennige.«

Staatsanwalt: »Und davon wollten Sie noch weitere drei Monate leben? bis in den Oktober hinein? Herr, was fiel Ihnen ein? Sie wissen doch, daß jeder Staatsbürger verpflichtet ist, jederzeit das für die nächsten drei Monate nötige Geld zum Lebensunterhalt bereitzuhalten. Angeklagter, wissen Sie das?«

Angeklagter: »Jawohl!«

Staatsanwalt: »Nun also – wovon wollten Sie denn leben? Wovon? Sagen Sie's nur! Wie dachten Sie sich die Bestreitung des Lebensunterhalts? Werden Sie nun bald antworten? Was?«

Angeklagter: »Ach, Herr Staatsanwalt, ich hoffte ganz bestimmt, ich würde eine neue Stellung bekommen. Ich bin doch Buchhalter.«

Staatsanwalt: »Ob Sie Buchhalter oder Schornsteinfeger sind – das ist vor Gericht ganz egal. Sie sind verpflichtet, Geld zu besitzen. Sie scheinen das Leben noch nicht zu kennen. Sie wissen doch, daß die Zahl der Vakanzen immer kleiner wird. Ich beantrage drei Monate Zuchthaus mit verschärftem Fasten – wegen unmotivierter Mittellosigkeit. Mein Lieber, wir werden Sie schon kleinkriegen. Ich versteh' es einfach nicht, wie ein ziemlich gebildeter Mensch sich ohne das nötige Kleingeld auf die Straße wagen kann – eine ganz unglaubliche Frechheit!«

Der Staatsanwalt schließt sein Plädoyer und setzt sich auf seinen Stuhl.

Der Gerichtshof verurteilt den Angeklagten dem Antrage des Staatsanwaltes gemäß.

Der Angeklagte bricht laut weinend auf der Anklagebank zusammen, er ruft dabei schluchzend:

»O Gott, was wird meine arme Mutter dazu sagen? Ihr Sohn Friedrich – ein Verbrecher!«

Lautes Heulen durchhallt den Saal.

Der Herr Präsident bemerkt aber sehr streng:

»Angeklagter Schumm! Was weinen und heulen Sie denn? Machen Sie sich doch nicht zum Narren, Sie lächerlicher Mensch! Seien Sie doch froh, daß wir Ihnen für volle drei Monate die Gelegenheit,

Diebstähle zu begehen, genommen haben. Sie wissen doch, daß Diebstahl mit täglichem Durchprügeln bestraft wird!«

Angeklagter: »Ja, hoher Herr Gerichtshof, ich dank' auch schön für die drei Monate, nehmen Sie mir mein Weinen nicht weiter übel. Ich wollte auch nur zeigen, daß ich noch kein ›verstockter‹ Verbrecher bin! Aber, hoher Herr Gerichtshof, werd' ich, wenn ich rauskomm', auch gleich wieder bestraft werden?«

Staatsanwalt: »Sie sind ein naseweiser dummer Junge! Wegen unmotivierten Fragens beantrage ich einen Monat Prügel!«

Angeklagter sieht sich erstaunt um – setzt sich – und sagt langsam, so als wenn plötzlich ein neuer Geist in ihn gefahren wäre:

»Meine Herren, ich glaube, Sie sind sämtlich – wirklich – ganz und gar verrückt geworden.«

Nach diesen Worten des Angeklagten Friedrich Schumm bricht zum Glück für ihn auf der Straße wieder eine Revolution aus.

Der Präsident und alle Richter laufen rasch nach Hause – der Staatsanwalt und die übrigen Beamten desgleichen.

Schumm bleibt auf seiner Anklagebank verdutzt ganz ruhig sitzen.

Er ist im Nu ganz allein im Gerichtssaal – tatsächlich allein – ein Vergessener!

Er weiß gar nicht, wie er sich benehmen soll.

Inzwischen entwickelt sich die Revolution ganz programmäßig und zielbewußt.

Schumm versteckt sich später unter seiner Anklagebank, da die Kugeln der Revolutionäre den oberen Teil des Gerichtssaales nur so durchsausen.

Adolfine Beisel denkt währenddem recht freundlich an ihren geliebten Friedrich, verzeiht ihm im stillen und bläst dazu wieder auf der Mundharmonika.

Die August-Revolution kommt der jungen Dame diesmal genau so langweilig vor wie die letzte April-Revolution.

Beim Lesen der letzten Seiten hatte sich meiner eine außerordentliche Spannung bemächtigt. Ich war denn doch ganz gehörig neugierig, wie der Rechtsanwalt diese Geschichte aufnehmen würde. Anfänglich wagt' ich gar nicht, aufzublicken. Ich lauschte nur. Ich erwartete ein helles Gelächter oder einen – burschikosen Ausdruck. Was Liebenswürdiges mußte nach meiner Meinung ganz bestimmt mir entgegenklingen.

Indessen – man sollte doch stets auf Überraschungen gefaßt sein. Es kommt Alles anders, als man gedacht hat. Diese alltägliche Weisheit läßt sich nicht aus der Welt schaffen.

Müller schwieg auch nach meiner Gerichtssitzung – schwieg wie ein Mumienkeller. Und als ich meinem Freunde nach einer Weile ins Gesicht schaute, da sah ich tiefe Falten zwischen seinen Augenbrauen.

Was war denn das?

Nun – er belehrte mich bald. Er rief heftig:

»Sie machen sich wohl über mich und meinen Stand lustig! Warum kommt denn kein Rechtsanwalt in dieser Sitzung vor? Glauben Sie, daß die Rechtsanwälte im zwanzigsten Jahrhundert abgeschafft sein werden?«

Ich fiel um.

Donnerwetter! Auf diesen Einwurf war ich wahrhaftig nicht gefaßt gewesen. Ich hatte ja die Rechtsanwälte einfach vergessen. Was Einem auch Alles beim Dichten passieren kann!

Es kostete mich recht viel Mühe, Müllern wieder gute Laune beizubringen. Ich bat ihn schließlich in aller Form höflichst um Verzeihung, daß ich seinen Stand ganz und gar vergessen konnte. Dann mußt' ich allerdings aus vollem Halse loslachen. Und ich lachte so kräftig, daß ich den Herrn Rechtsanwalt ansteckte. Wir lachten bald alle Beide, und er bot mir dabei wieder eine seiner guten Zigarren an.

Kaum jedoch war die Stimmung wieder hergestellt, als Müller abermals ernst wurde. Er hielt meine Zukunftsnovellette für ein *testimonium paupertatis* und glaubte, mir ginge es pekuniär so schrecklich schlecht, daß ich nicht mehr im Stande wäre, mich vor meinen Gläubigern zu schützen.

Das Wort ›Gläubiger‹ imponierte mir. Müller tat ja so, als wenn mir die Menschen noch was pumpten. Nein – das taten die Menschen schon seit vielen Jahren nicht mehr. Ich blieb höchstens was schuldig. Die Pumperei war mir stets verhaßt.

Kitzliche Geschichte! Drollige Geschichte!

»Oh, Herr Doktor!« rief ich aus, »Sie haben vom Leben der deutschen Literatur noch keine Ahnung. Es gibt kapitalistische Rätsel in unsrer kapitalistischen Welt. Oh, man kann sich das Geldhaben ganz abgewöhnt haben. Sagen Sie mal, können Sie sich eine besitzlose Ehrlichkeit oder eine ehrliche Besitzlosigkeit vorstellen?«

Müller schüttelte den Kopf, nahm den Zylinder ab, ich sah in dem rotblonden Haar des vornehmen Weltmannes mitten über der Stirn den graden Scheitel und mußte plötzlich abermals fürchterlich lachen, deswegen las ich auch gleich:

DAS FÜRCHTERLICHE GELÄCHTER.

Eine Sorgenvision.

Ich ging die Treppen hinauf – jene Treppen, die hinaufführten zum Park des Vergnügens.

Ich war vergnügt – aber grade deshalb wollt' ich in den Park des Vergnügens gelangen. Als Vergnügter gehört' ich nach meiner Meinung sehr wohl dahin.

Die Treppen waren ziemlich steil – und mit jeder Stufe ward ich müder, so daß ich auf den Terrassen immer ausruhen mußte.

Ich setzte mich dort auf die bequemen Bänke und schaute hinab.

Weit und groß breitete sich das riesige Meer vor mir aus. Das Brausen des Meeres drang nur ganz leise hinauf. Je höher ich kam um so größer wurde das Meer – aber das Brausen tönte immer leiser.

Die Orangen dufteten, und die Blumenbeete blühten in unzähligen Farben.

Hinter den Gebüschen säuselte der Wind.

Der Himmel war klar.

Doch es ward Abend; drüben überm Meere zeigten sich schon die bunten träumerischen Abendwolken . . . die machten das Meer auch bunt.

Das glatte Fliesengetäfel der Terrassen bedeckte den Boden in schwarzen, weißen und grauen Streifen.

Die Geländer der Terrassen bestanden aus gebranntem Ton, der gelblich-braun aussah.

Zwischen den vasenförmigen schlanken Traljen der Geländer konnte man nicht durchblicken, denn hinter den Traljen zogen sich – mit der Front dem Meere zugewandt – breite dichte Dornenhecken hin, die sorgfältig geschoren waren und die Terrassen wirksam markierten.

Auch die Dornen dufteten.

Zuweilen drangen ein paar Musikklänge aus dem hochgelegenen Parke hernieder .. so vereinsamt .. verloren ..

Sonst lag Alles sehr ruhig – sehr stimmungsvoll.

Das Meer – prächtig und gewaltig!

– – –

Ich war vergnügt – ja!

Trotzdem hatt' ich Sorgen – sehr viele Sorgen!

Ich dachte nach – dacht' über Essen und Trinken, über Wohnung und Hausrat, über Schuld und Schulden nach – auch über Ersparnisse und über verbummelte Nächte.

Ja – ich wurde sehr nachdenklich – und ich dachte bald an so viel Drückendes, daß meine vergnügte Seelenruhe zu schwinden drohte.

Mich überkam plötzlich eine große Furcht vor dem – Tode – ja, vor dem Tode – mein Leben schien mir in Gefahr – ich wußt' nicht, »wovon« ich leben sollte – ich sah keinen Ausweg – die Sorgen erdrückten mich.

Mutlos saß ich da – gebrochen!

Dabei ward es dunkler und dunkler, auf dem Meere verschwanden die bunten Farben – und ich dacht' nicht mehr ans Höhersteigen – mir war, als wär' ich gelähmt.

Bald darauf kam ein Stern am Himmel zum Vorschein und blinzelte so freundlich.

Dann dauerte 's nicht mehr lange, und der Himmel war ganz voller Sterne.

– – –

Doch ich konnte meine Sorgen nicht loswerden – konnte nicht!

Wie ich nun so dasitze und grad' an eine peinlich kleine Rechnung und gleichzeitig an eine peinlich große Rechnung denke – mir überlege, welche Rechnung peinlicher ist – – – hör' ich über mir ein höhnisches Lachen.

Ich blick' empor und sehe hoch oben am Himmel einen großen runden Stern – der hat ein kleines Mondgesicht – das lacht – – mich höhnisch an.

Und über dem Gesicht seh' ich einen hohen, höchst eleganten, schwarzen Zylinder.

Der Stern lacht jetzt so stark, daß er ganz rot im Gesichte wird – und ruft mir so lachend zu:

»Du Knirps! Deine Sorgen sind ja lächerlich! Du sorgst um dein Leben, und die Sorge ist ja überflüssig, denn sterben kannst du ja gar nicht. Du lebst ja gar nicht – wie also solltest du sterben können? Nur Lebende können sterben, und bei dir da unten lebt

nur der Stern, auf dem, du Knirps, dir – einbildest – zu leben. Der Stern ist mein Bruder! Wenn du stirbst – lebt dein Stern – mein Bruder – mit dir zusammen ruhig weiter. Du Knirps! Du willst lebendig sein? Du Knirps!«

Und alle die anderen Sterne bekamen ebenfalls Gesichter mit hohen eleganten schwarzen Zylindern, die sämtlich nach dem Parke des Vergnügens hinzuschieben schienen.

Die Sterne lachten im Chor so schrecklich laut und so gräßlich höhnisch, daß ich verrückt zu werden glaubte.

Ich hielt mir die Ohren zu – und rannt' hinauf in den Park des Vergnügens. Dort wurde so viel Musik gemacht, daß ich das fürchterliche Gelächter nicht mehr hören konnte.

Seitdem hab' ich noch mehr Sorgen.

Täglich werden sie größer.

Müller lächelte, und ich wurde ganz stolz. Ich hielt mich schon für verstanden. Die Flügel der Leichtgläubigkeit sind eben sehr groß.

Aber ein reicher Müller versteht die Verachtung des Geldbeutels nicht so leicht. Das ward mir bald klar.

Es dauerte nicht lange, und mein Rechtsanwalt sah mich so teilnehmend an und meinte freundlich:

»Sie tun mir herzlich leid! Sie müssen in sehr

drückenden Verhältnissen leben. Warum nehmen Sie eigentlich keine feste Stellung an?«

Ich biß mir in den Schnurrbart.

Ich war verletzt. Mitleid empfand dieser unglaubliche Mensch mit mir? Jetzt galt es, zu renommieren – oder nein: das hatte ich gar nicht nötig. Ich brauchte bloß meine kapitalistischen Grundsätze ein wenig zu erörtern, das genügte ja. Ich begann drum:

»Doktor! Ich bin daran gewöhnt, mißverstanden zu werden. Das Mitleid muß ich mir aber verbitten. Ich bin durchaus nicht zu bemitleiden, ich bin im Grunde genommen ein sehr vergnügter Mensch und mit meinem Schicksal wirklich zufrieden. Wenn ich mal mit schlechter Laune des Morgens aufstehe, so schieb' ich das nicht meinen drückenden Sorgen in die Schuhe, ich denke gar nicht daran. Ich weiß sehr genau, daß die Heiterkeit des menschlichen Gemüts von Zufälligkeiten abhängt, die wir nicht berechnen können. Leute, die sich daran gewöhnt haben, immer Geld bei sich zu tragen, werden mit leeren Taschen einen sehr dummen unglücklichen Eindruck machen. Aber den Leuten, die sich ans Nichtgeldhaben gewöhnt haben, könnte wieder bei vollen Taschen sehr ungemütlich zu Mute werden. Das sind jedoch nur Gewohnheitssachen – die kann man sich auch abgewöhnen. Oh, wie häufig hat man die irdischen Güter schon verhöhnt! Gab's je einen Menschen, der für weise gehalten wurde und sich dabei was aus dem Gelde machte? Dem alten Orientalen war's doch ganz geläufig, daß ein Reicher niemals die ewige Seligkeit erlangen könnte. Wie viel glücklicher ist der dran, der Nichts besitzt! Hat man Nichts, so hat man eben Nichts! Man sagt immer ruhig: Ich hab' Nichts und kann daher Nichts geben, ausgeben auch Nichts – willst du mit mir zusammenbleiben, so zahl' du – oder ich muß weitergehn! Nur begehrlich darf man nicht sein. Es muß Einem stets gleich bleiben, ob man lebt oder stirbt – ob man hungert oder schlemmt. Bin ich allerdings begehrlich, dann werde ich sehr häufig reinfallen und eine klägliche Rolle spielen. Am Ende schadet das auch nicht. Warum sollen wir nicht mal zur Abwechslung eine klägliche Rolle spielen? an die glänzenden sind wir ja gewöhnt. Es geht Alles, wenn man's nur ertragen kann. Wenn man Nichts hat, soll man sich nicht wie ein Kapitalist gebärden, sondern lachend an allen Ecken wiederholen: Ich hab Nichts! Das werden die Menschen allmählich begreifen. Es geht Alles! Man wird auch leben können – von der Luft. Mit einem ordentlichen Dickkopf kommt man durch die dicksten Wände. Man muß nur den Mut haben, den Dickkopf zu – riskieren! Übrigens: der Hunger ist noch leichter zu vertragen als der Cognac. Bevorzugte Menschen vertragen allerdings Beides. Und wissen Sie, was man können muß? Pfeifen muß man können –

pfeifen können auf Alles! Dann wird man ganz vergnügt leben – auch wenn man nie weiß – wovon!«

Ich schwieg und Müller spielte an seiner Uhrkette, dabei bemerkte er spitz:

»Sie wollen also, wenn ich Sie recht verstanden habe, die Ehre der Strolche rehabilitieren.«

»Wenn Zwei dasselbe tun, so ist«, erwiderte ich hausbacken, »das nicht dasselbe! Sie, Herr Doktor, und mit Ihnen der weitaus größere Teil der Menschheit, werden mir selbstverständlich immer wieder vorwerfen, daß meine Moral die des höheren Lumpentums sei – während sie doch eben so gut eine Moral des höheren Christentums genannt werden könnte. Ist denn die Tätigkeit des Gehirns so – gar nichts? Werden Sie nicht immer bereit sein, die gedankliche Tätigkeit über die handliche zu stellen? Und ist es nicht eine ganz erhabene Beschäftigung, wenn man durch weise Einfälle das Glück seiner Mitmenschen erhöhen und befestigen möchte? Ist es nicht schon ein Verdienst, wenn man sich immer Mühe gibt, seine Mitmenschen lustig zu machen und bei Laune zu erhalten? Und kann man das, frag' ich Sie nun, wenn man stets einen vollen Geldbeutel in der Tasche hat – wenn Einem selber Nichts fehlt? Nein, dann kann man's nicht. Die Weltbeglücker waren zu allen Zeiten arm. Hat's jemals einen Religionsstifter mit vollen Taschen gegeben? einen echten sicherlich nicht.

Wir leben in einer sehr religiösen Zeit. Warum erinnert man sich deshalb nicht öfters auch an die mittelalterlichen Lebensanschauungen, in denen die Religion noch mehr im Vordergrunde stand? Im Mittelalter war's wahrlich keine Schande, wenn sich Jemand hinsetzte und in anspruchsloser Armut lebte – unbekümmert um allen irdischen Tand. Die Franziskaner, Kapuziner und Kartäuser hat man doch niemals über die Achsel angesehen. Den Eremiten wob die Volkssage einen Heiligenschein um die Stirn, und keinem Menschen fiel es ein, verächtlich von denen zu sprechen, die auf die vollen Börsen pfiffen. Man nehme der Religion nur einmal den Zauber der Armut – was bleibt dann? Ein leeres Gepränge – weiter Nichts.«

Müller war während dieser Rede sehr aufmerksam geworden. Er nickte sogar ein paar Mal ein bißchen mit dem sorgfältig frisierten Kopfe mir zu. Und ich fuhr fort:

»Ja wir haben vergessen, was früher den Menschen so geläufig war. In unsrer Großstadtatmosphäre mit ihren unzähligen Nöten ist uns die Bedeutung des Geldes allmählich ungeheuerlich erschienen. Und wir haben ganz vergessen, daß der Wert des irdischen Lebens und der irdischen Güter doch sehr minimal ist – wir haben vergessen, daß es einen Weltgeist gibt – doch davon später! Jedenfalls ist das, was die mittelalterlichen Mystiker von der Seligkeit in Gott redeten, nicht so unsinnig, wie's manchem naseweisen Kapitalfanatiker erscheinen möchte. Der ganze Kapitalismus scheint mir oft wie ein Nachtwandler auf einer Dachkante herumzuklettern – ein ordentlicher Schreckschuß, und die ganze Herrlichkeit fällt! Doch entschuldigen Sie, Herr Doktor, diesen banalen und wohl nicht sehr treffenden Vergleich! Eins nur ist mir gewiß: die Religionsstifter, Bettelmönche und Eremiten sind im modernen Leben so gut wie ausgestorben – an deren Stelle stehen aber heute die Vertreter der Literatur und Kunst – – – und die haben daher ein gutes Recht aufs ›Nichtgeldhaben‹. Wir wollen keck dem Leben und dem Tode, dem Reichtum und der Armut, dem Prassen und dem Darben, den guten und den schlechten Röcken ins Antlitz lachen. Lachen Sie nur, Herr Müller! Es kommt auch nicht auf ein paar verhauene Sätze an, wenn man nur lustig ist. Jetzt hab' ich aber Durst!«

Wir hielten grade auf der Station Kreuz an. Und ich entriß einem fliegenden Bierhändler zwei Helle, die ich schmunzelnd bezahlte. Müller kaufte ein Echtes.

Nachher, wie's weiterging, behauptete der kluge Herr Doktor in längerer Rede, daß ich Alles auf die leichte Schulter nähme und überhaupt der geborene Leichtsinn wäre – es sei keine Kunst, die Güter der Erde zu verachten und sich dabei Alles schenken zu lassen.

Mit dem schlägt es hinten immer herum – nach rechts und nach links, daß die Bäume zerbrechen und die Felsen zerspringen, daß die Wasser aufschäumen und der Straßenstaub in die Luft fliegt wie im Wirbelsturm.

Ich muß fliehen.

Das Tier verfolgt mich ohn' Unterlaß.

Oh, wer kennt diese gräßliche, widerliche peinvolle Angst?

Immer auf der Flucht!

Immer auf der Flucht!

Und das Tier kreischt wie ein wahnsinniger Mensch! Das geht durch Mark und Bein!

Entsetzlich!

Wenn mich die Bestie berühren sollte, so muß das schlimmer sein als der Tod.

Ich krümme mich vor Angst.

Und nun verfolgt mich das Tier schon Jahre hindurch – wohl schon an die zehn bis zwölf Jahre.

Nein – ich glaube, seit meiner Geburt verfolgt es mich schon.

Meine Furcht wird immer größer.

Ich finde nirgends Ruhe.

Tag und Nacht auf der Flucht!

Ein ganzes Menschenleben auf der Flucht!

Mein Gott! Mein Gott!

Man könnt' 's Beten lernen!

Fortwährend kreischt es hinter mir wie ein wahnsinniger Mensch.

Weißt du, was das Tier will?

Ich soll ihm den Schatz wiedergeben, den's einst besessen.

Das Tier sagt', ich hätt' ihm den Schatz fortgenommen.

Und mir ist schon so, als wenn ich's getan hätte.

Genau weiß ich's allerdings nicht.

Doch – wenn ich's auch tat – so viel Qual hab' ich nicht verdient.

Das wahnsinnige Kreischen der Bestie ist noch entsetzlicher als ihr schwarzer Schlangenleib mit den weißen blinden Augen und den dunkelgrauen Klauen, die so unheimlich knacken und knistern ...

Immer wieder will das Tier seinen Schatz!

Wie das ermüdet!

Und ich muß ihm Alles geben, was ich finde – Alles, was ich erarbeite – Alles, was ich habe.

Und das Untier will immer mehr, immer wieder dasselbe – – seinen Schatz, seinen Schatz!

Und ich kann mir nicht helfen.

Wahrlich, ich sage jetzt – ich schwör's:

Wenn mir Jemand je was nehmen sollte – sei's, was es sei – so will ich ihn nicht verfolgen – ich will's nie – ich schwör's noch einmal – mag er behalten, was er mir nahm – mag er Alles behalten –

Ich weiß: auf der Flucht sein, ist schlimmer als der Tod – viel schlimmer!

Und das Ungeheuer, das seinen Schatz zurückhaben will – es ist fürchterlicher – fürchterlicher als ein wahnsinnig gewordener Kriegsgott.

Mein Gott! Mein Gott!

Man könnt' 's Beten lernen!

Der Zug schien mir schneller zu fahren.

Die Telegraphenstangen flitzten nur so vorüber.

Müller sagte mir dann nach einer Weile:

»Herr Scheerbart, Sie befinden sich da in einem großen Irrtum. Sie halten sich für einen Pedanten. Das ist falsch. Aus diesem Angststück geht mir zur Genüge hervor, daß Sie durch und durch ein sehr leichtsinniger Mensch sind. Grade die Leichtsinnigen sind feige und ängstlich. Ein Pedant könnte eine derartige Angstgeschichte gar nicht geschrieben haben.«

Die Rede kam mir natürlich recht erbaulich vor; der kluge Herr hatte also bei meiner höchst erregten Vorlesung immer nur überlegt, ob ich leichtsinnig oder nicht leichtsinnig sein könnte.

Wie verschieden doch die Literatur auf die Menschen zu wirken vermag. Ja, es ist wirklich nicht leicht, sich mit klaren deutschen Worten verständlich zu machen. Ich rief daher heftig:

»Nu, meinetwegen bin ich auch leichtsinnig!«

Der Rechtsanwalt bemerkte indessen meinen Ärger nicht im entferntesten, er sagte gemächlich:

»Lesen Sie nur ruhig weiter! Ich muß ja doch hören, ich hab's ja versprochen.«

Ich entsprach seinem Wunsch, aber er sollte jetzt was Eintöniges vernehmen.

Mit süß-saurer Miene zog ich langsam aus meiner großen Rocktasche:

HINTER DEN SCHWARZEN BERGEN DES GROLLS.

Prosa-Rondel.

Hinter den schwarzen Bergen des Grolls lebt ein alter Zwerg. Der ist ruhig wie ein Granitblock. Mit dem alten Zwerge dürfen nur die Toten sprechen; die Lebendigen mag der alte Zwerg nicht sehen.

Und ich schaue hinauf zu den schwarzen Bergen des Grolls und möchte hinüber – hineilen zum alten Zwerge.

Doch ich weiß: ich kann nicht zu ihm kommen – es sei denn, daß ich vorher gestorben bin . . .

Und ich möchte schon sterben – so gern – denn ich will ruhig werden – ganz ruhig.

Als Lebendiger werde ich niemals ruhig werden – niemals!

Nur als Toter darf ich den alten Zwerg schauen – den alten Zwerg, der so ruhig ist wie ein Granitblock.

Ja – ich möchte schon sterben – so gern – denn ich will ruhig werden – ganz ruhig.

Und ich weiß: in der Nähe des alten Zwergs wird Jeder so ruhig wie ein Granitblock.

Und ich sehne mich so sehr – so sehr – nach Ruhe.

Die Ruhe wohnt hinter den schwarzen Bergen des Grolls beim alten Zwerge.

Oh – ich möchte schon sterben – so gern – auf daß

ich leben kann hinter den schwarzen Bergen des Grolls – ruhig – wie ein Granitblock ...

Und ruhig wie ein Granitblock saß jetzt auch mein Reisegefährte mir gegenüber. Er sprach kein einziges Wort. Er blätterte in seinem Notizbuch und schrieb ein paar Zahlen hinein.

Die dunkelblauen Polster, auf denen wir saßen, waren auch sehr ruhig – Alles war ruhig.

Ich räusperte mich später ein wenig, Müller sah auf, und ich fragte ihn, ob ich mir wohl gestatten könnte, in sein Notizbuch einen Stammbuchvers hineinzuschreiben.

Er gestattete, und ich schrieb:

STAMMBUCHVERS.

Ich weiß nicht, was ich dir sagen soll,
Mein Herz ist über und über voll!
Ich weiß nicht, was ich dir sagen soll,
Mein Herz ist über und über voll!
Ich weiß nicht, was ich dir sagen soll!
Ich weiß nicht, was ich dir sagen soll!

Er las und gab mir darauf das Notizbuch wieder zurück.

»Bitte, weiter!« sprach er verbindlich.

Ich rief lachend:

»Weiter geht's ja nicht!«

Er tat erzürnt, nahm das Buch wieder an sich und blätterte darin.

Wie die Lokomotive grade sehr lange gellend zu pfeifen beliebte, meinte er so nebenbei:

»Aber Sie dürfen mich auch nicht nervös machen. Ich bitte Sie darum!«

»Was?« versetzt' ich da, »das Sprüchlein soll nervös sein? Ich will Ihnen mal zeigen, wie die wirkliche Nervosität aussieht.«

Mit zitternden Fingern wühlte ich in meinen Manuskripten, und bald kam's hervor mit hastigen Worten – wie eine Parforce-Jagd:

ELOGIFANA.

Nervöses Capriccio.

Ich ging über die Berge und kam an die dicke große Felstür. Und ich öffnete die Felstür und trat in das eiserne Zimmer meiner Freundin.

»Elogifana!« rief ich, klopfte drei Mal mit meinem Stock an die eiserne Wand – und siehe da – plötzlich – auf einmal – steht sie – meine Freundin – vor mir.

»Elogifana ist hier!« sagte sie – ganz ernst. Sie ließ das Haupt ein bißchen nach vorn fallen, und dabei fielen ihr die schwarzen Haarsträhnen auf die Brust.

Meiner Freundin Stirn war von tiefen, tiefen Falten durchfurcht.

»Was willst du?« fragte mich Elogifana.

»Du weißt«, hub ich an, stellte meinen Stock in eine Ecke, schob meiner Freundin gleich einen eisernen Stuhl zu, tat etwas eilig, setzte mich auf eine ganz eiserne Kommode, stäubte meinen schwarzen Sammetrock ein wenig ab, zog die schwarze Weste zurecht und schlug verlegen auf meine schwarzen Sammethosen, klapperte mit den Hacken meiner langen schwarzen Stulpstiefel, die prächtig glänzten, gegen die Kommode, knitterte hastig meinen schwarzen Sammetkalabreser zusammen, streichelte meinen strohgelben Kinnbart mit der linken Hand – dann begann ich meinen schwarzumrande-

ten Kneifer mit einem Lederläppchen, das ich immer in der Westentasche trug, zu putzen ......
»Du weißt«, fuhr ich fort, »du hast mir neulich, als ich hier war, ein grasgrünes Löschpapier gegeben, erinnerst du dich?«

Ich hörte, wie Elogifana laut und vernehmlich »Ja!« sagte.

Nun begann ich lauter zu sprechen:

»Elogifana! Elogifana! Was hast du getan? Ich sollte das grasgrüne Löschpapier immer in der linken Rocktasche tragen – auf dem Herzen. Oh! Ich hab's getan! Aber wie wurde mir dabei? Jawohl, du hast Recht, das Papier hat eine fürchterliche Kraft. Alle die Empfindungen, die die anderen Menschen empfinden, alle diese Empfindungen empfand ich mit. Ich brauchte keine Zeitung mehr zu lesen – kein Buch – Nichts – ich wußte doch Alles – Alles, was geschah. Zuerst machte mir's Spaß, alle seelischen Regungen meiner Mitmenschen – mitzufühlen. Ich fühlte die namenlose Wut, ich fühlte die zärtlichste Süßlichkeit, ich empfand auch alle Gleichgültigkeitsstimmungen meiner Mitmenschen. Und wenn ich schrieb, schrieb ich die Geschichte meiner Zeit. Ich schrieb die Leiden und die Freuden dieser Zeit – kurz: ich kam mir wie ein Sprachrohr vor – wie ein Sprachrohr der Menschheit! Elogifana! ich glaubt' anfänglich, es wär' ein Vergnügen, eine Ehre – Sprachrohr der Menschheit zu sein. Ach, wie bald wurde mir aber klar, daß

solch' ein Leben für *die ganze Menschheit*, mit *der ganzen Menschheit – ein aufreibendes, verzehrendes, unerträgliches Leben ist. Ich weiß nicht mehr, wo ich vor Aufregung bleiben soll – immerfort klopft mir das Herz – so beängstigend. Ich kann das grasgrüne Löschpapier nicht mehr auf dem Herzen tragen – bitte – bitte – nimm' mir das grüne Löschpapier wieder ab! Elogifana, sei barmherzig! Erbarme dich!«*

Ich nahm nach dieser Rede das grüne Papier aus der Tasche, reicht' es meiner Freundin hin – – – – – die aber setzte sich ruhig auf ihren eisernen Stuhl und betrachtete die alten eisernen Möbel in der Stube.

Ja, in der Mitte stand noch immer der ovalgeschnittene eiserne Tisch. Die eisernen Schränke standen noch immer an den eisernen Wänden.

Von der Decke fiel durch das weiße Milchglas der Kuppel weißes Licht ins Zimmer.

Die vielen Schmiedearbeiten an den Schränken, Tischen und Wänden, die Eisengitter am eisernen Ofen, die eisernen Türfüllungen und der eiserne Fußboden mit den geheimnisvollen Zeichnungen . . . . wie mich das Alles so kalt berührte!

Die Elogifana sah sich trotzdem sehr gemütlich alle ihre Sachen an und sagte Nichts dazu – sie meinte nur so nebenher:

»Siehst du auch den Ofen? Ist der jetzt nicht so blank wie ein Schwert?«

»Ja«, rief ich, »dein Ofen ist aber immer kalt, und ich weiß nicht – hast du mich gehört oder hast du mich nicht gehört?«

»Elogifana hat dich gehört!«

»Und willst du mir nun das grüne Papier abnehmen?«

»Du hast es haben wollen und mußt es nun behalten.«

»Ach Elogifana!«

Die grauen Schmiedearbeiten kamen mir noch kälter vor – ich ließ meinen Hut fallen – hielt das grüne Papier noch immer in der Hand.

– – –

Nach einer guten Weile stand meine Freundin auf, ging an einen großen Schrank und holte ein Fläschchen daraus hervor – das gab sie mir. Sie sagte dabei:

»Ein Tropfen von dieser gelben Flüssigkeit wird – dich zum Lachen zwingen. Dieses gelbe Öl wird dir für drei volle Stunden die Kraft geben, über alle Empfindungen zu lachen.«

Ich war verdutzt.

Ich nahm die Flasche, dankte meiner Freundin, indem ich ihr schweigend die Hand küßte, setzte meinen auf den Fußboden gefallenen Kalabreser wieder auf den Kopf, nahm meinen Stock und zog los . . . . . . ging über die Berge dahin – zurück in die Welt.

Auf die Flasche war ein kleiner Zettel geklebt, auf dem stand deutlich:

»Wenn du den letzten Tropfen aus dieser Flasche getrunken hast – dann wirst du sterben.«

Dieser Zettel berührte mich sehr peinlich.

Aber wer da glaubt, daß ich des Zettels wegen nicht aus der Flasche getrunken hätte, der irrt sich gewaltig.

Ich trinke jeden Tag drei Mal – jedes Mal einen Tropfen.

Und drei Mal drei Stunden kann ich daher täglich lachen – lachen, daß die Wände dröhnen.

Schon ist die halbe Flasche ausgetrunken.

Wunderbares gelbes Öl!

Du erlösender Trank!

Ich lache – ich lache jetzt über meine vielen Empfindungen.

Jetzt macht mir das grasgrüne Löschpapier wieder Spaß.

Ich kann gar nicht genug empfinden.

Mein gelber Trank lacht auch – er lacht mich an – und wie!

Prost!

Elogifana, ich lach' über dich, über die Welt und über Alles, was nicht in der Welt ist.

Ich lache! Ich lache!

Die Flasche ist bald leer.

Doch ich lach' trotzdem – denn den letzten Tropfen laß ich drinn!

Ich bin also unsterblich!

Elogifana, wie geht's dir denn?

Weißt du, was ich mache?
Ich lache!
Hörst du mich lachen?
Elogifana, hörst du mich lachen?

Bei den letzten Worten pfiff unsre Lokomotive wieder ganz vernehmlich, und wir waren in Schneidemühl, allwo wir vierzig Minuten Aufenthalt hatten.

Bald saßen wir im Wartesaal erster Klasse. In der Ferne hörten wir unzählige Teelöffel, Zuckerstükke und Kaffeetassen durcheinanderklirren und durcheinanderklappern. Es klang geräuschvoll – doch auch gemütlich.

Wir tranken Curaçao und aßen guten Kuchen dazu. Müller trank zwei kleine Gläser – ich drei.

Wir sprachen kein Wort von meiner Elogifana, dagegen viel von Berlin – vom Billardspiel und von guten Hunden, von Tante Hannemann in Charlottenburg, von spiralförmigen Luftballons und von Schnellfeuerkanonen.

Das Gewoge des fahrenden Volks umbrauste immer stärker unser Ohr, sobald der Kellner die Türe unsres Wartesaales öffnete, was er sehr gern zu tun schien.

Als Alles bezahlt war, stiegen wir wieder in unsren Zug und fuhren wieder weiter – gen Osten.

Die Sonne ward schon wärmer. Ein heißer Tag stand uns jedenfalls bevor, das merkte man.

Wie ich so bedächtig rauchend in die weichen dunkelblauen Polster zurücksank, durchrieselte mich's so wohlig, daß ich hätte singen mögen. Und jetzt grade, da ich gar nicht sprechen wollte, wurde Müller gesprächig. Er wollte durchaus wissen, warum ich meine Skizzensammlung ›Ich liebe Dich‹ nennen wollte, während doch dem Anscheine nach von Liebe sehr wenig drinn' vorzukommen schiene – – –

Ich jedoch hüllte mich in den geheimnisvollen Mantel der Verschwiegenheit – zwar der paßte mir nicht – aber sollte ich meinem harmlosen Rechtsanwalt auseinandersetzen, daß er in meiner ›Skizzensammlung‹ eine nicht beneidenswerte Rolle spielen würde, daß sich alles das, was sich um ›Ich liebe Dich‹ dreht, nur in dem Rahmen zur Geltung kommen sollte, der sich um meine 66 Geschichten so schnörkelreich herumschwingen wollte – in dem Rahmen, in dem ich mit Müllern nach Nowaja Semlja fahre und mich mit ihm dabei über die niederen erotischen und über die höheren antierotischen Empfindungen unterhalte??

Der geheimnisvolle Mantel der Verschwiegenheit paßte mir nicht.

Und was tat ich da?

Ich sagte dem guten Rechtsanwalt ganz genau, was ich vorhatte – ganz offen!

Und er?

Er glaubte mir einfach nicht.

Ich freute mich über seinen Unglauben selbstverständlich nicht wenig – ehrlich währt doch wirklich am längsten – mit der Ehrlichkeit kommt man sogar bis nach Nowaja Semlja – man darf nur als Ehrlicher niemals aus der Rolle fallen – man muß ›stets‹ ehrlich sein – das ist schauderhaft klug!

Wir konnten also ganz gemütlich über Erotik und Antierotik reden, was uns beliebte. Und das taten wir denn auch.

Er sprach immer vom Niederen und ich vom Höheren. Er warf mir vor, daß ich das Menschengeschlecht ausrotten würde, und ich bestritt das – sehr energisch.

Ich ließ mich kurz vor Konitz so aus:

»Es fällt mir nicht im mindesten ein, zu verlangen, daß sich die gewöhnlichen Menschen der Liebe zu entschlagen haben. Es würde doch auch Nichts nützen, wenn ich das verlangte. Aber – wer etwas Größeres will, soll sich darüber klar sein, daß er dieses Größere, dieses Höhere, nicht in der Liebe zu einem Weibe oder in der Freundschaft zu einem Manne findet – sondern in der Ablehnung der Liebe und Freundschaft – im Antierotischen! Das Antierotische ist das Höhere – oder besser: erzeugt das Höhere.«

Müller fing einfach an zu lachen, als wenn ich ihm einen unbezahlbaren Witz erzählt hätte.

»Das Höhere!« rief er fortwährend, »Das Höhere! Das Höhere!« Er lachte fast krampfhaft.

Das brachte mich nicht aus dem Text, daran war ich seit vielen Jahren gewöhnt. Bei meinen ernsten Gedanken hat man immer gelacht, und bei meinen Witzen blieb man immer sehr ernst. Man darf sich daher gar nicht wundern, daß ich schließlich meine ernsten Gedanken in sehr burlesker Form vorbringen mochte.

Somit lacht' ich auch jetzt mit und erzählte Müllern rasch eine Anekdote dabei:

»Herr Doktor, meine Stiefmutter sagte mir auch schon in meinen Jugendjahren: Du bist natürlich für das Höhere, das Höhere! Und, während sie das öfters wiederholte, hob sie die Arme, stellte sich auf die Zehen und machte große Augen. Sie erzählte mir darauf regelmäßig die Geschichte eines jungen Mannes, der auch immer für das Höhere war und nicht einmal Beamter werden wollte. ›Was ist aus ihm‹, schloß sie, ›schließlich geworden? Ein Komiker! Ein Faxenmacher.‹ Und zuletzt prophezeite sie mir fast jedes Mal, daß ich noch mal kleine Steinchen essen würde. Das war meine Stiefmutter!«

Wir lachten nicht mehr. Das berührte mich natürlich ebenfalls nicht mehr unangenehm; meine Witze sind ja viel zu ernst.

Um meinen Freund wieder aufzuheitern, begann ich demnach die Erörterung meiner antierotischen Absichten und Bestrebungen von neuem:

»Ist Ihnen noch nie«, fragte ich, »in der Literatur

die überaus große Zahl von Liebesgeschichten aufgefallen? Und ist es Ihnen noch niemals langweilig geworden, immer wieder zu lesen, wie sich zwei bekamen oder nicht bekamen – dieses Herumkriechen der Dichter um das Kriegen und Nichtkriegen ist Ihnen doch schon öfters geschmacklos erschienen, nicht wahr? Müssen Sie deswegen nicht in Begeisterung geraten, wenn ich Ihnen erzähle, daß ich im Begriff bin, eine neue literarische Richtung zu gründen, die dem erotischen Thema Garaus machen wird? Müssen Sie nicht gradezu verzückt werden, wenn Sie jetzt vernehmen, daß ich diese Richtung mit den 66 Geschichten, die ich Ihnen auf unsrer Reise nach Nowaja Semlja vorzulesen gedenke, endgültig zu begründen beabsichtige? Wollen Sie nicht mein erster ordentlicher Jünger sein und meine antierotischen Ideen nach allen Richtungen in die Welt hinausposaunen und mir daraufhin die Hand geben?«

Müller gab mir gemütlich schmunzelnd seinen linken kleinen Finger und mit der Rechten offerierte er mir seine Zigarrentasche.

Die Laune des Herrn Rechtsanwalt ließ also Nichts mehr zu wünschen übrig – – – doch jetzt verlangte er »grade« was Erotisches! Und, da ich ihm einen Gefallen tun wollte, las ich leise:

DIE WEICHEN GLIEDER.

Ein Gartentraum.

»Drück' nicht so!«

........oh, die Luft ist so warm, und ein voller Wohlgeruch weht über die Lande.

Die Sonne steht hoch oben am Himmel. Rote Kirschen glänzen an den Bäumen, und die Königin sinkt nieder auf einen weichen, weißseidenen Pfühl.

Die Königin schaut zu den Kirschen hinauf – durch die grünen Blätter hindurch – in den dunkelblauen Dufthimmel hinein. Leise – zaghaft – weht ein flüsternder Wind mit spielenden Mücken vorüber.

Sie liegt nackt auf ihrem Pfühl, ihre Haut ist noch weißer als die weiße Seide......

Eine schwarze Sklavin reicht ihr grüne Weintrauben in goldener Schale.

Die schwarze Sklavin streichelt zärtlich den weißen Arm ihrer Herrin.

»Drück' nicht so!« sagt die.

Sie – sie – die weiße Frau – sie fühlt ihre weißen Glieder. Für die sind nicht einmal die weichen Seidenkissen weich genug.

Die Königin zerquetscht mit ihren weißen Brüsten eine grüne Weintraube.

Das erquickt –

Die Sklavin, die auch nackt ist, streichelt wieder den weißen Arm.

Da dreht sich der weiße Kopf nach der schwarzen Dienerin um – und die roten Lippen der Königin öffnen sich.

»Ich will nicht berührt sein!« sagt sie.

»Soll ich den Prinzen rufen?« fragt die Schwarze.

»Nein – nein«, erwidert die Königin, »sag' ihm, meine Glieder seien zu weich, ich könnt' ihn nicht empfangen – – ich fürchte mich ja vor ihm.«

Also – die nackte weiße Herrin.

Ihre Sklavin eilt davon.

Unten im Tal rauscht ein kühler Bach – da badet der Prinz. Wie die Schwarze kommt, packt er die Schwarze, reißt sie hinein in den kühlen Strom – doch so schnell, daß sie sich an einem Felsstück das eine schwarze Bein blutig stößt . . . . . . beinah' hätt' sie geschrien.

– – –

Die Schwarze bleibt lange beim Prinzen.

Aber die Königin mit den weichen Gliedern liegt ruhig auf ihrem weichen, weißseidenen Pfühl und zerquetscht mit ihren weißen Brüsten eine grüne Traube nach der andern.

Die weiße Seide scheuert sich an den weichen Gliedern – denn diese zucken öfters . .

– – –

Jetzt reckt sich das weiße Weib, streckt die Arme und Beine lässig so weit fort, küßt alsdann ihr linkes

Knie, läßt das Bein wieder matt und schlaff zurückfallen – liegt auf dem Rücken ganz still – – schläft mit ihren weichen Gliedern ein.

»Drück' mich nicht so!« sagt sie noch im Traum.

Die roten Kirschen glänzen im Sonnenlicht – ein voller Wohlgeruch bebt über die Lande.

Die Königin träumt – – ein Märchen zusammen.

Der Himmel tut sich vor ihr auf, und die weißen Wolken bilden ein großes, weiches Bett. Und schwarze Mädchen mit schwarzen Flügeln heben die Königin ganz behutsam in die Höhe.

Bald ruhen die weichen Glieder im weichen Wolkenpfühl.

Die schwarzen Mädchen singen leise:

»Schlaf' ein! Schlaf' ein, mein gutes Kind!«

Dann rufen sie: »st! st!«

Und mit den weißen Wolken decken sie behutsam die Königin zu, so daß sie Niemand sehen kann.

Und wir brausten zischend in den Bahnhof der Stadt Konitz hinein. Die Sonne stand glühend hoch über dem Stationsgebäude.

Wir tranken zwei Glas Grätzer im Wartesaal und aßen ein Tartarbrötchen dazu. Und ich bildete mir wieder mal ein, daß mein Gartentraum ihm gefiel – der war doch so erotisch.

Aber man soll auf seine literarischen Erfolge

keine Häuser bauen – oft schon waren die Erfolge bei Sonnenlicht gesehen was Andres.

Es ist kaum zu glauben: Müller wurde moralisch. Das hätte ich mir niemals träumen lassen. Von der Seite kannt' ich ihn noch gar nicht. Er wirft mir Schlüpfrigkeit vor – nennt meinen Traum widerlich süß.

Ich sag' ihm:

»Tun Sie mir bloß den einzigen Gefallen und regen Sie sich nicht auf! Die Sache ist ja nicht so wichtig! Ich wollte ja nur ein anästhetisches Weib zeigen – und sie so recht liebenswürdig machen, obgleich die anästhetischen Weiber nicht grade liebenswürdig sind. Es ist ja kein Verdienst, antierotisch zu sein, wenn man an Frigidität leidet. Seien Sie man still!«

Er aber tat empört, er vermißte die Schneidigkeit, behauptete, daß im Zeitalter des Militarismus auch die Dichter schneidig sein müßten.

Ich holte ein paar Blätter hervor und schrie laut:

»Passen Sie auf! Ich will Sie beruhigen! Jetzt kommt was Schneidiges:«

DER RAUHE PFAD.

Brutalitätsposse.

Granitsplitter – große kantige spitze – sausten vom Himmel hernieder und prasselten wie ein Frühlingshagel in ein Getreidefeld. Die zarten, schwankenden, gelben Ähren wurden zerknickt und zerstampft.

Und ein graubärtiger Krieger in blitzblanker Stahlrüstung kam des Wegs – und er sah das zerstampfte Ährenfeld, sah die großen scharfkantigen Granitsplitter.

Der Krieger stutzte.

Dann zog er sein Schwert, hieb auf den nächsten Granitblock fest ein, so daß die Schwertspitze gleich abbrach.

Und nun ging der Krieger gradezu ins Granitfeld. Er achtete nicht der spitzen Steine – stützte sich gemächlich beim Gehen auf sein Schwert. Die jetzt stumpfe Spitze des Schwertes glitt auf den harten Steinen nicht aus. Fest und sicher ging der Alte fürbaß.

Der Pfad ward rauher und rauher.

Indes der Krieger hatte zum Rasten keine Zeit.

Er ging gradaus. – – –

Da versperrten größere Steine den rauhen Pfad.

Der Alte kletterte hinauf auf die Steine. Seine Stahlrüstung klang hell wie Kirchenglocken, wenn er gegenstieß gegen den harten Granit. Der Alte kletterte – hinauf und hinab – über die großen und über die kleinen Steine – gradaus immer – gradaus!!

Alsbald tönte Froschgequak an des Kriegers Ohr. Einem Dutzend Frösche waren die Hinterbeine von einem Granitstück in den Boden gestampft.

Der Alte trat mitten in die Frösche hinein, so daß die meisten zerquetscht wurden unter seinem großen Fuß.

Wilder ward der Krieger.

Sein Weg ging gradaus!

Der Mann in der Stahlrüstung bog nicht rechts und nicht links ab. Mit seinem Schwert stieß er immer wieder in den Boden – ganz gleich wohin . . . .

Ein lahm geschlagenes Reh, das zwischen den Steinen röchelnd dalag, fühlte plötzlich die stumpfe Schwertspitze zwischen den Rippen – – das Reh verröchelte.

Verwundete große Vögel lagen zwischen den Steinen.

Die großen Füße des Kriegers patschten mitten in die sterbenden Vögel hinein, daß ihr Geschrei ganz erbärmlich zum Himmel kreischte . . . .

Der Mond ging auf – ganz dunkelrot.

Der Krieger schritt unverdrossen weiter – er sah nicht rechts, nicht links.

Er trat auf ein verwundetes, schlafendes Elfenkind und glitt mit dem rechten Fuß nach vorn – fiel aber nicht hin – stieß noch rechtzeitig sein Schwert – seinen Spazierstock – hinter sich in den Boden – durchbohrte dabei allerdings den Hals des Elfenkindes. Ein kleiner Zwerg schrie, als das Kind starb, wie wahnsinnig den rauhen Mann an. Der aber ging fürbaß – gradaus!

Und der Mond schien dunkelrot. Die blanke Stahlrüstung flimmerte folglich auch dunkelrot im Mondenschein.

Des Kriegers rauher Pfad ging gradaus – – – gradaus!!!

Der Mond ward so rot wie ein brennendes Zyklopenauge.

Die vom Granithagel verwundeten Tiere starben.

Und die verwundeten Elfen und Zwerge flüchteten.

Der blanke Stahlmann leuchtete rot wie ein rotes Gespenst.

– – –

Und die Elfen alle fürchteten sich vor dem roten Gespenst . . . . entsetzlich fürchteten sie sich.

Nach dieser Vorlesung war ich heiser, meine Kehle war ebenfalls rauh geworden. Und ich wollte daher Müllers abfällige Kritik mit ironischer Gemütlichkeit hinnehmen. Anzunehmen, daß Müllern meine rauhen Töne besser gefallen könnten als meine weichen, das kam mir natürlich gar nicht in den Sinn.

Und mein kritisch beanlagter Freund begann:

»Es ist doch eigentlich sehr merkwürdig, daß Sie Antierotiker sein wollen. Diese durchweg grausame Phantasie hat etwas Wollüstiges. Mir kommt dieser rauhe Pfad pervers vor. Schon bei den weichen Gliedern hatte ich mehrmals einen perversen Eindruck.«

»Hm! hm!« erwiderte ich freundlich, »da mögen Sie gar nicht so unrecht haben. Ich habe mir auch schon so häufig gedacht, daß meine ganze Antierotik nur die Folge meiner zu intensiven Sinnlichkeit sein könnte. Mir ist zumeist so orientalisch zumut, und im Orient ist man auch viel sinnlicher als im kühlen Europa. Und die orientalische Sinnlichkeit erzeugt auf der einen Seite ausschweifende Wüstlinge, die schließlich nur noch in den Qualen der Grausamkeit eine gewisse Befriedigung finden. Im Orient ist ja das Sterben und Getötetwerden gar nicht so gefährlich wie bei uns – die menschlichen Nerven sind im Süden an stärkeren Tabak gewöhnt – selbst die Körperverstümmelung kann im Orient gar nicht so schmerzlich empfunden werden. Die orientalischen Grausamkeiten gehören ganz gewiß eigentlich nur in das Gebiet der Sexualempfindungen. Das antierotische Asketentum auf der andern Seite ist vielleicht nur eine Begleiterscheinung der perversen Sexualempfindungen – aber das ist doch gleich! Was tut's? Glauben Sie dadurch meine antierotische Richtung aus der Welt zu schaffen, daß Sie diese Richtung für pervers erklären? Meinetwegen können Sie Alles, was ich denke und schreibe, für pervers erklären. Halten Sie doch die gesamte Kunsttätigkeit für pervers! Mir soll's recht sein! Antierotiker bleib' ich trotzdem!!«

Man sollte jetzt glauben, Müller würde endlich den Mund halten – das fiel ihm aber nicht ein. Er behauptete vielmehr mit wissenschaftlicher Protzigkeit, daß sämtliche Kunstwerke immer nur einer unbefriedigten sexuellen Affäre ihr Dasein verdanken. Und ich zerbrach mir den Kopf, wo er wohl diesen abscheulichen Unsinn wieder aufgeschnappt haben könnte . . . . . .

Doch er ließ mir nicht Zeit zum Nachdenken, denn er erklärte gleich darauf, daß jedenfalls meine ›weichen Glieder‹ in jeder Beziehung erotisch genannt werden müßten.

Ich beseitigte mit meinem Taschentuch meine ›Stirntränen‹ und widersprach so:

»Lieber Herr Rechtsanwalt, es ist falsch, wenn Sie behaupten, daß mein weicher, süßlicher Gartentraum mit irgend einem erotischen Erlebnis in Zusammenhang zu bringen wäre. Ich weiß wirklich nicht, wie ich auf die Geschichte gekommen bin. Aber Sie müssen mir doch zugeben, daß die Geschichte antierotische, dem Sexualtriebe zuwiderlaufende Impulse besitzt. Ich zeige doch ein

Weib, das bei tropischer Hitze eine sehr kaltblütige Weltanschauung zur Schau trägt. Meine weiße Königin lehnt doch den erotischen Prinzen ab. Das ist doch antierotisch – die Tatsachen sprechen hier doch deutlich genug. Angeboren ist meiner Königin das kalte Fischblut nicht. Aber die angeborene Antierotik ist auch nicht sehr erfreulich, da sie stets eine große impotente Begehrlichkeit erzeugen wird, die schließlich hundert Mal schlimmer ist als die potenteste Erotik – denn diese wird von den sexuellen Problemen sicherlich nicht so viel Aufhebens machen, wie jene. Diejenigen, die das sexuelle Thema wissenschaftlich ausbeuten, werden ebenfalls stets geneigt sein, die gute Erotik und ihre Bedeutung zu überschätzen.«

Wir redeten noch Manches, aber das Gespräch kam zu keinem Abschluß. Die Luft war zu heiß, und wir hatten zu großen Hunger.

Müller lud mich zu einem Frühstück ein, das wir auf dem Dirschauer Bahnhof verzehren wollten.

Und bald saßen wir denn auch in dem gotisch eingerichteten Bahnhofsgebäude bei kühlem Rheinwein und kostbarem Kaviar.

Mit tiefen Bücklingen verschwanden im Hintergrunde die Genien der erotischen und der antierotischen Kunst. Wir atmeten auf und – tranken uns lachend zu.

Das Frühstück ist doch beim Reisen die Hauptsache.

Oh – es ist erquickend, in einem Wartesaal der höheren Klassen in aller Eile zu schlemmen.

Hat man keine Eile, ist es noch besser.

Und wir hatten keine Eile, denn zu unserm Glück war gleich hinter der Dirschauer Brücke ein Zug entgleist; zehn Kühe und dreißig Schafe waren bei diesem Unglück umgekommen. Wir aber durften uns deshalb noch sechs Stunden auf dem Bahnhof aufhalten. Die meisten Reisenden verfluchten diesen unfreiwilligen Aufenthalt. Ich jedoch rieb mir vergnügt die Hände und trank.

Wir aßen noch gebratene Hühner, herrlichen Lachs und Apfelsinentorte. Das Leben ist doch nicht so wertlos, wenn man's recht bedenkt.

Und dann tranken wir Danziger Goldwasser. Müller glaubte natürlich, dieses Wasser würde den Schlußstein unsres Frühstücks bilden, kam aber mit dieser Idee bei mir schlecht an. Wir tranken noch eine Flasche Madeira und bestellten schließlich Champagner; mehrere Gutsbesitzer, die laut und dialektvoll von Pferden und Heupreisen sprachen, tranken am Nebentisch auch Champagner.

So kam's, daß der dicke Wirt, der so dick war, daß er nur auf zwei Stühlen sitzen konnte, schmunzelnd auch zu uns kam und nach dem Rechten sah, wobei ihm aus allen Flaschen freundlichst eingeschenkt wurde. Es ging sehr lustig zu.

Als ich bei der dritten Flasche Champagner einen Schulfreund, der so gut wie ich im nicht ferngelegenen Danzig geboren ist, im Saale nebenan urplötzlich wiedersehen durfte, da ging mein Herz über:

Ich umarmte meinen alten Freund, zog ihn an unsern Tisch, griff in meine Brusttasche, holte ein paar Manuskripte vor, und donnerte mit furchtbarer Stimme, daß Alle – besonders die Kellner – jählings erschraken:

JOHANN JACOB MUSCHKES AUTOBIOGRAPHIE.

Eine Clumbumbus-Variante.

Ich ging immer umher und sah den Schmetterlingen nach. Ich ging natürlich immer durch schöne bunte Wiesen.

Bei diesem Umhergehen dichtete ich natürlich immer.

Eines Abends legt' ich mich lachend unter einen halbvertrockneten Lorbeerbaum und schlief gemütlich ein.

Wie ich des Morgens wieder aufwachte – war ich entdeckt.

Drüben am murmelnden Bach tanzten nackte braune Indianer einen wüsten Kriegstanz und schrien schrecklich – da mußte mir doch klar sein, daß ich endlich entdeckt worden war.

Ich erhob mich und rief:

»Guten Morgen, Indianer!«

»Guten Morgen, Muschke!« tönte mir's darauf tausendstimmig entgegen.

Die Indianer standen Koppchen und streckten die Füße hoch in die Luft – dabei drehten sie mir den Rücken zu.

Danach bogen sie die Knie rechtwinklig.

Und ich sah plötzlich lauter Fußsohlen – schrecklich viele.

Es waren noch einmal so viel Fußsohlen da, als Indianer da waren.

Eine größere Ehrenbezeugung konnt' ich mir im Augenblick nicht denken.

Jetzt kam mir's ganz und gar zum Bewußtsein:

»Ich war wirklich entdeckt – wirklich!«

Der Spektakel, der nach diesem Poem losbrach, läßt sich wohl mit keinem andern Spektakel vergleichen. So mancher von den hohen gotischen Stühlen stürzte krachend zu Boden. Ein Eiskübel fiel meinem Schulfreunde in den Schoß. Die Gutsbesitzer riefen fortwährend: »Bravo!« Die Kellner rannten wie besessen um uns rum. Dem dicken Wirt rannen die Tränen über die dicken Backen, er umarmte mich.

Hei! Das war mal ein Beifall, ein Erfolg!

Allerdings – ich fühlte wohl: hätt' ich diesen heitren Menschen ein Epos in chetitischer Sprache vorgelesen, so hätte ich denselben Erfolg gehabt.

Müllern ward ein bißchen ängstlich zumute; er rief mir zu: »Das war sehr kühn!«

Und ich versetzte darauf brüllend:

»Kühn nennen Sie meine Variante? Kühn ist ja eine Morgenstudie, die geht ja so:

KÜHN!

Eine Morgenstudie.

Ich wandelte gedankenvoll durch die große Stube, dachte an die alten Götter der alten Indianer, an ihre Tempel und an ihre Liebesopfer ....

Dabei sperrt' ich den Mund zu weit auf.

Und was geschah da?

Eine Fliege flog mir in meinen Mund.

Unglaublich! Aber wahr!

Ich dachte lange Zeit darüber nach, was das wohl zu bedeuten haben könnte.

Indes den Rebus löst' ich nicht.

Kühn war die Fliege.

Sie starb in meinem *Rachen.*

Der Applaus wurde lebensgefährlich. Nur mit Mühe gelangten wir rechtzeitig nach sechs Stunden wieder in unsren Blitzzug. Ich wär' am liebsten in Dirschau liegen geblieben. Man trug uns fast auf Händen in unsren Wagen.

Hurtig schoben noch unzählige Kellner zwei Eiskübel mit Selterwasser und Moselwein uns nach.

Brausendes Hurrahrufen umtoste unser Ohr. Flintenschüsse donnerten im Hintergrunde.

Dirschau wird mir ewig in der Erinnerung bleiben. Das war mal ein Erfolg!

Zwar – wie der eigentlich zu Stande kam, das

mögen die Götter wissen. Indessen ist die Geburtsstunde des Ruhmes nicht stets ein Unbegreifliches?

Ja! Ja! Stets!

»Adieu, Dirschau!«

Indem wir diese beiden Worte lachend zum Fenster hinausriefen, rasselten wir schon über die Dirschauer Brücke – wieder weiter – gen Osten.

Müller starrte tiefsinnig die beiden Eiskübel an. Ich aber schenkte ein – in Bierseidel, aus denen uns der kühle Moselwein gar nicht übel mundete.

Die Kontraste sind köstlicher als Alles. Die ungeschliffenen Gläser wirkten in unsrem vornehmen Coupé noch einmal so gut.

Ein ungeheures Gelächter entrang sich meiner Kehle, als Müller plötzlich wissen wollte, welcher literarischen Richtung ich eigentlich angehörte.

»Ich will doch eine ›neue‹ Richtung gründen«, schrie ich pathetisch.

Das half mir aber Nichts, denn Müller wollte den Namen der »alten« Richtung wissen, der ich angehörte.

»Ich gehöre«, sagte ich da ernst, »auch der romantischen Symbolisten-Richtung an. Nach der Melodie ›Da drunten in der Mühle‹ wollen wir singen«:

WAS NIE EIN MENSCH GESEHN!

Romantischer Symbolistengesang.

Da tönten von allen Bergen
So seltsam und wunderschön.
Die Lieder von tausend Zwergen,
Die nie ein Mensch gesehn.

Es klang wie ein alter Reigen
Wohl über Feld und Tal.
Dann aber begann ein Schweigen,
Das erfüllte das ganze All.

Wir standen und sahen träumend
Die Berge und Zwerge an.
Das Bächlein aber lief schäumend
Plötzlich zum Himmel hinan.

Und das sangen wir dann – oh, wohl ein Dutzend Mal.

Erläutern tat ich diese Verse dem Müller nicht, obwohl der öfters darum bat.

Erst hinter Elbing wurden wir ruhiger.

Wir zogen uns die Röcke aus, legten uns auf die dunkelblauen Sammetpolster, rauchten und tranken langsamer.

Da kam denn bald wieder die Stunde, in der

mein Reisegenosse sich in erotische Gedanken verlor. Und er bat mich flehentlich, ihm doch etwas vorzulesen – was auch eine liebende Seele mit Genuß anhören könnte.

›Liebende Seele!‹

Müllers eigene Worte!

Ich erbarmte mich seiner und trug vor – flüsternd – sehnsüchtig:

EINST!

Sentimentales Stimmungsbild.

Einst kamst du im weißen Kleide geschmückt mit blutroten Rosen zu mir in mein einsames Haus.

Die Lampe brannte gleich heller, und der Puls schlug mir gleich schneller.

Du warst es – du!

Wie du dich nanntest, und wie du auch heißest – das weiß ich noch immer.

Du warst die Kunst!

Aber du bist schon so lange nicht wieder gekommen, und ich habe dich doch so treu geliebt – so treu! so treu!

Warum kamst du denn nicht?

Einst im weißen Kleide mit blutroten Rosen – einst kamst du, und ich habe dich so sehr geliebt – so treu! so rein!

Du – du – mit dem weißen Kleid – mit den blutroten Rosen – du warst die Kunst!

Warum kommst du nun nicht wieder?

Blieb ich dir nicht treu?

Oh, komm' noch einmal wieder!

Komm!

Du im weißen Kleid mit den blutroten Rosen!

Oh, wie lange willst du noch in der Ferne bleiben?

Ich grüße dich!

Ich grüße deine – deine – Rosen!
Komm! Komm!

Der Herr Rechtsanwalt atmet schwer, ich denk' er schläft.

Doch nein! Ich traue meinen Ohren kaum, er hält mir sehr bald eine Lobrede, in der meine ›wahre Poesie‹ und andre schöne Dinge in denkbar bester Weise in den Himmel gehoben werden.

Soll ich tatsächlich in den Himmel des Ruhmes hineinkommen?

Ich muß Müllers Begeisterung abdämpfen, sonst verfalle ich noch in Größenwahn, sage daher:

»Herr Doktor! Nicht zu voreilig urteilen! Beim Schreiben dieser sentimentalen Geschichte mag ich wohl im Grunde meines Herzens nur ein bißchen erotisch gewesen sein. Schon möglich! Es sieht ja danach aus. Aber sonst ist in der Kunst nicht alles Erotik, was danach aussieht. Eigentlich ist die ganze Kunst antierotisch! Wir müssen doch mehr kosmisch denken und kosmisch lieben. Erinnern Sie sich an mein fürchterliches Gelächter! Da war schon viel Kosmisches. Hier hab' ich aber noch eine Liebesgeschichte, die ganz und gar kosmisch ist. Hören Sie einmal zu:«

DIE FARBIGEN MONDE.

Kosmosophisches Scherzo.

An die zehn Monde kreisen um einen großen Weltball. Und jeder Mond hat eine andre Farbe.

Und die Monde denken nach – alle zusammen – auf einmal.

Ein leises Stöhnen entringt sich ihren Kratern.

Der Äther pfeift dazu.

Die Glieder der Weltkörper knarren.

Und an ihren Eispolen wird's wärmer.

Die Stürme jagen heftiger über die runzlige Mondhaut, so daß der Äther lauter pfeift.

Die Monde denken nach.

– – –

Die Monde denken so:

»Was mag er wollen? Er, der Große – der Geliebte – was mag er wollen – er, der große Stern, den wir umkreisen?«

»Was kann er wollen?«

»Er möchte nur!«

»Was möcht' er denn?«

»Sollen wir näher kommen? Sollen wir wieder in die einsame Nacht hinaus? Liebt er uns nicht mehr? Will er uns anders, als wir sind?«

»Sollen wir uns drehen wie er? Sollen wir so dunkel sein wie er? Sollen wir unsren Glanz abschütteln – unsre leuchtende – unsre farbig leuchtende Luft?«

›Was mag er wollen? Er, der Große – der Geliebte – was mag er wollen?‹

»Sollten wir's nicht erfahren können?«

»Das käme doch nur auf einen Versuch an!«

»Hm! Ja! Hm!«

– – –

Währenddem beginnt der Purpurmond, der weit draußen wandelt, zu zittern – so ätherdurchdringend zu zittern – wie ein verrückter Komet.

Des Purpurmondes Krater dampfen.

Mit diesem Zittern und Dampfen sagt der Purpurne den andren Monden, daß man mit den Versuchen nicht gleich, nicht sofort beginnen dürfe; man müsse erst im Chor ein Lied singen – – – natürlich in Mondsprache.

– – –

Die Monde verstehen's und stimmen zu.

Ein süßes Sausen schwingt sich selig durch den Weltenraum.

Ein Mondorchester stößt seltsame, wunderliche Töne ins All hinein. Manche Töne sind schrill, andre dumpf, viele voll wie Riesenposaunen, einige so stark wie die größten, mächtigsten Sonnen. Donnernd und pfeifend, klingend und klirrend jagen die Töne durcheinander. Die Monde wollen erst wieder ihre verrosteten Stimmen »prüfen«.

Dann aber beginnt das Mondorchester – ganz in seiner Weise – mit langen Tönen – es hallt so:

Immerzu – in denselben Kurven –
Geht es fort – in die leersten Weiten –
Was wollten wir?
Undurchschaubar großer, grausiger Raum,
Bist du nur ein wüst hinwirbelnder Traum?

Gellend klagt das Mondorchester in die öde Leere hinein ..... prasselnde Töne wirbeln dazwischen.

Und nach einer Weile, wie's ruhiger geworden ist, fährt's fort – doch jetzt – säuselnd – weich – fast mollig:

Ohne Ziel und ohne Wollen
Trollen wir uns wie die Tollen
Durch die endlos große Nacht der Welt.

Drauf wird's ganz still. Nur der Äther pfeift wie sonst.

Plötzlich beginnt abermals das Konzert des großen Mondorchesters – jetzt wie leidenschaftliches Geflüster – nicht zu laut – aber glühend heiß wie Krateratem:

Und ihn –
Und ihn –
Den Geliebten starren wir
Immer an
Immer zu.
Ewig hängen wir an ihm.

Niemals wenden wir uns ab
Von dem heißgeliebten Stern.
Ihn, den Großen, starren wir
Wie zehn bunte Raumgespenster
Geisterhaft
Immer zu
Immer an. –
Und der heiß umkreiste Gott –
Er wird nimmer qualvoll weinen –
Er wird nimmer selig lachen –
Ewig wird er sich nur – drehen –
Sich nur drehen – sich nur drehen –
Trollen nur wie wir, die Tollen,
Ohne Ziel und ohne Wollen
Durch die endlos große Nacht der Welt.

Aufstöhnend – gräulich grell – zerstampft sich in schauerlich brüllenden Tönen das große Mondorchester. Die Stimmen knacken, bersten – und reißen auseinander – – und dann verstummt die Weltmusik.

– –

Der Mittelstern dreht sich funfzig Mal.

Wie er sich zum einundfunfzigsten Male drehen will – zeigen seine Monde an einzelnen Stellen eine etwas veränderte Farbe.

Der sich drehende Mittelstern wundert sich nicht, aber merkwürdig kommt's ihm doch vor.

Nachdem sich nun der Heißgeliebte, ohne die

veränderten Farbenflecke auf seinen Monden aufmerksamer zu betrachten, wieder ein paar hundert Mal in zufriedener Gemütsruhe weiter gedreht hat und sich seines durch die ewigen Drehungen erzeugten Drehrausches bewußt geworden, da bemerkt der Große, daß die Monde – seine zehn Monde – die Farbe gewechselt haben.

Der Purpurne sieht moosgrün aus, der Blaue violett, der Silberne zinnoberrot, der Rosafarbige leuchtet schneeweiß, und der Gelbe zeigt einen ultravioletten Ton. Auch die andren Monde haben andre Farben.

Indes der Heißgeliebte wundert sich auch diesmal nicht. Er läßt sich Nichts merken und dreht sich weiter.

Und die Monde warten – warten immerzu! sie hoffen lange Zeit hindurch, daß er, der Große, sich äußern wird.

Doch er, der Große, der äußert sich nicht . . .

Die Monde möchten so schrecklich gern wissen, was er, der Heißgeliebte, will.

Der aber dreht sich nur – dreht sich ohne jegliche Veränderung – immerzu – genau so wie bisher.

Das will den farbigen Monden, die schon ihre Farbe gewechselt haben, gar nicht gefallen.

– – –

Und die Monde denken wiederum nach . . . .

Der jetzt moosgrüne Mond meint dann nach einiger Zeit: »Versuchen wir's mal in andrer Art!«

Er schlägt vor – ein bißchen die Bahn zu verändern.

Da wackeln aber die anderen Monde gar bedenklich mit ihren kugelrunden Leibern und drücken dadurch ein weithin vernehmliches »Nein« aus. Die Bahnveränderung scheint ihnen doch zu gefahrvoll .... wie leicht könnten sie sich stoßen ...... und jeder Stoß kostet ja das Leben.

Doch der Moosgrüne begegnet diesen Bedenken. Er sagt, er wolle ganz allein ein bißchen weiter in den Raum hinausziehen – das könne Nichts schaden.

Nun – damit sind denn die andren Monde nach einigem Sträuben einverstanden.

Der Moosgrüne geht also ein bißchen in den Raum hinaus.

Da wird der Heißgeliebte natürlich stutzig – er hätte beinahe vergessen, sich weiter zu drehen.

Im selben Augenblick sagt er sich aber gleich, daß sich so was für ihn nicht schicke – wundern mögen sich junge Kometen – ein in geordneten Verhältnissen lebender Mittelstern darf sich überhaupt nicht wundern.

Und er läßt sich abermals Nichts merken.

– – –

Wieder vergehen lange, lange Zeiten.

Der Heißgeliebte dreht sich wie bisher.

Der Moosgrüne kommt allmählich wieder zurück und seufzt – die andren Monde seufzen auch.

Sie stoßen dabei aus ihren Kratern so große Wolken heraus, daß ihre farbigen Lüfte verdunkelt werden .....

Indes auch das hilft Nichts.

Der Heißgeliebte scheint gänzlich unempfindlich zu sein. Er schweigt sich aus.

– – –

Die Monde wissen jedoch, daß er denkt. Er ist nicht dumm.

Drum wollen sie auch wissen, was er denkt.

»Abwarten«, meint ein kleiner Mond, »scheint mir doch das beste zu sein. Vielleicht will der große Freund nur, daß wir ihn ruhig anschauen wie bisher.«

Die Andren brummen, widersprechen aber nicht.

Und dann sind sie ruhig – lange Jahrtausende lang.

Die Monde sind so ruhig, als lebten sie nicht mehr.

Doch ihre Neugierde schläft nicht.

Schließlich machen sie noch einen Versuch, ihren Freund zu einer Äußerung zu veranlassen.

Sie geben sich ihre Farbenlüfte wieder zurück, so daß sie allmählich wieder so aussehen wie einst.

– – –

Natürlich hilft das auch Nichts.

Die Monde verzweifeln beinahe.

Der jetzt wieder Purpurne ist der Neugierigste,

weil er der Letzte war, der sich zum Mittelstern hingezogen fühlte – er gehört eigentlich gar nicht zu den andren neun Monden – er war früher ein großer, großer Komet.

Der Purpurne meint nach längerem ernstem Nachdenken:

»Brüder, wir müssen die Gedanken des Heißgeliebten in andrer Weise zu erfahren suchen. Wir müssen unser Gefühl mehr ausbilden. Wir müssen es herausfühlen, was er, der Große, denkt. Wir müssen auch selber nachdenken, wenn wir seine Gedanken kennenlernen wollen.«

Das leuchtet den Brüdern ein.

Und sie bilden nun mit vieler Müh' in langen Jahrtausenden ihr Gefühl aus – und denken recht viel. Sie werden dabei natürlich immer klüger.

Und wie sie nun so immer klüger werden – ja – da glauben sie schließlich, Verschiedenes wahrzunehmen. Der Mittelstern scheint zu sprechen.

In einer Nacht sagt der blaue Mond: »Ich glaube, wißt ihr, der Heißgeliebte will uns nur sagen ....«

»Was denn?« rufen stürmisch, Wolken hervordampfend die Andern.

»Er sagt«, meint langsam der Blaue, »›Laßt Alles so kreisen, wie's grade kreist.‹«

Eine dumpfe Pause tritt ein.

Und Alle hoffen, der Mittelstern werde die Worte des blauen Mondes bestätigen.

Indes das tut er wieder mal nicht.

Er ist unbegreiflich.

– – –

Wieder ein paar tausend Jahre später meint der silberne Mond, er, der Heißgeliebte sage:

»Meine lieben Monde, es ist das Eine genau so gut und genau so schlecht wie das Andre.«

Wieder Pause ....

Und wieder vergeblich!

Die Monde würden lachen, wenn sie das Lachen gelernt hätten. Leider haben sie das noch nicht gelernt.

Plötzlich ruft der Ultraviolette:

»Ich hab's! Ich hab's! Er sagt: ›Ihr berauscht euch nicht oft genug, ihr seid mir zu nüchtern!‹«

Da denken Alle – jetzt hätten sie's herausbekommen ....

Der Heißgeliebte dagegen – bleibt auch jetzt noch stumm – so stumm wie die unsichtbaren Geister.

– –

Endlich nach sieben mal hundert Tausend Jahren ruft der Purpurne:

»Der Heißgeliebte sagt: ›Seht nur, Monde, wie ich mich drehe!‹«

Die andren Monde werden unwillig, sie halten die Bemerkung für einen schlechten Scherz.

Aber der Purpurne ruft zum zweiten Mal: »Das war noch nicht sein letztes Wort. Er will auch wissen, warum wir *uns nicht* auch so *drehen.«*

Da – ja – da – sind – sämtliche Monde – – ganz verblüfft.

Und sie bemerken sehr ärgerlich, daß sie sich doch in andrer Weise zu berauschen gewöhnt seien. Es könne doch nicht Jeder in derselben Weise begeistert werden.

Aber – auf dem heißgeliebten Mittelstern – da leuchten endlich die hellen Freudenfeuer des Verstandenseins hochflackernd auf.

– – –

Was der Purpurmond sagte, das hat der Heißgeliebte wirklich die vielen Millionen Jahre hindurch gedacht. Er hat's nicht sagen wollen, weil sich Sterne die innersten Gedanken niemals sagen, sondern nur wollen, daß die Andren zu diesen innersten Gedanken durch eigne Entwicklung gelangen. Nur dann können die innersten Gedanken den Andren was nützen.

»Warum dreht ihr euch nicht auch immer um euch selbst?« Das war die große Frage des Heißgeliebten.

Der Purpurne hat ihn verstanden.

Deshalb dreht der sich auch gleich – er dreht sich hinaus ins Weltall hinein – immer um sich selbst dreht er sich.

Bald wird er auch ein Mittelstern sein, um den sich Monde bewegen, ohne sich um sich selber zu drehen. Und diesen Monden wird der Purpurne wieder dasselbe Rätsel aufgeben, das der Heißgeliebte aufgab.

»Warum dreht ihr euch nicht auch immer um euch selbst?«

Ach ja, die alten neun zurückgebliebenen Monde des Heißgeliebten verstehen ihren Freund noch immer nicht – sie starren ihn, den Großen, noch wilder an als bisher. Sie können's eben nicht fassen, daß Sterne nur selig werden können, wenn sie sich um sich selber drehen.

Der Purpurne – der ist glücklich – der sagt sich jetzt:

»Es gibt nur ein einziges Mittel, das Leben zu ertragen – und das einzige ist der Rausch – und dieser Rausch wird, wenn er dauerhaft sein soll, nur dadurch erzeugt, daß man seinen Körper – sein ganzes Wesen – immerzu in derselben Bewegung erhält. Diese Bewegung ist beim runden Stern die Drehung um sich selbst – die einzige Bewegung, die unveränderlich und unaufhörlich fortgesetzt werden kann. Andre Mittel, einen ewigen Rausch, ein ewiges Glück, in sich zu erzeugen, gibt's für einen Stern nicht.«

Der Purpurne singt, während er purpurne Wolken aus seinen alten Kratern lustig herausdampft:

Selig drehen wir uns weiter
Durch den großen Weltenraum.
Wir sind immer froh und heiter,
Uns betrübt kein Sehnsuchtstraum.
Denn wir leben nur im Rausch!

Ewig – in demselben Rausch!
Ja, wir sollen – mehr nicht wollen!

– – – – – – – –

Trollen wir uns wie die Tollen
Ohne Ziel und ohne Wollen
Durch die Welt!

– – –

Durch die Glanznacht dieser großen Welt!

Ach! Es ist entsetzlich!

Bei meinem kosmosophischen Scherzo ist dieser dumme Müller eingeschlafen, ich hätte ihn am liebsten zum Fenster hinausgeworfen. Zum Glück fiel mir was Boshafteres ein:

Ich weckte ihn und las ihm die zweite Hälfte noch einmal vor, indem ich immerwährend dazwischenrief:

»Herr Doktor! Hören Sie auch?«

Er stöhnte zuletzt.

Doch ich tat so, als wenn ich's nicht bemerkte, hielt ihm vielmehr, um seinem schwächlichen Gehirn einen ordentlichen Stoß zu versetzen, noch folgende Rede:

»In den europäischen Schulen sollte schon in den unteren Klassen ein besonderer Unterricht in der Astronomie erteilt werden, und dabei müßte besonderer Wert auf das plastische Anschaulichmachen der Sterne gelegt werden, damit sich schon in den jüngeren Jahren ein kosmisches Vorstellungsvermögen ausbilden könnte. Diese Stunden in der Kosmologie dürften vielleicht mit den Religionsstunden in näheren Zusammenhang gebracht werden. Eine vernünftige Idee vom Dasein Gottes läßt sich doch nur mit weitausgreifenden großen Raumphantasien verbinden. Dem Weltgeist können wir nur dadurch näher kommen, daß wir immer wieder und wieder mit reger Phantasie in die große, unendliche Sternenwelt hineinschauen. Das mag Ihnen etwas banal vorkommen. Aber wahrlich! Mir ist das Größte, was wir denken können – der Weltgeist – noch nie was Banales gewesen. Wissen Sie denn, was das Höchste ist? Es kann doch nur der Weltgeist sein! Und wenn wir unsre Liebesempfindungen bis zum denkbar höchsten Gipfel steigern wollen, so können – nein – so müssen wir doch diese unsre Liebesempfindungen nur dem Weltgeist entgegenbringen! Nicht wahr? Sehen Sie, diese Liebe zum Weltgeist geht noch über das Antierotische, die ist höher als das Höhere – die ist das Höchste! Das Antierotische ist nur eine Vorstufe zur Weltgeistliebe!«

Müller nickte verschlafen, und ich ließ ihn wieder einschlafen – ich trank allein und starrte verzückt in die untergehende Sonne. Es war schön in Ostpreußen! Und mir war plötzlich so groß zumut!

– – – –

In Eydtkuhnen übernachteten wir in einem Hotel.

Kurz vorm Zubettgehen las ich Müllern noch was vor – und zwar:

DER PFARRER.

»Nein!« sagte der Pfarrer, »mit einem so großen Tintenfaß kann ich Nichts anfangen – bringen Sie mir ein kleines!«

Der Horizont leuchtete, und der alte Kirchturm schien sich höher hinaufzurecken.

Der Pfarrer träumte, schaute hinaus ins weite Land und sah, wie der Horizont leuchtete. Der Pfarrer sah das Leuchten so gern.

Seine alte Aufwärterin kam dann ins Zimmer und rief:

»Olle Drehmnäs'!«

Was sagte Müller?

Er sagte: »Sie sind ein schrecklicher Dichter!«

Und was erwiderte ich?

Ich flötete süß und sehnsüchtig in vielen Tonarten:

»Olle Drehmnäs'! Olle Drehmnäs'! Olle Drehmnäs'!«

Und das nahm mir dieser Rechtsanwalt, dieser unbedeutende triviale Mensch, übel.

Unglaublich!

Ich schlief drüber ein.

– –

Am nächsten Morgen empfand ich in meinem Körper ein höchst vergnügtes Gefühl, das sich besonders lebhaft in den Zehenspitzen äußerte, wo es scheinbar aus der Haut fahren wollte.

Und Müller? Hm! Dem ist nicht wohl! Oder will er mir bloß nicht wohl? Beides scheint der Fall zu sein.

Kaum sitzen wir wieder im Zuge, so kommt ein rußiger Schornsteinfeger vorbei und schlägt – was uns auch Alles passieren muß! – mit seiner alten Leiter unser Coupéfenster entzwei. Müller schimpft, was Zeug und Leder hält.

Wir sind gezwungen, einen andern Wagen zu besteigen. Müller tut so erzürnt, als hätte man ihm seine Kinder aufgefressen.

Ich hole, um ihn zu beruhigen, das mir in die Situation passende Manuskript hervor.

Es war:

DIE ZERBROCHENE FENSTERSCHEIBE.

Trauerstimmung.

Grau war der Himmel, und es regnete.

Sonntag nachmittag war's.

Ihm war nicht wohl.

Körperlich war er wohl gesund – aber woanders – da machte sich etwas Fehlendes bemerkbar.

Ihm glückte Nichts mehr.

Was er auch begann – Alles schlug fehl. Und es ging ihm täglich schlechter. Eine Hoffnung nach der andern ward zu Grabe getragen.

Jetzt ertönten auf der Straße schrille Trompeten im feierlichen Marschtone durch die nasse Luft.

Eine Leiche ward mit Trompeten zu Grabe getragen.

Er wurde noch trauriger.

Drüben aber öffneten sich alle Fenster, und viele Frauen schauten halb neugierig, halb andächtig in die Straße hinab.

Da wollt' er auch die Musik besser hören, und er öffnete sein Fenster ebenfalls.

Doch wie er all' die Frauen drüben sah, ärgerte er sich, und er wollte sich scheinbar gleichgültig in seinen Triumphstuhl werfen . . .

Und er tat's zu heftig!

Und die eine Fensterscheibe brach klirrend und klingend entzwei.

– – –

Er wollte fast weinen.

Die Scheibe kostete zwei Mark.

Er wollte sich einreden, daß ein solches Pech wahrscheinlich »Glück« bedeute – indes er konnte sich das nicht mehr einreden.

Er glaubte, jetzt verfolge ihn das Unglück noch heftiger als sonst, und ihn ergriff – Wehmut – Wehmut!

Nicht mal mehr ein leidenschaftliches Wort kam über seine Lippen.

Er war so tieftraurig – so furchtbar traurig, daß er sich nicht erinnerte, jemals trauriger – verzweifelter gewesen zu sein.

An die Trompeter, die im strömenden Regen hinter einer Leiche – blasen mußten – dacht' er gar nicht.

Er hätte wieder gelacht – hätt' er daran gedacht.

Wir passierten die russische Grenze, und ich blickte vergnügt in die weite Landschaft hinein.

Müller krauste die Stirn und benahm sich wie ein brüllender Löwe, der still ist.

Ich rief – endlich auch – gnarrig: »Aber, Herr Müller, was ist denn los?«

Seine blauen Augen starrten mich unverwandt an, und mir ward unheimlich.

»Ich bin den Ton«, sagte er nun, »den Sie gestern

Abend anschlugen, nicht gewöhnt – und ich muß leider fürderhin auf Ihre angenehme Unterhaltung verzichten.«

Mir fiel all' mein Weißzeug bei.

Die Geschichte war lieblich, Nowaja Semlja verglühte mir langsam im dunkelsten Hintergrunde. Meine Geistesgegenwart wollte mich verlassen. Die verfluchte olle Drehmnäs'!

Ich wühlte krampfhaft in meinen Papieren, räusperte mich und fing an zu stottern.

»Nu lassen Sie«, sprach ich endlich, »den gestrigen Abend aus dem Spiel! So war's doch nicht gemeint! Hatten Sie mich nicht auch gekränkt, als Sie bei meinem kosmosophischen Scherzo einschliefen? Ist Einschlafen nicht auch eine Beleidigung? Ihr Schlaf und meine Drehmnäs' heben sich doch gegenseitig auf. Ich bitte Sie höflichst außerdem noch um Entschuldigung – und ferner bitte ich Sie, ein Versöhnungslied von mir anzuhören – dann können wir ja weitersprechen. Erlauben Sie, daß ich beginne?«

Er nickte, und ich las langsam:

SAWIGA, DIE LIEBENDE FEE.

Ein Versöhnungslied.

»Nun male mir sein Bild!«

So sprach leise die Fee Sawîga zu ihrem alten Freunde, dem Eremiten Rállo.

Rállo nickte mit seinem alten ehrwürdigen Haupte, versprach, zu malen, und Sawîga ging wieder fort in den Wald.

Sie ging träumend weiter und summte so vor sich hin – es war ein altes Lied, das sie da summte.

Sie dachte an den, den sie liebte.

Ihr Geliebter war ein Priester, der die Menschen glücklich machen wollte ..... der die Menschen lehren wollte, wie man böse Worte vergibt.

Der Fee Sawîga ward so still zumut.

Über den Waldsee drüben glitt ein Kahn.

Wer saß dort im Kahn?

Er!

Sawîga schaute träumend in den Waldsee, in dem der Mond sich spiegelte und der Kahn sich schaukelte.

Da kam plötzlich ein Wirbelwind, und der Kahn kippte um – und der Priester sank ins kühle Wasser – und ging unter.

Das sah die Fee.

Und sie weinte.

Doch Rállo malte des Priesters Bild auf eine ganz kleine, runde Holztafel.

Sawîga nahm das Bild, wie's fertig war – barg's an ihrem Herzen – dankte – und ging wieder davon – in den Wald.

Sie sagte ihrem alten Freunde nicht, daß ihr Geliebter gestorben ..... denn Rállo liebte die Toten nicht.

Die Fee geht mit dem Bilde ihres Priesters durch die ganze Welt.

Und wen ein böses Wort gekränkt hat – der sieht nachts im Traume – das Bild des Priesters, den Sawîga liebte.

Wer des Priesters Bild gesehen – wird ganz still – und zürnt nicht mehr.

Sawîga wandelt durch die Welt – durch Flur und Wald, durch Stadt und Dorf, über Berg und Tal und über die Wasser .....

Die Fee denkt immer nur an ihren Priester – und sie wünscht nur immer, alle Menschen möchten ihren Priester so lieben – wie sie ihn liebt.

Er starb im See – nicht durch eigne Schuld – doch er mocht' auch nicht mehr leben, weil er den Zorn der Menschen nicht mehr ansehen konnte.

Sawîga wandelt durch die Welt – –

»Du sollst nicht zürnen!« sagt die Fee.

Menschen mit feinen Ohren hören zuweilen die Stimme der holden Fee – –

Das Bild, das Rállo malte, leuchtet durch manche dunkle Nacht – es leuchtet – –

Im Waldsee spiegelt sich der Mond.
Elfen singen lustig:

Ein Wort kann dich kränken?
Ich kann's mir kaum denken.
Nur spät in den Schänken
Wird immer mit Ränken
Das Leben vergiftet.
Wenn du aber draußen bist,
Denk' nicht mehr an Trug und List!
Des Menschen Wort ist viel zu fein,
Es kann nie Zornesursach' sein.
»Du sollst *nicht zürnen!« sagt die Fee.*

»Es ist gut«, sagt hierauf der Rechtsanwalt, »Sie haben eben sehr paradoxe Anschauungen. Wir wollen Eydtkuhnen vergessen!«

»Paradoxe Anschauungen?« versetz' ich gereizt, »das find ich gar nicht. Ich halte die ewigen Kabbeleien wahrhaftig nicht für ein Vergnügen. Molche und andre böse Würmer beißen sich wohl zum Zeitvertreibe gelegentlich gegenseitig die Beine ab. Daß diese Tiere aber dadurch glücklicher werden, möcht' ich wohl bezweifeln. Außerdem – der Mensch ist doch kein Molch – nicht wahr?«

Letzteres gibt Müller zu, sagt dann aber eifrig:

»Hören Sie, Scheerbart, das geht doch nicht. Können Sie denn verlangen, daß man alle Beleidigungen auf sich sitzen läßt? Ich verstehe Sie nicht, Sie müssen doch Ehrbegriffe anerkennen!«

Ich werde müde, wie ich das höre.

Ich kam wieder auf die Liebe zum Weltgeist zurück und bemerkte so recht wehmütig:

»Ich weiß ja, ich werde Ihnen Ihre Ehrbegriffe niemals nehmen, und Sie werden mich ewig für unbegreiflich erklären. Die Sawîga wird Ihnen mit dem Bilde ihres Geliebten vergeblich erscheinen. Doch bedenken Sie nur: wenn wir Menschen den Weltgeist bedingungslos verehren wollen, so müssen wir doch Alles, was existiert, alle Menschen, alle Tiere – Alles und Alle – für Offenbarungen dieses Weltgeistes halten. Und diese Offenbarungen müssen wir denn doch auch mit freundlichen Augen ansehen, sonst würden wir uns ja gegen den Weltgeist, von dem wir doch ein kleiner Teil sind, auflehnen. Wir *dürfen* also nicht hassen. Ihre Ehrbegriffe sind religionsfeindlich. Wir müssen doch frei vom Hasse sein! Die Freiheit, in der's kein Zürnen mehr gibt, ist die einzige Freiheit, die einen Wert hat. Wie gefällt Ihnen diese Fensterstudie? Hören Sie nur:

SCHWALBEN.

Fensterstudie.

Sie schießen vorüber wie die Pfeile.

Sie wiegen sich in der Luft wie Meereswogen.

Sie kreisen wie fein gebaute Segelböte.

Sie piepsen – das klingt so lustig, als wenn sie jauchzten – jubelten – wie spielende Kinder.

Sie – die Schwalben – ja – die sind frei.

Oh! Wären wir's doch auch –

Und – die Feder sträubt sich – da brat' mir Einer einen Storch! – Müllerchen bemerkte jetzt witzig:

»Ich halte es für falsch, wenn Sie behaupten, daß die Raubvögel frei vom Hasse sein könnten.«

Ich pfiff vor Mißvergnügen.

Ich hätte am liebsten sehr witzlos bemerkt:

»Müller, Sie sind so das richtige Rindsvieh, es fällt schwer, Sie *nicht* zu hassen.«

Natürlich verschwieg ich diesen inneren Wutausbruch, denn ich wollte ja meinen Haß bekämpfen.

»Wissen Sie«, sprach ich hart, »wie ich es mache, wenn mich Jemand beleidigt? Ich rufe gemütlich im westpreußischen Dialekt: Eck piep' opp di! Diesen tiefen Ausspruch, der wirklich oft schon gewirkt hat, habe ich mal in einer Fabel auf hochdeutsch zum Ausdruck gebracht!«

Ich las ihm vor:

DER KLUGE FROSCH.

Eine Wiesen-Fabel.

»Unglaublich!« sagte der Spatz zum Frosch, »was sich diese Menschen mit ihren Flinten jetzt schon einbilden. Sie schießen auf uns mit einer Dreistigkeit los, als wenn wir gar keinen Schnabel hätten!«

Der Frosch nickte mit seinem dicken Kopf und meinte bedächtig: »Ich sage dir, lieber Freund, mit den Störchen ist's genau so! Die bilden sich sogar ohne Flinten alle Tage mehr ein!«

»Kann man Nichts dagegen machen?« meinte nach einer Weile der Spatz, der sich sehr ärgerte.

Beide besannen sich – sie saßen auf einer Wiese, und es ward wieder mal Abend auf der Erde.

Da sagte der Frosch:

»Quaken!«

Und er quakte, und alle seine Verwandten quakten mit.

Der Spatz aber flog verdrossen fort – er konnte ja nicht quaken.

Der Frosch lächelte nachher.

Der Spatz aber konnte sich nicht beruhigen, er ärgerte sich immerfort über die eingebildeten Menschen, schimpfte auf ihre Flinten und ruinierte den guten Ruf des Menschengeschlechts ganz und gar.

Doch half das was?

Nein!

Der Frosch war viel klüger.

Gegen die Unverschämtheit hilft nur ein lustiges Gequake, aus dem klingt immer so froh heraus:

»Feind, wie piepe bist du mir!«

Diese Wendung ärgert tatsächlich die unverschämten Bösewichter am allermeisten.

Und es kommt doch nur drauf an, daß man diejenigen, die uns ärgern – auch ein wenig ärgert.

Quak', mein Söhnchen! Quak'!

Ich ließ diesmal den Müller gar nicht zu Worte kommen, ich sagte gleich:

»Wissen Sie auch, daß man mich für einen schlechten Kerl hielt, weil ich Andern nie was übel nahm? Ich zürnte nur zuweilen kurze Zeit gegen meinen Willen! Sehen Sie, es steckte ja wohl in dieser duldenden Gemütlichkeit sehr viel Hochmut – vielleicht nahm man mir den bloß übel. Doch Scham und Neid spielten bei der Sache sicherlich die Hauptrolle. In den meisten Gesellschaftskreisen wird der, der nicht hassen und nicht zürnen kann, am meisten gehaßt – merkwürdig! nicht? Die Weltgeistliebe ist allerdings für den Pöbel gar nichts – höchstens ein Verbrechen am menschlichen Sexualsystem!«

Und ich zog eine Geschichte vor, die nicht ganz in die Situation paßte.

Es kam:

DER SCHLECHTE KERL.

Eine Gaunersilhouette.

Er war anfänglich gut. Aber er ward dann betrogen – gräßlich. Man legte den »guten« Kerl überall gehörig rein.

Das geschah so oft, daß es dem »guten« Kerl schließlich langweilig wurde, sich stets übers Ohr hauen zu lassen.

Er wollte daher – auch schlecht werden.

Er versuchte – und es glückte.

Ja – es glückte – – ganz außergewöhnlich war der »Verdienst«.

Denn – die Geschichte war so:

Der einst gute Kerl hatte ja noch sein gutes Gesicht.

Und dem vertraute man.

Wollte nun der einst gute Kerl einem Andern das Fell über die Ohren ziehen, so hatte er nur nötig, sein gutes Gesicht zu zeigen – das sah so aus, als wenn er keiner Fliege was zu Leide tun könnte.

Bald merkte der einst Gute, wie seine Erfolge zustande kamen.

Und da begann er, sein Gesicht noch sorgsam zu pflegen, so daß es immer besser aussah.

Und fertig war der gemeingefährliche Erzgauner!

Wäre der Erzgauner nicht einst ein »guter« Kerl

gewesen – er hätte nie ein gutes Gesicht gehabt – Niemand hätt' ihm getraut – Niemand wär' von ihm eingeseift worden.

– – – – – – – –

Der kleine Hans, der immer abscheulich gescheit war, sagte stets, wenn er von einem guten Onkel einen Zuckerzwieback bekam:

»Du schlechter Kerl!«

Nun wollte Müller was sagen, ich jedoch unterbrach ihn und fuhr in meinen Erörterungen fort:

»Es hat schon so viele Menschen gegeben, die mit den allerbesten Absichten ins Leben hinaustraten und nachher bemerkten, daß sie eigentlich doch auch was für ihren eigenen Magen tun könnten – und schlecht wurden. Unter den Erzgaunern gibt es so manchen Weltbeglücker a. D. Indessen der Mensch, der in Allem eine Offenbarung der höchsten Gottheit sehen möchte, wird *diesen* Gaunern nicht böse sein – sind sie doch eine lustige Parodie auf die menschliche Göttlichkeit – auf *die* Menschen, die so gern behaupten, daß sich in ihnen tausendfach mehr offenbart als in Andern. Um mir den ständigen Gleichmut der Seele möglichst lange zu bewahren, hab' ich mir ein biederes Leib- und Magenlied gedichtet – dieses:«

FAHNENLIED DER NEOANARCHISTEN.

So geht mir doch!
Was schert mich das?
Ich bin nicht für die Eine.
Ich schwing' nur Fahnen, die ich mag,
Ich schwinge doch auch deine.

Ja, geht mir nur!
Wie rührt mich das!
Ich bin nun mal für Alle!
Ich trage jede Erdenplag' –
Ich habe keine Galle.

So geht mir doch!
Was schert mich das?
Ich darf mich nicht verrennen
Und werd', solang ich lachen mag,
Euch Farbe nie bekennen!

Ja, geht mir nur!
Wie rührt mich das!
Ich schwärme für die Weiten
Und kämpfe nur beim Zechgelag' –
Ich mag nicht nüchtern streiten.

So geht mir doch!
Ihr rührt mich nie!

Ich liebe die Gescheiten.
Es kommt ja doch der helle Tag –
Es kommen andre Zeiten!

Bei diesen Versen unterbrach mich wieder der Müller, der immer genau wissen wollte, was ich mir bei den einzelnen Strophen gedacht hatte.

Die Erklärungen, die ich geben mußte, nahmen sehr viel Zeit in Anspruch – mein drittes Wort war immer ›Weltgeistliebe‹.

Schließlich meinte Müller, daß meine allgemeine Liebeserklärung, die ich allen guten und allen bösen Menschen entgegenbrächte, eher eine allgemeine Kriegserklärung genannt werden müßte.

Ich konnt' ihm nicht so ganz Unrecht geben, es ist ja für die Menschheit nicht sehr schmeichelhaft, wenn ich immer wieder erkläre, daß ich mir weder aus den Sympathien noch aus den Antipathien, die sie mir entgegenbringen möchte, was mache.

Und trotz alledem lieb' ich die Menschheit doch – nur in einer anderen Form – in der antierotischen Form – die mit einem sehr religiösen pantheistischen Empfinden wohl identisch ist.

Indessen – dieser neugierige Müller wollte nun wissen, ob ich mich von einem wirklichen Mörder, dem das Morden zur Gewohnheit geworden ist, auch ganz ruhig totschlagen lassen würde.

Ich sagte Nichts darauf, sondern lächelte nur,

denn mir fiel eine meiner Geschichten ein, die hier als Antwort vorzüglich paßte.

Ich mußte noch einmal lächeln, da es mir plötzlich sehr komisch vorkam, was Müller immer noch nicht bemerkt hatte, daß ich in jeder Situation stets eine Geschichte in der Tasche fand, die in die Situation grade hineinpaßte. Dieses Mal paßte hinein:

UNTER WILDEN TIEREN.

Eine Verzweiflungsgeschichte.

Zwei gute Menschen kamen durch einen verwüsteten Park, in dem viele wilde Tiere hausten.

Eines Morgens griff ein Leopard den einen guten Menschen zähnefletschend an.

Doch der zweite Mensch nahm einen Stein und schlug den Leopard – tot.

Wie das der andre gute Mensch sah, entsetzte er sich und sprach voll Abscheu: »Mörder!«

Doch der »Mörder« hielt es nicht für gut, hierauf was zu sagen.

– – –

Nicht lange danach griff nun ein Pavian den andren guten Menschen an.

Und dieser andre gute Mensch nahm ohne weiteres seinen Stock und schlug mit dem den Pavian – tot.

Der erste gute Mensch sah das, lächelte sehr fein und sprach jetzt auch das Wörtchen: »Mörder!« recht vernehmlich aus.

Die guten Menschen standen still, sahen sich verwundert an, waren ernst, schüttelten sich aber nach einer Weile schmunzelnd die Hände.

Und der Erste meinte:

»In einem verwüsteten Park, in dem wilde Tiere hausen, kann man nicht zu allen Zeiten ein guter Mensch sein!«

»Da hast du ganz recht«, versetzte der Zweite – und ihm tat's leid, daß er so abscheuvoll den Ersten »Mörder« genannt hatte.

Darauf frühstückten die Beiden in Eintracht und Gemütlichkeit.

Nach dem Frühstück zogen sie ihre Spielkarten aus der Tasche und begannen zu spielen.

Und alsbald rief der Zweite von den beiden guten Menschen ein bißchen symbolisch:

»So! – Trotzdem ist Cœur Trumpf und nicht Pique!«

Und ein sanftes Säuseln ging durch den verwüsteten Park.

Die schlanken Tannen schwankten – so froh bewegt.

Die wilden Tiere horchten ....

Mir war allmählich sehr warm geworden, und ich ersehnte einen Abschluß unsrer Unterhaltung, doch Müller pflegte ja grade dann gesprächig zu werden, wenn ich mich halbtot geredet hatte.

Er bemerkte daher resümierend:

»Also: Sie nehmen nur dann den Fehdehandschuh auf, wenn man ihr Leben tatsächlich bedroht, wenn Sie vor Sein oder Nichtsein stehen. Auf Ihre Ehre legen Sie kein Gewicht, die halten Sie nicht für notwendig zum Leben.«

»Nicht für notwendig«, entgegnete ich, »wenn man allein leben kann.«

»Gut«, fuhr nun Müller fort, »Sie gehen also sämtlichen Konflikten aus dem Wege; wenn man einen Ihrer Freunde oder Bekannten beleidigt, so werden Sie davon gar keine Notiz nehmen, nicht?«

»Schwerlich«, gab ich müde zurück, »denn wer Haß sät, wird Haß ernten; dafür kann ich nicht. Nur diejenigen, die Haß gesät haben, können in Konflikte kommen und beleidigt werden. An Bösewichter, die ohne Grund Andern Leid antun wollen, glaube ich trotz aller Erfahrungen noch immer nicht. Die Bösen sind nur ein bißchen krank, man muß sie bedauern. Kurzum: ich will den Kampf nicht.«

Jetzt schien ich Wasser auf Müllers Mühle gegossen zu haben, er ward ganz aufgeregt und warf mir Egoismus und Charakterlosigkeit vor und schließlich noch Feigheit, er bestritt mir jede Spur von Mut. M. war köstlich grob!

Ich aber erklärte kaltblütig:

»Ach was! Der Mut ist doch nur ein Mangel an Selbstbewußtsein. Wer sein Leben bei jeder Quarkerei einer Gefahr aussetzt, hält es nicht für sehr wertvoll. Was man nicht hütet, schätzt man nicht. Mut ist zumeist nur Unbedachtsamkeit. Ich kämpfe nur, wenn man mich zwingt, wenn ich absolut nicht anders kann.«

Wieder wurde M. erregt, er rief laut:

»Ihre Allerweltsliebe ist keinen Schuß Pulver wert. Die Zustände in der menschlichen Gesellschaft sind Ihnen ganz gleichgültig. Sie werden nie daran denken, einem Bedrängten beizustehen. Die sozialen Probleme der Gegenwart sind Ihnen leerer Schall. Und Sie halten sich in Ihrer Anmaßung noch für einen Weltbeglücker. Es ist zum Lachen! Sie, der konservativste Feind aller Reformen und die Weltbeglückung!«

Müller lachte. Ich jedoch sagte, indem ich wieder mal ein passendes Manuskript vorzog: »Es soll mir eben nicht so gehn wie meinem Freunde Kóhlifoß!«

Und ich deklamierte feierlich:

WER TÖTET SIE?

Eine Gesellschaftsfabel.

Der Drache Kóhlifoß war eine ehrliche Haut, und er haßte drum alle Schlangen.

Als nun die Schlangen merkten, daß der Haß des alten Kóhlifoß unauslöschbar war, gingen sie dem gewaltigen Ungeheuer aus dem Wege.

Die Schlangen waren plötzlich für den Drachen verschwunden.

Da glaubte der allzeit ehrliche Kóhlifoß, bereits sämtliche Schlangen totgeschlagen zu haben – und war drob sehr vergnügt.

Leider währte Kóhlifossens Freude nicht lange.

Bald hinterbrachte man ihm, daß die Schlangen jetzt hinter seinem Rücken ihr Spiel trieben und sich zudem noch viel schneller vermehrten als bisher.

Das verwirrte den Drachen.

Er legte sich in seine Höhle, um sich zu überlegen, was nun zu tun sei.

Der alte Drache soll noch da liegen.

Mein Freund schimpfte weiter.

Es wurde mir bald langweilig.

Ich erzählte ihm deshalb dies:

»Wissen Sie, wer die bösesten Schlangen sind? Das sind die Menschen, die sich immer Alles gefallen lassen und daraus ein Geschäft machen – so halb unbewußt halb bewußt. Hüten Sie sich vor den Leuten, die sich Alles gefallen lassen. Sie werden diese höchst raffinierten Menschen besonders im Kaufmannsstande finden! Ja! Ja! Ja!«

Nun mußte Müller laut lachen.

Wir lachten um die Wette.

Darauf dozierte ich also:

»Es liegt im Interesse der einfachen, nur auf die Fortpflanzung ihrer Rasse dressierten Wesen, was auf ihr äußeres Ansehen – auf ihre Ehre – zu geben; sie müssen Schenkel zeigen. Aber im Interesse der höher entwickelten Wesen, die nur daran denken, im Geiste ihres Sterns zu leben und zu schaffen, liegt die Pflege des äußeren Ansehens – der sogenannten Ehre – der Schenkel – in den meisten Fällen ganz und gar nicht, da ja die höhere Kräftigkeit der höher entwickelten Wesen für diese selbst außer Frage steht und sie die außer ihnen lebende Welt nicht so viel angeht wie diejenigen, die sich bloß fortpflanzen sollen und wollen. Verstanden?«

Das liebe Müllerchen dachte natürlich, ich wollte bloß mal dummes Zeug reden und dabei wichtig tun. Er schrie daher zehn Mal »Ja!«. Zuletzt schrie er das Wort sehr laut.

Und dann lud er mich ein, mit ihm auf der nächsten Station ein ordentliches Diner einzunehmen.

Ich erklärte mich einverstanden. Hunger und Durst empfand ich in ausreichendem Maße.

Wir befanden uns mittlerweile schon mitten in Rußland. Der Blitzzug fährt schnell.

. . . .

Als wir nun nach langer Fahrt zum ersten Male den Perron eines russischen Bahnhofs betraten, da wurde mir zum ersten Male klar, daß meine Fahrkarte erster Klasse *auch* was Höheres war.

Wir wurden von den Bahnbeamten mit einer Höflichkeit empfangen, daß wir beinahe in Verlegenheit geraten wären.

Man hielt uns sicherlich für die ehemaligen Kaiser von Brasilien und Mexiko.

Müller und Scheerbart hatten's gut!

Den Namen der Station konnt' ich mir leider nicht merken, dazu hatte ich keine Zeit.

Wir wurden mit tausend Bücklingen in größter Eile in den Wartesalon erster Klasse geführt, in dem augenscheinlich nur Persönlichkeiten allerersten Ranges empfangen zu werden pflegten.

Dunkelgrüne Seide, mit Silberornamenten bedeckt, umkleidete die Wände des kleinen Gemachs. Ein dicker gelber Teppich mit dunkelblauen Hieroglyphen lag auf dem Fußboden, von dem man Nichts sehen konnte. Ein großes Portrait der Kaiserin Katharina hing links von dem großen dreiteiligen Fenster in einer Ecknische, rechts vom Fenster in der anderen Ecknische glänzte ein großer Spiegel. Der weißlackierten Doppeltür gegenüber sahen wir ein mächtiges Ölgemälde in silbernem Rahmen, das den Übergang Napoleons über die Beresina darstellte. Reichversilberte Rokokomöbel – merkwürdiger Weise überall Silber! – machten den Salon ungemein wohnlich. Die bequemen Sessel entzückten mich, besonders, als ich saß. Kerzen befanden sich überall – im Kronleuchter, an den Wänden, auf den Schränken und vor dem Spiegel.

Draußen vor dem Fenster blühten gelbe Rosen.

Wir machten's uns bequem.

»Gestatten Sie, Herr Doktor«, fragte ich, »daß ich mich um unser Mittagbrot bekümmere? Ich möchte sehr gern die Speisenfolge arrangieren.«

»Bitte sehr!« erwiderte der Doktor, »ich werde mich vollkommen Ihrer Wahl fügen!«

Ich verbeugte mich lächelnd und klingelte.

»Aber«, rief der Doktor, »können Sie auch russisch?«

Doch im selben Moment stürzte bereits der Herr Oberkellner herein.

»Die Speisekarte!« flüsterte ich, »wir wollen so gut wie möglich zu Mittag essen!«

»Zu Befehl, gnädigster Herr!« stotterte der Diener, und ich wunderte mich, daß er mich nicht ›Majestät‹ nannte.

Müller wunderte sich, daß der Kellner deutsch verstand, ich arbeitete mit letzterem fünfzehn Minuten.

Der Herr Doktor lauschte unsrem Zwiegespräch mit gespanntem Atem. Ich bestellte tatsächlich so gut wie möglich. Im Bestellen bin ich groß.

Sieben auserlesene Gänge sollten uns in den Himmel Lucullis versetzen.

Mit Austern und Champagner begannen wir.

Wir plauderten beinahe herzlich, tiefsinnige Ideen tauschten wir jedoch nicht aus. Ich sprach ebenfalls wie ein ganz einfacher Mensch, was mir zuweilen großen Spaß macht.

Als über meine Zunge die sechs und dreißigste Auster langsam hinüber geglitten war, hielt ich inne, genoß das Milieu des Salons und sah nach der Uhr – die Dämmerung nahte.

Und es kam dann Krebs-Ragout.

Ich bestellte noch Rotwein und Chablis, denn für Champagner schwärme ich nicht sehr.

Und mit Andacht genossen wir das Ragout!

Rechts ritten die kleinen Champignons, links die kleinen Morcheln, an der Tête flackerte die entzückende Krebssauce, flankiert von einigen Sardellen, die eine Zitrone blitzschnell vor sich herrollten – im Mitteltreffen wackelte die Kalbsmilch am Arme einer hohen schlanken komplizierten Fleischfarce. Die Krebsschwänze zogen im Hintergrunde das schwere Geschütz.

So drang das Krebs-Ragout auf mich ein.

Ich erklärte mich bald für ganz besiegt und trank zwei Glas Rotwein aufs Wohl der Sieger!

Müller war auch ganz entzwei vor Wonne.

Die Kellner zündeten die Kerzen an den Wänden und vor den Spiegeln an, den Kronleuchter ließen sie auf unsern Wunsch unberührt.

Die Stimmung wurde großartig.

Und ich konnte nicht anders, ich mußte wieder vorlesen, ich wollte den Stimmungszauber noch erhöhen.

Die Kerzen auf unsrem Tisch flackerten heftiger.

Ich erinnerte mich blitzschnell an eine lange Reihe alter alter Dummheiten.

Und durch das märchenhaft durchleuchtete Gemach, in dem noch ein Schimmer der Tagesdämmerung hing, tönte nun eine deutsche, etwas sentimentale Traumgeschichte – leise – gespenstisch:

SEELENLIEBE.

Spiritistische Romanszene.

Auf der Straße rasseln die Wagen – klappern ....

Es ist zwölf Uhr nachts.

Ich liege ganz still auf dem Sofa und rauche.

Sehr viel Rauch ist im Zimmer.

Drüben auf dem Schrank vor dem Spiegel brennt die Lampe – die mit dem roten Lampenschirm.

– – –

Seit vielen Jahren denk' ich jeden Tag an eine Frau – wenn ich allein bin, denk' ich noch öfter an diese Frau –

Oft ist mir so, als müßte sie gleich kommen.

Ich wundre mich nicht, wenn sie nicht kommt.

Aber heut' grad' ist mir so eigen zumut.

Mir ist, als müßte sie heute wirklich kommen – jetzt gleich – jetzt ....

– – –

Neben der Tür – dicht am Ofen – was ist das?

So ein feines, dünnes Gebilde – wie von Rauch.

Nein – das ist ganz feines helles bläuliches Tuch – durchsichtig – matt – so prickelnd fein ...

Ich wage nicht, mich zu bewegen ...

Doch jetzt – unglaublich! – ah!

Wahrhaftig – das ist ein Arm – ein weicher, feiner Arm – ganz weiß ist der Arm.

Und links? – links sind nur Gewänder – eine ganze Masse – – –

Da – da – über den Gewändern – schrecklich! – grausig! – ein bleiches Antlitz mit tiefen tiefen meergrünen Augen!

Das sind ihre Augen – das ist ihr Gesicht – ihr Gesicht.

Sie will sprechen.

Sie droht mir mit dem Finger.

Das sieht fast lustig aus.

Jetzt spricht sie – verworren!

Ich höre noch nicht.

Jetzt aber – ja – ich hör's ganz deutlich – sie sagt:

»Warum soll ich denn immer körperlich bei dir sein? Ist das nötig? Ich liebe dich doch! Ist dir das nicht genug? Nein? Sieh' mich an!«

Mich erfaßt ein leises Grauen, doch ich bekämpf' es. Ich will aufstehn – kann aber nicht. Träum' ich denn? – nein – meine Zigarre brennt ja noch – ich wache.

Nach einiger Zeit sag' ich ganz leise:

»Ich sehne mich so oft nach dir! Ich liebe dich doch auch – keinen Menschen lieb' ich mehr als dich.«

Währenddem ist mir, als weine sie – doch sie fragt gleich darauf etwas heiser und undeutlich:

»Weißt du, daß ich Mutter bin?«

»Ja!« sag' ich laut und erschrecke darüber.

»Deswegen«, fährt sie ruhiger fort, »muß ich fern von dir sein. Meine beiden Kinder können nicht ohne mich leben. Ja – ich weiß – du liebst mich! Aber – – – liebst du auch meine Kinder?«

Ich schweige.

Sie fährt fort:

»Du mußt sie lieben. Ich werde dich segnen dafür. Ich bitte dich so herzlich – sieh! – liebe meine beiden Kinder auch! .... Laß mich in der Ferne bleiben – bei meinen Kindern. Körperliche Liebe macht nicht glücklich. Du weißt das. Und ich – ach – du weißt, daß ich das auch weiß. Ich will unsichtbar bei dir sein!«

Die Rauchwolken bewegen sich, und die Erscheinung scheint zu schwanken, scheint gegen den Ofen zu drücken.

Ich sage laut: »Ja und Amen!«

Wie ein erlösender Seufzer tönt es da durchs Zimmer.

Und ich sehe plötzlich Nichts mehr.

Aber ich höre bald wieder ihre Stimme – sie spricht eindringlich:

»Dein Seelenweib grüßt dich! Geh' zu Bett und schlaf! Trink' nicht immer so viel! Träume von mir! Träume sind – zerstreu' dich nicht! Sieh' mich an!«

»Ich sehe Nichts!« ruf' ich.

Doch sie scheint es nicht zu hören.

Sie spricht mit fester, wie Metall tönender Stimme.

»Du bist mein! Ja, du bist mein! Nun lebe – dichte – werde Messias!«

Ich will aufspringen, die Augen öffnen – hin zu ihr:

Doch ich kann nicht.

– – –

Nach längerer Zeit sehe ich unten neben dem Ofen ihre hellen, bläulichen Gewänder – und darunter ihre beiden Füße – ganz weiß und glänzend.

Vom Oberkörper seh' ich Nichts.

Und sie redet abermals zu mir:

»Ich glaube an dich! Aber wünsche nicht mehr, daß ich dir körperlich nahe komme – später – einst – einst – einst – vielleicht! Erst mußt du dein Lebenswerk vollbringen. Körperliche Liebe ist .....«

Unverständliche Laute dringen an mein Ohr.

Plötzlich gellen ein paar schrille Töne laut und so heiß durchs rauchige Gemach – ich glaube die Töne zu verstehen – sie klingen – wie:

»Werde Messias! Werde Messias!«

Ich wende den Kopf.

Jetzt kann ich mich bewegen.

Ich sehe – ja – die Zigarre brennt noch in meiner linken Hand.

Ich spring' auf.

Ich weiß nicht, was los ist.

Ich bin sehr aufgeregt.

Doch ich frage mich: »Hab' ich geträumt? mit der brennenden Zigarre? wär's möglich? – wie denn? – wie nur? – im Schlafe raucht man doch nicht!«

In den Ohren dröhnen mir noch immer die schrillen Töne – ganz heiß:

»Werde Messias! Werde Messias!«

Auf der Straße rasseln die Wagen – klappern ....
Die Uhr steht.

Ich saß nach den letzten Worten ganz still in meinem Sessel und starrte ins Zimmer, mir schien's überall in den Ecken, in den alten versilberten Möbeln lebendig zu werden, der Napoleon auf dem großen Gemälde schien mir was zuzumurmeln von Stärke und Schwäche ...

Es zitterte was in mir.

Müller war aufgestanden, er trat zögernd auf mich zu, schüttelte mir die Hand und entriß mich meinen Träumen, obgleich er kein Wort sprach.

Müller klingelte bald nachher, und die Diener brachten Aal à la Tatare.

Das war wieder was Andres, der Aal war auf dem Rost gebraten.

Bei den ersten Stücken ergriff ich mein Glas, hob es hoch empor und flüsterte leise, ganz leise – lächelnd – einen Trinkspruch:

TIEFERNST!

Mir ist, als ob der Friede
Sich in meine Seele legt –
So wundersam bewegt!
Der Pappeln Wipfel flüstern.
Wir sitzen still und schweigen.

– – – – – – – – – –

Wir wollen noch einmal trinken –
Und dann – betrunken sein!

Hell klangen die Gläser aneinander.

Wir wurden wieder lustig und lachten viel.

Der Aal war köstlich.

Müller erzählte mir was von seiner ersten Liebe, ich hörte nicht ordentlich hin.

Ich ging vorsichtig zum Chablis über.

Wie Müller mit seiner Geschichte, die eigentlich sehr drollig herauskam, so daß wir Beide lachen mußten, fertig war, aßen wir Rehkotelettes mit Trüffelsauce.

Selten hab' ich in meinem Leben einen so glänzenden Appetit entwickelt.

Ich ließ mir gemütlich Alles von Müllern gefallen, der mir lachend erklärte, daß er mich endlich verstanden habe – meine Antierotik sei ja nur eine höhere Erotik – was ich nicht bestritt – ich aß und trank.

Mir kam's beinah so vor, als hätte der kluge Rechtsanwalt vollkommen recht.

Meine Seelenliebe wirkte nach, ich erinnerte mich noch an andere Liebesgeschichten, die in meiner Vergangenheit eine Rolle spielten, und wehrte die erotischen Empfindungen nicht ab – ich sagte mir, daß derjenige, der die Erotik überwunden haben will, nicht feige seine Empfindungen in Ketten legen dürfte.

Dabei ward mir allerdings so, als ginge ein wildes Pferd mit mir durch.

»Halt!« rief ich daher plötzlich, »Sie sollen gleich was hören, was noch erotischer ist als die Seelenliebe. Da wir nun mal dabei sind, so soll's nicht unterdrückt werden, obgleich ich's unterdrücken wollte. Indessen – na – reden wir drüber nachher!«

Nach kurzer Pause begann ich:

DAS REICH DER EWIGEN QUAL.

Ich hatte so viel gelacht – und konnte nun nicht mehr; das Lachen war mir zuwider.

Daher ging ich fort in ein andres Land – ich stieg hinauf und kam oben über den Wolken in das seltsame Reich der ewigen Qual.

Dies Reich kennt man unten auf der Erde nicht – in den Tiefen gibt's immer noch Lust – doch in der Höhe über den Wolken dicht unter den Sternen – da gibt's ein Land, in dem alle Lust verschwand.

Unselige Höhe!

Doch ich war da.

Ich weiß nicht mehr, wie ich hinkam.

Große Blumen blühten dort oben, und Vögel flogen umher.

Doch die Blumen stachen; es waren bunte, glänzende Dorngewächse.

Und die Vögel pfiffen in so hohen Tönen, daß mein Ohr ganz krank ward.

– – – – –

Der Pfad ist ganz glatt und kühl – ein entzükkendes Fliesengetäfel bedeckt den Boden überall.

Doch die Fliesen sind feucht und klebrig.

Meine Fußsohlen brennen – mir wird die Haut von den Sohlen langsam durch die klebrigen Fliesen abgelöst.

Das tut weh.

Ich will fliehn.

– – – – –

Aber mit weit in den Nacken geworfenem Haupt wandelt langsam eine Frau mir entgegen.

Und ich steh still und starr sie an.

Und die ganze Welt kommt mir so schal vor.

Ich seh nur diese Frau, die so schmerzlich den Mund verzieht und mich so lange anschaut mit blassen, suchenden Augen . . . . .

Ich fühle nicht mehr meine eigenen Schmerzen – nicht mehr meine kranken Ohren – nicht mehr meine kranken Fußsohlen.

Ich fühle nur noch die Schmerzen dieses langsam mir näher schleichenden Weibes.

Das Weib schleicht wie eine Schlange, und ich ergreife die eine Hand des schleichenden Weibes und küsse die Hand.

– – – – –

Ich reiße das Weib an mich und küsse den Mund des Weibes.

Oh – wie qualvoll da das weit in den Nacken zurückgeworfene Haupt mich anstarrt.

Eine müde Verzückung durchzuckt des Weibes Gesicht.

Und ich werde wild, denn ich liebe plötzlich dieses seltsame Gesicht mit der nie gelösten ewigen Qual.

Ich frage das Weib – wie es heißt.

Das Weib schüttelt das Haupt.

Ich sage dem Weibe, daß ich es liebe.

Das Weib schüttelt das Haupt.
Ich küsse dem Weibe die Stirn, den Hals, den Mund.

– – – – –

Und dann geh ich mit ihr weiter, laß sie nicht los.
Sie sieht mich immer so suchend an.
Sie lächelt so schmerzlich.
Und dann lacht sie – grell.
Es klingt schrecklich ihr Lachen.
Ich zittre.
Wieder will ich fliehn.
Doch ich kann nicht.
Ich kann nicht mehr, wie ich will.

– – – – –

Warum kam ich her?
Ja – ich wollt' mich vom Lachen erlösen –
Und nun?
Dieses Weib erlöst mich ja vom Lachen!
Ich küsse wieder dieses wunderbare Weib.
Und wir weinen.
Wie schal ist die Welt, in der man lachen kann!
Ich will nie mehr lachen!

– – – – –

Aber nun empfinde ich Schmerzen überall.
Die Schmerzen sind nicht zu ertragen.
Es sind die Schmerzen dieses Weibes.
Ich will dieses Weib erwürgen.
Ich ringe mit diesem furchtbaren Weibe.
Und wir stürzen hin.

Und da reißt uns der klebrige Boden das Fleisch in Fetzen vom Leibe.

Ich saug' ihr das Blut aus.
Und sie saugt mir das Blut aus.
Wir werden immer schwächer.
Die Vögel pfeifen in so schrecklich hohen Tönen.
Und die Dorngestrüppe stechen in unsre Wunden hinein.
»Sei mein!« schrei ich wahnsinnig.
Sie aber schüttelt das Haupt.

Da stoß ich sie mit den Fäusten nieder, überwältige sie, zerkratz' und zerbeiß' ihren Leib, bis er ganz von dunklem Blut überflutet ist.
Sie aber spricht immer noch nicht.
Ihre Augen verblassen.
Ich kralle meine Nägel in meine Wunden und reiße sie weiter auf.
Der Schmerz überwältigt mich.
Und da zieht sie meine Hand an ihren blutigen Mund.
Und sie küßt meine Hand.
Und dann küß' ich ihren blutigen Schmerzensmund.
Und – unsre blutigen Lippen trennen sich nicht mehr.

Weithin gellt das Gepfeife der Vögel.

Die Sonne verbrennt mein Gehirn.

Meine Augen erblinden.

Ich weiß nicht mehr, wo ich bin.

Durch das Reich der ewigen Qual kracht dann ein gräßlicher Donnerschlag.

Und ein Blitz vernichtet mich und sie.

Leise lösen sich unsre zerfleischten blutigen Glieder voneinander los.

Ganz leise lösen sie sich los.

. . . .

Hörst du noch pfeifen und – singen dazu?

Hörst du noch?

Das dumpfe – dumpfe – Lied der ewigen Qual ertönt.

Weich ist jetzt das Lied.

Es löst Alles auf.

– –

Wie ich's erwartet hatte, kam's: Müller war ganz Begeisterung; der Wein trug natürlich das seine dazu bei.

Der Erotiker sagte glühend:

»Eine Meisterphantasie!«

»Andre nannten's«, versetzte ich höhnisch, »eine Fleischermeisterphantasie.«

Diese Bemerkung rief einen Sturm der Entrüstung hervor.

Ich klingelte.

Der Kellner kam, und ich sagte hart:

»Bringen Sie das Kalbsgehirn!«

Er brachte – Kalbsgehirn gebacken – mit Sardellen, Kapern und Zitrone – mein Lieblingsgericht!

Müller bestellte die feinsten russischen Schnäpse, was mir sehr wohlgefiel. Der Schnaps macht gesprächig.

»Ich soll«, sagte ich Kapern kauend, »zu viel gelacht haben? Unsinn! Das kam mir bloß mal so vor. Ich hab' eigentlich noch viel zu wenig gelacht. Ich wollte mal mit der irisierenden Brille der Leidenschaft die Welt betrachten. Es schien mir das eines Tages ganz was Neues zu sein. Sehr schlecht ist mir das nachher bekommen, tu's nie wieder. Der große Abgrund tat sich vor mir auf. Der Höllenrachen der Erotik gähnte mich an. Eine giftige Luft mußte ich atmen. Anfänglich reizte mich die Gefahr. Ich wollte noch einmal die Erotik so ganz durchkosten. Karnevalsstimmung! Ich hielt mich schon für stark genug und dachte, die Fastenzeit käme ja gleich – da würde schon Alles wieder vernünftig werden. Das war sehr waghalsig. Hat uns die erotische Bestie erst gepackt, so steht man bald am Ende aller Kunst. Die ganze Welt kommt Einem öd' und schal vor. Da heißt es dann schließlich: flieh' oder stirb'! Ich konnte noch loskommen. Aber mancher Lappen Fleisch bleibt in den Klauen des alten Ungeheuers hängen. Die Wunden vernarben nur langsam. Nur Narren können in den

Klauen des alten Ungeheuers verrecken wollen. Man muß sich eben losreißen. Wie viel Unsinn denkt der Erotiker zusammen! Wie wird man gerüttelt und geschüttelt! Man wird ja beinah' zur Schüttelbowle! Einem wackelt am Ende der Kopf – und ganz gehörig! Meine wüste Phantasie vom Reich der ewigen Qual ist das Resultat eines wackligen Kopfes. Ich war nicht recht gescheit! Ist es denn was Besondres, im Meer des Unglücks zu schwimmen? Das kann ja Jeder! Es dreht sich doch immer darum, die qualvollen Stimmungen zu überwinden. Die Lust an der eigenen oder an der fremden Qual ist nur das Produkt einer perversen Anormalität oder einer sehr intensiven Geilheit – ein Pendant zu den Selbstverstümmelungen, mit denen sich die Fakire und Derwische ergötzen – ein Pendant zu den Grausamkeiten der Caesaren, der verrückten Wüstlinge und Irrenhausaspiranten. So was kann man ja objektiv künstlerisch darstellen – selbstverständlich – die Kunst kann Alles! Aber durchleben soll man das? Ich danke schön! Ich danke wirklich! So was durchleben, ist kunstfeindlich, denn es führt an den Rand des Grabes – und die Kunst, die das tut, möge der Teufel holen! Die Frauen finden ja das Höhere nur in der platonischen Liebe zwischen Mann und Weib und das Höchste nur in der sinnlosen verrückten Liebe, die nicht mehr platonisch zu sein braucht. – So was sollen wir aber mitmachen? Wir können ja Nichts dafür, daß die Frauen niemals übers Erotische hinauskommen. Vernünftige Menschen werden das Höhere allzeit in der Ablehnung der erotischen Tollheiten erblicken. Die Erotik führt immer zu Tollheiten – zum mindesten ins Schmutzwasser der Banalität – lassen wir's! Das Höchste aber steckt woanders, das kann nur in der Liebe zu dem Wesen stecken, das Alles in sich schließt – Alles – alle Qual und allen Unsinn auch! Nun wollen wir wieder trinken! Wir sind noch lange nicht auf Nowaja Semlja. Ich werde Sie schon noch bekehren. Prosit, Müller!«

Hell klangen die Gläser aneinander.

Das Reich der ewigen Qual lag bald hinter uns. Wir waren bald ordentlich selig.

Die schönen Krammetsvögel mit Spargelsalat wanderten zum größten Teile in die Küche zurück, und die vielen Käsesorten standen in ihren geschliffenen Glaskäfigen nur so da, als wollten sie den großen Tisch ein bißchen hübscher machen.

Welche Fülle von Schnaps- und Weinflaschen glänzte und funkelte zwischen den vielen Käsesorten!

Die kostbaren Zigarren schmeckten mir beim Anblick des vielen Glases noch viel feiner!

Ich las noch:

DAHIN!

Singe nicht so hell und laut,
Da ich wieder einsam bin!
Ach, fühlst du nicht, worüber
Ich trüber werde?

Lache nicht so toll und dumm,
Da ich ernst und anders bin!
Nein, weißt du nicht, worüber
Ich trüber werde?

Frage nicht so klug und hart!
Das hat Alles keinen Sinn!
Was? Ahnst du nicht, worüber
Ich trüber werde?

Sieh, ich liebe dich nicht mehr,
All mein Lieben ist dahin!
Begreifst du jetzt, worüber
Ich trüber werde?

Und ich bewunderte, als Müller den Oberkellner bezahlte, unsern Tisch mit wahrer Inbrunst, und ich suchte wieder in meinen Rocktaschen eine Geschichte, die in die Situation paßte.

Und siehe: eine paßt alle Mal!

Dies Mal war's:

DER NICHT AUFGERÄUMTE TISCH.

Ein Unauflösbares.

Leise sickerten weiße Schneeflocken auf die alte Erde hinab.

Und sein Tisch war nicht aufgeräumt. Da lag Alles durcheinander – ein Weltbild!

Und er fand sich auf dem Tisch nicht zurecht – das reine Menschenleben!

Bumm! Da fiel was!

Was?

Er!

Er fiel aufs Sofa und schlief da ein.

Der Tisch stand ruhig weiter am Fenster in seiner großen Unordnung.

Tisch – Welt – er – sein Menschenleben – seine Tischwelt – sein Welttisch – Oh! Wie verworren!

Was nach diesem Schlußstück der Kellner, der das noch angehört hatte, gesagt haben mag, weiß ich nicht mehr.

Jedenfalls hielt dieser Kellner, der Deutsch verstand, mich nicht mehr für den ehemaligen Kaiser von Mexiko.

Wir fuhren tief in der Nacht weiter.

Ich wachte erst mitten in St. Petersburg in einer Droschke auf.

- -

St. Petersburg!

So mancher kondensierte Satz möchte sich hier eindrängen – aber – ich will Alles anders!

Mir ist so, als umklammerten alle die Stunden, die ich in antiabstinenzlerischer Rauschstimmung verbracht habe, meine Finger und zwängen mich – was zu schreiben, was hier nicht hergehört.

Ich begrüßte St. Petersburg mit einem Despotenstück – mit diesem:

WEIN WILL ICH!

Ein Despotenstück.

»Wein will ich! Braunen Wein will ich!«

Die Sklaven brachten den Wein in langen Schläuchen.

Und der Tyrann trank.

Darauf tobte der Tyrann nicht mehr.

– – –

Litofôba, der Hausdichter, war in Ungnade gefallen. Das kränkte den Litofôba.

Litofôba schrie auch:

»Wein will ich! Braunen Wein will ich!«

Doch man verspottete den Litofôba, denn dem Litofôba pumpte Niemand mehr. Litofôba war ja in Ungnade gefallen . . . . . .

Der Hausdichter entblößte seine Brust, schrie noch einmal wahnsinnig auf und stach seinen Dolch in die linke Seite mitten ins Herz.

Tot fiel Litofôba um.

Der Tyrann hörte den Schrei und den Fall – eine Ahnung stieg ihm ins Gehirn – gleich darauf rief er aber wiederum: »Wein will ich! Braunen Wein will ich!«

Armer Litofôba!

Ja – die Armut allein macht auch noch nicht

glücklich – am wenigsten dann, wenn man Durst hat.

Und ich hatte in St. Petersburg mächtigen Durst.

Aber ich konnte – ganz im Gegensatze zum Litofôba – meinen Durst stillen; Müller war mir die reine Amme – denn er hatte auch Durst.

Wir tranken zusammen – vierzehn Tage hindurch.

Die Antierotik?

Hm! ich behauptete, daß es sich nur darum drehe, den Sexualtrieb zu bekämpfen – nicht zu besiegen – – – denn . . doch das kann sich jeder Leser selbst ergänzen.

Wir sahen uns ganz St. Petersburg an.

Wir sahen in die Tiefe.

Dabei kamen wir mal auseinander, ich geriet in eine Schlägerei, wurde verhaftet und sollte mich legitimieren.

Ich zog kaltblütig ein Manuskript aus der Tasche, das mir ein süßer Wachtstubentraum zu sein schien – ich war nämlich schon auf der Wachtstube!

Aber welches Manuskript konnte es sein?

Doch nur:

DIE GEBRATENE FLUNDER.

Tanz-Poem der »tiefen« Richtung.

Die gebratene Flunder sitzt auf dem gelbseidenen Familiensofa und sinnt – sinnt lange.

Plötzlich springt sie auf und schaut den heiligen Nepomuk, der sich im Schaukelstuhl ein bißchen schaukelt, durchdringend an.

Dann ruft sie, während sie auf ihrem knusprigen Schwanze in der Stube herumhopst:

»Nepomuk, du solltest Kaiser von Pangermanien werden – wahrhaftig! wirklich!«

»Du hast wohl«, erwidert Nepomuk, »zu viel gebratne Butter im Kopp!«

Die gebratene Flunder springt auf den Tisch und singt die Marseillaise.

Da wird der heilige Nepomuk wütend und schlägt mit der Faust auf den Tisch.

Was geschieht?

Die Lampe fällt runter und explodiert.

Alles verbrennt und stirbt.

Die Asche gibt kein einziges Lebenszeichen von sich.

Hieraus erkennt man wieder, wieviel der Zorn zerstören kann.

Das lasen die St. Petersburger Polizisten mit Eifer durch, obgleich sie Deutsch wohl nicht verstanden.

Die Menschen können sich eben das Gelehrttun nicht abgewöhnen.

Und ich sprach mit gramdurchfurchten Zügen:

»Meine Herren, dies Poem ist genau so tief wie die tiefsten Tiefen der Tiefsten, und wenn Sie glauben, daß ein Poem noch tiefer sein könnte – so stehen Sie sehr tief in meinen Augen.«

Mein schwerer Kopf neigte sich langsam noch tiefer.

Die Polizisten aber vertieften sich in mein Manuskript mit dem tiefsten Ernst.

Glücklicherweise trat der deutsche Gesandte in die Wachtstube, um sich nach der Adresse eines Raubmörders zu erkundigen.

Dem Gesandten, der natürlich Deutsch verstand, zeigt' ich die Flunder.

Wie er die gelesen, verfiel er in einen Lachkrampf – ein Arzt mußte geholt werden – der aber kriegte den Lachkrampf auch – schließlich lachte die ganze Wachtstube.

Ich blieb allein ganz ernst, denn ich kannte ja meine gebratene Flunder seit vielen Jahren auswendig.

Wie's weiter ging – auf der Wachtstube – weiß ich nicht.

Ich weiß nur, daß ich noch sehr viel trank.

Die Andern sah ich dabei nicht, ich redete viel!

In einem fremden Bette kam ich danach wieder langsam zum Bewußtsein.

Müller lag nicht weitab auf einem Sofa.

Ich erzählte ihm sofort die Flundergeschichte vom Anfang bis zum Ende.

Das Lachen ward uns allmählich unbequem – namentlich beim Nasewaschen.

– – –

Sechzig Stunden später nahmen wir uns vor, solide zu leben! Im vollsten Ernst!

Wir machten Einkäufe; Müller sorgte für mich väterlich, da ja mein graukarierter Anzug viel zu dünne für Nowaja Semlja war – der graukarierte Sommerüberzieher desgleichen.

Blieben wir aber solide?

Ach!

Eines Morgens mußt' ich den Müller trösten, was ich mit den folgenden Worten zu tun versuchte:

»Lieber Müller, Ihnen schlägt das erotische Gewissen! Das ist Ihnen ganz recht! Aber, wenn Sie erst von mir ganz und gar bekehrt sein würden, so könnten Sie ein erotisches Gewissen nicht mehr haben, denn dann wären Sie ja Antierotiker. Glauben Sie mir: des Menschen Lust ist nicht so schlimm, *die* Reue vergeht! Bloß sich nicht verlieben! Bloß sich nicht verlieben! Die Lust ohne Liebe ist gar nicht so verächtlich, wie sie von manchen Familienhäuptern gemacht wird – im Gegenteil!

Das radikale Asketentum ist natürlich das Beste – aber der Mensch muß schon zufrieden sein, wenn er auf den höheren Staffeln der Entwicklung angelangt ist – die höchsten sind ja für die meisten Menschen doch zu hoch. Was ist übrigens reine Lust? Wer kennt sie? Aristipp? Ich zweifle dran! Lassen Sie sich Nichts weiß machen, Müller! Die Lüge kam durch das Sexualsystem in die Welt! Wenn ich mich an alle Erotiker erinnere, die ich kennen gelernt habe, so muß ich sagen: pfui! wie verlogen sind die Erotiker! Übrigens: der Alkohol erschüttert auch *meine* Grundsätze! Der Alkohol ist doch der größte Teufel des ganzen Erdballs! Ob die andern Sterne auch so'nen Teufel haben? Das scheint mir fraglich!«

Ich versank in tiefes Sinnen und blieb auf der Straße, wo ich meine Rede gehalten, plötzlich stehen.

Müller glaubte, ich bekäme Delirium. Es war aber nicht so schlimm – ich hatte nur Durst.

Den stillten wir bald darauf.

Wir genossen die Residenz, da wir Alles bereits eingekauft, noch einmal in vollen Zügen.

Und wir tranken bei gelbem Champagner und grünem Chartreuse Brüderschaft.

Und danach las ich Müllern die Geschichte vor, die mir trotz aller Betrunkenheit doch – – – so groß erschien. Mich durchzuckte es.

Ich las:

LIEBST DU MICH NICHT MEHR?

Eine seltsame Geschichte.

Dumpf donnerndes Meergebrause brummte mir um die Ohren – es brandete wie knirschende Felsen – es gurgelte und zischte, krachte und klatschte.

Und dann kam's mir so vor, als wenn das Wasser immer tiefer und tiefer stürzte – und als wenn ich mit hinuntersauste – ich fiel – fiel – fiel – in die Tiefe – hinab.

»Hast du eine Ahnung?«

So schrie eine heisre Stimme mir ins Ohr – und ich wunderte mich, daß ich so lange die Augen fest zugedrückt hatte – ich riß die Augen auf, schüttelte mich, sah einen Baum in der Nähe und haschte nach einem Zweige – um mich endlich von dem fortwährenden Fallen zu erlösen.

Der Zweig brach ab – aber ich fächelte mit ihm in der Luft herum – und – das – hielt mich oben – ich fiel nicht mehr.

Der Zweig war so wie ein Flügel – ich konnte mit dem Zweige fliegen.

Und ich flog.

Ich schwebte an weiß schäumenden Wasserfällen vorüber – langsam – fast ohne Mühe – nicht ganz, wie ich wollte – doch so ungefähr . . .

Trugen mich unsichtbare Geisterhände?

Ich konnte nicht darüber nachdenken, denn ich

sah so viel, daß ich nur sehen wollte. Ich hörte auch – Stimmen – menschliche Stimmen.

Überall Wasser – schäumendes – tosendes – spritzendes Sturzwasser – und dazwischen frische, dunkelblaue Meerspiegel – terrassenförmig – unregelmäßig über- und untereinander.

Hoch hoch über mir ein hellblauer weiter – unendlicher – wolkenloser Himmel.

Ich war in einem wunderbaren Wassergebirge – Alles sehr seltsam!

Und in den Wasserfällen und auf den Meereswogen – überall – unzählige, nackte Männer mit weißen Gliedern und jugendlichen Gesichtern, in denen dunkelblaue Augen blitzten.

Und die Männer schienen mir ganz närrisch zu sein – sie verbeugten sich immerfort voreinander und lachten dann aus vollem Halse – und dabei schrien sie immer: »Liebst du mich nicht mehr?«

Und sie lachten so fürchterlich, daß ich glaubte, die ganze Gesellschaft sei ein bißchen verrückt geworden.

Sodann sah ich, wie sich auf einem blauen Wasserspiegel ein Dutzend Männer vor einem sehr schönen Knaben verbeugte – und hörte den einen Mann feurig reden – diese Worte:

»Mein Freund, ich liebe dich mehr als Alles auf der Welt – du mußt mich auch so lieben!«

Und die andern Männer hoben die Arme empor, lachten und sagten dasselbe.

Aber der Knabe blieb sehr ernst, er seufzte und schrie:

»Ich kann nicht! Ich kann nur eine Welt lieben – einen Einzelnen von euch kann ich nicht mehr lieben als einen Andern. Ich kann nur Alle lieben – alle Wesen – Alles, was es gibt – ich kann nicht anders!«

Der Knabe weinte.

Die Männer jedoch lachten und sprangen auf dem blauen Meeresspiegel umher, als wäre das ein neuer Tanzboden.

Dann rannten sie um den Knaben rum, sperrten das Maul groß auf und kreischten:

»Du herzloser, gemütloser, kalter Verstandesmensch! Du hast kein Blut! Du hast kein Fleisch! Du bist ein Schatten! ein weißer Schatten! Du kalter Schatten, wo ist dein Herz? und wo ist dein Gemüt? Pfui! Schäme dich! Liebst du mich nicht mehr?«

Der Knabe weinte.

Und die Männer lachten aus vollem Halse, verbeugten sich und fragten wieder so verführerisch:

»Liebst du mich nicht mehr?«

Da ging der Knabe zu dem einen Mann hin, legte ihm die Hand auf die Schulter und sprach ernst:

»Ich liebe nur den Weltgeist – lieb' auch den Weltgeist! Ich will dann den Weltgeist in dir lieben, und du kannst den Weltgeist in mir lieben! So wollen wir uns lieben – ja?«

Da wurden plötzlich Alle ernst.

Und sie riefen eifrig durcheinander:

»Versteh' doch Spaß! Wir wollen ja grade, daß du in uns nur den Weltgeist liebst! Wir lieben ja in dir auch nur den Weltgeist!«

Hiernach sah ich den Knaben lächeln – sehr glücklich!

Und aus der Tiefe klang's heraus:

»Ich liebe dich, Weltgeist!
Du alter, alter Weltgeist!«

Das klang laut.

Fischweiber – halb Weib halb Fisch – kamen an die Oberfläche der dunkelblauen Meeresspiegel und wollten auch einstimmen in den Ruf der Männer – konnten aber weder das Wort »Weltgeist« noch das Wort »alter« ordentlich aussprechen.

Ärgerlich verschwanden die Fischweiber wieder. Sie riefen aus der Tiefe noch einmal klagend:

»Liebst du mich nicht mehr?«

Indessen – Niemand hörte drauf.

Die Männer brüllten mit Stimmen, die die schäumenden Wasser übertönten:

»Ich liebe dich, Weltgeist!
Du alter, alter Weltgeist!«

Und dabei schwebten sie empor.

Sie rissen mich mit.

Müller fiel mir um den Hals und rief:

»Jetzt endlich versteh' ich dich!«

Er riß dabei das Tischtuch mit allen Gläsern und Flaschen herunter, daß es auf dem Fußboden klirrte und krachte und daß unsre Stiefel und Hosen mit den teuersten Weinen und Likören angefeuchtet wurden.

Die hellgrün gekleideten bärtigen Kellner hoben die Scherben sorgfältig auf.

Und Müller schrie immer wieder:

»Jetzt endlich versteh' ich dich!«

Seltsam! In der Betrunkenheit verstehen mich die Menschen immer am leichtesten!

Und da schimpft man noch auf den Alkohol.

Oh! Ohne Alkohol kein Verständnis!

Wir aber tranken an jenem Abend noch so viel, daß wir schließlich Alles verstanden – Alles – Alles!

Wir fuhren am nächsten Morgen nach Finnland.

Wir hatten in unser Coupé treffliche Delikateß-Heringe in Tomatensauce und kühlen Moselwein gestellt.

Und mit diesen beiden Sachen beschäftigten wir uns.

Der Kater war fürchterlich!

Ich murmelte mit heisrer Stimme:

DUNKLE NACHT IN EUROPA.

Das ist doch sehr wunderbar,
Daß die Nacht so dunkel ist.
Alle Sterne schliefen ein –
Auch der schöne Mondenschein.
Und ich finde nicht nach Haus,
Tappe, taste so mich weiter,
Stolpre, falle, liege, denke –
Doch die Nacht bleibt dunkel –
All' das viele Glanzgefunkel
Ist total verschwunden.
Das ist doch sehr wunderbar,
Daß die Nacht so dunkel ist.
Warum ist sie dunkel?
O du Rätsel der Nacht!

Dieses Gedicht lernte Müller auswendig.

Und dann dachte er wehmütig an seine Frau.

Ich las ihm zum Troste:

DU BIST BEI MIR?

Alkoholisten-Traum.

Nicht?
Oh! doch!
Seltsam selig lächelt der Morgen –
Und du?
Oh, ich weiß – weitab sind wir –
Du bist bei mir?
Nein! oh nein!
Ich sehne mich – – –
Und die Vögel draußen – oh, welche Wonne!
Laß nur! Laß nur mich – – – – – – – – – – –
ich sehne mich!
Qual! Qual! Laß mich nur!!!!!!!!

Das fand Müller herrlich.

Ich zweifelte bereits an seinem gesunden Menschenverstande.

Ich wollte ihm helfen –

Wie? Wie ich ihm helfen wollte?

Nun, er mußte noch eins von meinen Gedichten auswendig lernen.

Er war ja zu Allem fähig – und auch bereit.

Er lernte auswendig:

PUTZ'! PUTZ'!

Ein Kronenlied.

Putz mir meine Krone,
Denn ich will spazierengehn!
Sei mein Leibhurone!
Aller Welt zum Hohne
Gehn wir auf den kleinen Zehn.
Putz mir meine Krone!
Putz sie mir recht blank!
Kriegst auch eine Feder
Und ein Ei zum Dank –

Leider dauerte es nicht lange – und mein Bruder dachte abermals an seine Frau.

Da wollte er denn wieder was Erotisches.

Ich sagte: »Ja, sollst du haben, wenn du mir versprichst, dieses erotische Gedicht ebenfalls auswendig zu lernen.«

Der Herr Rechtsanwalt versprach Alles.

Ich hätte, glaub' ich jetzt, sein Vermögen verlangen können.

Müller war nur noch eine Gliederpuppe in meiner Hand – ein Papagei!

Er plapperte jetzt immer wieder und immer wieder:

WEIT! WEIT!

Ein Liebeslied.

Ich möchte dir streicheln die Hände,
Doch du bist ja nicht hier.
Ich möchte dir küssen die Hände,
Warum bist du nicht hier?
Ich möchte mit dir plaudern
Von alter, alter Zeit –
Ich bin so einsam geworden,
Und du bist weit – weit!

Die Sache wurde mir furchtbarer als alle Medusenhäupter der Welt.

Ich glaubte, das Ende käme.

Der Angstschweiß trat aus!

Entsetzlich!

Und ich war so feige!

Ein ordentlicher Kater ist kein Vergnügen.

Um mich zu beruhigen, las ich mit donnernder Stimme:

DIE GÖTZEN WERDEN ALT.

Jammerbild.

Steif und kalt sitzen die Götzen des Erdballs auf ihren alten Sesseln und sind traurig, denn sie haben zu viel getrunken – zu viel!

Ihnen ist sämtlich sehr schlecht.

Die Götzen des Erdballs sehnen sich nach einem andern Leben, in dem 's nüchtern zugeht.

Das ist ihnen auch gar nicht zu verdenken.

Aber – aber – rasende Galoppgeister jagen nun im Säuferrausch wie Deliriumsphantasien an der weiten Sesselrunde der traurigen Götzen vorüber.

Und da fangen die Götzen an zu weinen; ach, sie – können ja das Saufen nicht mehr vertragen.

Die Galoppgeister lachen grell auf.

Der Götzenjammer wird noch größer – schauderhaft groß.

Langsam – langsam nur – ward uns wieder wohl.

Der Kater ist eine Krankheit.

– – –

Es gibt allerdings kein besseres Mittel gegen den Kater – als eine längere Eisenbahnfahrt. Die Eisenbahn hat also auch ihre Vorteile.

Alles – Alles – hat eben auch seine guten Seiten.

Man kann sogar durch die Eisenbahn manche

Menschen genauer kennen lernen: diejenigen, die die Eisenbahn sehr häufig benutzen, werden z. B. einen sehr unsoliden, verkaterten Charakter besitzen – und umgekehrt!

Doch auch Eisenbahnfahrten gehen zu Ende – die unsrige gleichfalls.

Und dann setzten wir unsre Reise in einem Dampfboot fort.

Das viele blaue Wasser war berauschend.

Es wehte uns eine so frische Luft an.

Die hohen Ufer mit dem dunkelgrünen Nadelholz hatten so was Saftiges.

Der Himmel zeigte ein so reines Blau, das mir immer wieder so hart und fest zu sein schien.

Müllern gefiel die Gegend auch sehr gut, er sprach aber gewöhnlich nur von den verschiedenen Moosarten, deren wissenschaftliche Bedeutung mir trotz seiner Reden ziemlich schleierhaft blieb.

Ich konnte nicht genug sehen – immer wieder: Wasser, Bäume, Himmel, Segelböte, Möwen und andre Vögel.

Es war herrlich.

Der Kater verschwand mit Miaugeschrei.

Ich indessen fühlte mich dadurch so gehoben, daß ich Müllern und dem Deutsch verstehenden Kapitän einen Dithyrambus zum Besten gab – meine:

LOGISCHE VIGNETTE.

Horch! Draußen im sonnigen Äther brausen neunhundertneunundneunzig Tausend neunhundertneunundneunzig Myriaden großer Riesenorgeln mit Pauken und Posaunen!!

Und die Ziegen meckern.

Und die lilablauen Blumen wachsen

. . . . denn es ist Alles eitel.

Egon – so lautete Müllers Vorname – fand diese Dichtung sehr unlogisch.

Ich erwiderte darauf, da wir uns jetzt immer beim Vornamen nannten, nur:

»Egon! Egon!«

Das Übrige, was ich dachte und was sich um den Ausdruck ›Schöps!‹ gruppierte, verkapselte ich sorgfältig in meinem Innern.

Die Grobheit zu äußern, erschien mir stets sehr überflüssig.

Trotzdem wurde unser Ton etwas zwangloser, was mir nicht grade wohlgefiel – doch ein weiser Mensch gewöhnt sich ja an Alles.

Wir sammelten nun an verschiedenen Punkten Finnlands – Moos, unternahmen zu diesem Zweck auch größere Fußtouren, die auf meine Nerven besonders wohltuend wirkten.

Den Alkohol genossen wir nur selten, dafür um so öfter die Wälder, die Berge, Quellen und all das Andre, das in Finnland zu sehen ist.

Ich hörte auch viel – seltsame Wind- und Vogelstimmen – sowie knarrende Bäume.

Oft vergaß ich meinen Freund ganz und gar, was der jedoch nicht übel nahm, da er nur noch für das Moos schwärmte.

Ich wurde dem guten Müller recht gut und freute mich stets, wenn seine Augen beim Erblicken einer neuen Moossorte heller aufglänzten. Das rührte mich beinah.

Man soll doch nicht so leicht über die Menschen aburteilen, auch der trivialste Mensch hat etwas Göttliches in sich, mag er auch noch so dumm sein.

Der rotblonde Egon – mit dem umgestülpten Kreuz im Gesicht – er konnte sich doch für Etwas begeistern – und das genügte ja!

Und die Natur!

Unsere Erde hat so was Idyllisches; sie gehört sicherlich zu den entwickelteren Sternen.

Die irdischen Landschaften haben so was Abgeschlossenes – so was Verständiges – hauptsächlich kommt mir das im Norden so vor.

Allerdings will mir manchmal scheinen, als hätte unser Stern nicht mehr die glänzende Sensibilität – als stände er auf einer Höhe, die ihm selber langweilig würde.

Das sind so kosmologische Betrachtungen, über die ich zu Egon Manches sprach, obgleich der dieselben nur für paradoxe Witze hielt.

Indessen – wir betraten, während wir sonst nur

in Gasthäusern oder bei Fremden logierten, nach ungefähr vierzehn Tagen das Haus eines gelehrten Moossammlers, der dem Müller bekannt war.

Wir wurden großartig empfangen; wir befanden uns plötzlich in einem Familienzirkel.

Zur Abwechslung ist ja das auch ganz schön.

Das Haus des finnischen Moossammlers, in dem ganz fertig Deutsch gesprochen wurde, wirkte sehr anheimelnd auf mich.

Die Holzwände und die Holztreppen, die Hängelampen und die echten Teppiche, der gute Tee und der echte Benediktiner, die bequemen Holzsessel und die echten Butzenscheiben – Alles war famos.

Der zwanglose Ton berührte sehr angenehm – leider traten uns auch mehrere junge Damen entgegen – gebildete!

Na – die wußten bald, daß ich Eremit werden wollte und daß ich Müllern immerfort die merkwürdigsten Geschichten vorlas.

So blieb mir denn am zweiten Abend schon nichts Anderes übrig, als wieder was vorzulesen.

Ich tat's natürlich mit Vergnügen, denn Müller ließ als Zuhörer doch Manches zu wünschen übrig.

Nachdem wir prächtige, finnische Volksweisen, Beethovensche Sonaten und ein kleines Quartett gehört, sollte ich vorlesen.

Ich wählte was Tiefes.

Die Stimmung in dem großen Zimmer war sehr

feierlich – die Damen und die Herren rauchten Zigaretten und tranken Benediktiner, ich aber entzückte die Gesellschaft durch meine:

FRAGEZEICHEN.

Unsterblichkeits-Capriccio.

Es war einmal ein Stern. Der war so eckig und kantig wie ein Würfel. Der Stern hatte grad' so wie ein Würfel sechs Seiten. Und auf jeder Seite lebte behaglich eine riesengroße, weiße Schlange.

Die sechs Schlangen waren dick und fett, denn sie fraßen Alles, was auf dem Würfelsterne wuchs.

Der Stern drehte sich wie so viele andre Sterne fortwährend um sich selbst.

Die Schlangen wurden aber immer länger, und schließlich hatten sie auf ihren Sternseiten nicht mehr ordentlich Platz.

Da guckten sie denn allmählich immer öfter über die Sternkanten zu den Schwestern hinüber, und dadurch ärgerten sie sich gegenseitig.

In einer klaren Sommernacht fragte schließlich einmal die längste Schlange ihre nächste Schwester, ob diese noch nie daran gedacht hätte, das Innere des Sterns so zu durchfressen, daß dadurch mehr Raum für die langen Leiber der Schlangen entstünde.

Die Schwester lachte herzlich und sagte darauf: »Schnell! Laßt uns also den Stern anfressen!«

Und sie fraßen ihn an.

Wie das die andern weißen Schlangen merkten, taten sie auch so wie die Beiden.

Und bald war der ganze Stern durch und durch gefressen.

Mit den Köpfen aber kamen die langen weißen Schlangen selten zusammen. Jeder Kopf ging nur dem Fraße nach.

Da geschah's einmal – nach langer, langer Zeit – daß die längste Schlange sich immer weiter wand und Nichts zu fressen fand – sie fühlte nur immer wieder vor ihrem Kopf ein Stück von den Leibern ihrer Schwestern.

Wie sie nun wieder mal mit dem Kopf auf eine der sechs äußeren Seiten des Sternwürfels hinausgelangte, bemerkte sie zu ihrem Schrecken, daß die ganze Sternseite nur aus dicken Schlangenleibern bestand, die sich durcheinanderwanden.

Vom Stern war auf allen sechs Seiten Nichts mehr zu sehen.

Die sechs Schlangen hatten vom ganzen Stern Nichts übriggelassen – gar nichts!

»Was fressen wir jetzt?« schrie die lange Schlange.

Doch bald fühlte sie ein paar wilde Bisse hinten in ihrem Leibe – an verschiedenen Stellen. Sie fühlte die giftigen Zähne ihrer Schwestern.

»Jetzt fressen wir uns selber auf!« schrie dann die lange Schlange.

Und sie biß auch mit ihren giftigen Zähnen nach allen Seiten.

Und da wirkte denn sehr bald das Gift.

Und alle sechs Schlangen starben.

– – –

Ein erstorbener, weißer Schlangenstern dreht sich seitdem durch den Weltenraum – nicht mehr so eckig wie ein Würfel – aber so ähnlich.

Und aus den toten Schlangenleibern blühen gelbe giftige Blumen heraus – die wachsen lustig.

Lebt nun der Stern – oder ist er tot?

Im stillen Weltenraum blühen die giftigen Blumen und werden immer größer.

Sind nun die Schlangen wirklich gestorben?

Oder leben die Schlangen nur ein anderes Leben?

Die Schlangenleiber sind durcheinandergeringelt wie unzählige dicke Fragezeichen.

Es weht der Weltatem durch die giftigen Blumen, und die Blumen werden zu mächtigen Bäumen.

Und jetzo sieht kein Wesen mehr, daß sich einst unter diesen riesengroßen gelben Blumen, die den Weltatem vergiften, weiße dicke Schlangenleiber durcheinanderwanden.

Und was sagten die Damen?

Oh, die waren einfach weg und gingen mit einem Eifer auf meine nicht sehr anmutige Gehirnphantasie ein, daß ich mich, wenn ich Frauen gegenüber nicht so skeptisch wäre, für total verstanden erklärt haben würde.

Ich ließ es mir nun selbstverständlich nicht nehmen, das Gespräch im Ästhetischen und Ethischen zu erweitern; mit Feuereifer machte ich der Gesellschaft meinen antierotischen Standpunkt klar.

Und wer stimmte mir bei?

Die anwesenden Damen stimmten mir bei.

Man schwärmte plötzlich für den Eremitismus und – und – ich hätte diesen ewig ›Ja‹ sagenden Weibern bald wieder mal getraut, schlug aber nach dem Abendbrot einen andern Ton an.

Der Ton klang folgendermaßen:

ER ÄRGERTE SICH.

Ein gereizter Tiger.

Er stand um acht Uhr morgens auf, ärgerte sich gleich – wußt' aber noch nicht, warum.

Dann sprach er mit seiner Frau – und gleich wußt' er, warum er sich ärgerte.

Über seine Frau ärgerte er sich.

Der Zank dauerte zwei Stunden bis zehn Uhr.

Nach der Versöhnung mit seiner Frau aß er Frühstück und ging dann spazieren.

Zwei Stunden dauerte der Spaziergang.

Als er von dem Spaziergange heimkam, war seine Frau nicht zu Haus.

Er ärgerte sich natürlich wieder von neuem.

Er hätte sich auch geärgert, wenn sie zu Hause gewesen wäre.

Er hätte sich auch geärgert, wenn sie überhaupt nie geboren wäre.

Warum er sich ärgerte?

Mein Gott – er hatte so vielen Ärger – überall – am meisten zu Hause.

Wo er auch war – er regte sich auf.

Seine Zähne knirschten in jeder Stunde etliche Male.

Er fluchte jetzt grimmig, daß seine Frau fortging.

Sie hätt's ihm doch sagen können.

Zwar – sie hatte es ihm gesagt.

Das hatte er vergessen.

Er fragte sich erbittert, ob nicht seine Frau die Schuld an all' seinem Ärger trüge.

Er mußte sich die Frage bejahen.

Na natürlich!

Das kam ihm ja schon des Morgens um acht Uhr so vor.

Wieder knirschten seine Zähne.

Und seine Füße zertrampelten den Fußboden.

Und seine Fäuste verballerten den Schreibtisch.

Oh – er war schon wieder so wütend!

Warum war auch seine Frau nicht zu Haus?

»Wäre sie zu Haus«, begann er.

Er konnte nicht weitersprechen.

Er ärgerte sich, daß Alles so still und ruhig dastand.

Und er stürmte hinaus auf die Straße.

Oh, wie gern hätt' er einen Menschen – verprügelt!

Aber merkwürdig! – Er hatte keinen Feind – und seine Freunde durft' er doch nicht – ih bewahre!

Seiner Frau wollt' er auch Nichts tun – im Gegenteil!

Und rasch entschlossen ging er in einen Laden und kaufte seiner Frau einen neuen Hut.

Er hatte sich doch zu sehr geärgert!

Er ging wiederum nach Hause – vielleicht war sie schon da – sie mußt' es ja wissen, warum er sich so geärgert hatte – sie wußte doch Alles!

Wenn nur die verfluchten Schutzleute nicht gewesen wären – die gafften ihn immer so frech an – seine Fäuste krallten sich zusammen, daß er beinah' den neuen Hut zerknüllt hätte.

Der nichtswürdige Hut!

Es war der Hut seiner Frau!

Richtig!

Na ja – sie trug an Allem die Schuld.

– – –

Oh – und nun fand er seine Frau zu Haus!

Eine nette Bescherung!

Der Ärger begann von neuem.

»Weib!« rief der Mann, »du bist ein reizendes Geschöpf!«

– –

– –

Und sie trug dennoch wirklich die Schuld an Allem! Ja! Ja! Wirklich!

– – –

Er drehte plötzlich seiner Frau das Genick um.

Sie verdrehte die Augen und verschied.

Da war er endlich ganz ruhig – durch und durch ruhig!

. . . .

Die ungerechten Richter verurteilten den guten Mann zum Tode.

Und die Chronik der Skandalgeschichte war wieder um einen »Justizmord« reicher.

Nicht der Mann – die zanksüchtige Frau, die

doch ohne Frage an Allem die Schuld trug, hätte unter allen Umständen verurteilt werden müssen.

Leider war die Frau schon tot.

Aber auch »trotzdem« hätte sie verurteilt werden müssen – und ihr Mann hätte freigesprochen werden müssen.

Unsre Justizpflege ist eine bodenlose Gemeinheit.

Wann werden endlich die Weiber, deren einziges Vergnügen ist, ihren Mann verrückt zu machen, in einem glühenden Ofen verbrannt werden?

Wann?

Ich frage: Wann?

Zeit wär's!

Dieses verrückte Vergnügen der infamen Weiber!

Welcher Mann kennt das nicht!

Sie wollen uns reizen um jeden Preis!

Dieses rohe Pack!

Ha! »Uns« zwingen wollen!

Ha! »Uns« verrückt machen wollen!

Nein! Ich ersticke vor Wut!

In den feurigen Ofen . . . .

In den feurigen Ofen!!!

Egon wollte in heller Verzweiflung aus der Haut fahren.

Doch die Damen?

Die waren durchaus nicht pikiert – im Gegenteil!

Sie setzten mir eifrig auseinander, daß das von mir geschilderte Ehepaar viel zu verliebt gewesen wäre – und daß solchen erotischen Ehen gegenüber mein antierotischer Standpunkt vollkommen berechtigt genannt werden müßte.

»Egon, was sagst du nun?«

Also rief ich und wußte dabei selber nicht, was ich sagen sollte.

Die Frauen sind nicht so leicht aus dem Text zu bringen – das steht schon fest.

Es tat mir beinahe leid, Weibern was von meiner antierotischen Richtung erzählt zu haben; ich griff nach einer Flasche Cognac, um mich zu stärken.

Für diese Damen war also so'n ordentlicher Weiberverächter – selbst ein Weibermörder – Nichts als ein Verliebter!

Ja! Ja! Die Sicherheit der Weiber ist großartig. Sie wissen, daß ihnen der Mann nicht so leicht die Machtrolle entreißen kann.

Sie rechnen auch darauf, daß die Antisexuellen im richtigen Moment viel mehr Herz besitzen als die alltäglichen Dutzendmenschen.

Die Frauen hören überall nur das Erotische heraus; bei den Frauen wird man mit dem Antisexuellen – nur Fiasko machen.

Die Damen dachten gar nicht daran, daß sie Jemand höhnen könnte. Ich konnte nur einpacken.

Ich hatte mit meinem Tiger Eroberungen gemacht – Egon und die andern Herren empfanden Neid.

Mir aber wurde so traurig; es kam mir plötzlich zum Bewußtsein, daß all' mein Ringen nach dem Höheren die Kraft eines Verzweifelnden verlangte.

Und mir war gar nicht so – zum Verzweifeln.

Ich empfand plötzlich viel zu viel Gemütlichkeit in meinen Adern.

Es gehört Fanatismus zu jedem Kampf.

Ich aber wollte nicht den Kampf. Und dabei sprach ich fortwährend vom Antierotischen – hatte immer übersehen, daß allein schon in dem Anti eine Aufforderung zum Kampfe lag.

Ich konnte mich dem Kampfe eigentlich nicht entziehen.

Ich verzagte – und sprach alle meine Gedanken aus – ganz genau!

Die Damen hielten sich für verpflichtet, mich aufzurichten.

Teufel! Es gibt doch nichtswürdige Komödien in dieser Welt!

Ich las an den nächsten Tagen nicht mehr eine Zeile vor und dankte meinem Schöpfer, als ich nach einer langen Woche, in der ich mich sehr zusammennehmen mußte, endlich mit Egon weiterziehen konnte.

Egons Spott brach sofort, als wir allein waren, stürmisch durch; er rief händeringend:

»Paule! Du Antierotiker! Herzenbrecher! Lügenmaul! Du bist ja noch tausendmal erotischer als der Rechtsanwalt Dr. Egon Müller!«

Und das mußt' ich mir ruhig gefallen lassen.

Die Pille schmeckte bitter.

Ich versüßte sie mir durch dieses Gedicht:

BLÄULICHE FLAMMEN.

In dieser Nacht sah ich ein Kind,
Das lachte mich an.
Es hat das Lachen in dieser Nacht
Mir wohlgetan.
Über die Haide wogten
Große bläuliche Flammen.
Die haben den Himmel ganz hell gemacht,
Dazu hat das Kind noch viel mehr gelacht.
Wir lachten beide zusammen
Über die bläulichen Flammen.

Diese Verse brachten meinen Freund wieder auf andre Gedanken.

Doch ich erholte mich erst nach einigen Tagen. Mein lächerlicher Pyrrhussieg und meine Ohnmacht hübschen Weibern gegenüber – haben mich doch eklig gewurmt.

Ich konnte ja kaum mehr die herrlichen Wälder und die Berge und die großen Wasser mit ungetrübten Augen anschauen.

Dabei hatte ich mich noch gar nicht mal in eine der Damen verliebt – mich benebelte bloß die weibliche Atmosphäre.

Ich schüttelte mich und ärgerte mich.

Wie ich mit Müllern in einem Segelboot über einen großen See fuhr, las ich die Lakkarúdia vor:

LAKKARÚDIA.

Eine Schlangen-Novellette.

Kaum glaublich! – und doch! – und doch!

Dort drüben sitzt ja meine Freundin – die kluge Lakkarúdia.

Und die Lakkarúdia ist eine geflügelte Schlange ....

Jawohl, ich sitze hier auf dem Neptun!

Wer hätte das wohl gedacht?

Die Schlange schreibt – aber ihr Stuhl und ihr Tisch – seltsam! – verblüffend!

Eine gewundene, in eine Rinne verwandelte Stahlschiene – in der Form sehr ähnlich einer aufrecht stehenden arabischen 3 – das ist der Stuhl. Als Tisch dient eine große, schwarze, blank polierte Steinkugel.

Der blau und grün schimmernde gleißende Schlangenleib hat sich fest in die Windungen der Stahlrinne hineingeschmiegt. Die silbergrauen durchsichtigen Hornflügel hängen oben rechts und links steif herunter.

Der rote, mit Goldstreifen durchfurchte Kopf der Schlange ist weit über die schwarze Steinkugel gebeugt, und zwei ganz kleine Ärmchen mit zwei ganz kleinen Händchen kommen zu beiden Seiten unter dem roten Schlangenkopf zum Vorschein. Mit dem rechten Händchen schreibt die Lakkarúdia in einem kleinen weißen Buch.

Die Wände des Gemachs, in dem wir sitzen, sind aus einer bernsteinartigen gelben durchsichtigen Masse gefertigt, die zusammengehalten wird von einem Fischbeingerippe, welches dem Hause die vielkantige, schnörkel- und bogenreiche Form verleiht.

– – –

Ich blick' hinaus aufs Meer, das schwarzblau ist, auf dem wir mit unsrem Hause herumschwimmen . . .

Andre Häuser schwimmen nicht weitab auch herum – schaukelnd wie stolze Schwäne.

Eine ganze Stadt schwimmt da – denn der Neptun besitzt kein Land – dieser Stern ist nur eine große Wasserkugel – ein großer Welttropfen.

Doch das Meer wird erregt. Mächtige Wellen wälzen sich durchs Wasser. Wolken ballen sich am Himmel zusammen. Und da drüben erscheint noch eine andere Weltkugel – eine schwarze; sie ist scheinbar auch ein Welttropfen.

»Lakkarúdia, schnell! sieh nur! sieh nur!«

Also ruf' ich, zeige dabei der Schlange die schwarze Weltkugel, die sehr rasch größer wird . . .

Jedoch die Schlange lacht, daß ihr die goldenen Furchen im roten Antlitz blitzen, und daß der blau und grün leuchtende Leib heftiger schillert und glitzert.

Dann sagt meine Freundin gutmütig: »Das ist ja nur der Luftballon, mit dem unsre Stadt in die Lüfte fährt.«

»Unsre Stadt?« frag' ich.

»Ja!« sagt die Schlange.

Währenddem steigen wir auch schon empor, und das Rauschen des Meeres verhallt bald in der Tiefe.

– – –

Nicht lange währt's, und wir sind oben in der ruhigen Luft . . .

– – –

Oben hielt die Lakkarúdia im Schreiben inne, wandte mir ihren Kopf mit den blitzenden Goldfurchen zu, schaute mich forschend an und erzählte mir dabei alles Mögliche vom Leben auf dem Neptun.

Sie erklärte mir ausführlich, weshalb wir plötzlich hoch in die Lüfte mit ungeheurer Geschwindigkeit hinaufgezogen würden: weil's eben auf dem Neptun im Herbst und im Frühling so stürmisch war, daß die schwimmenden Städte den Sturm auf den Wellen nicht wohl ertragen konnten; manchmal ließen sich die Neptunbewohner auch ins Wasser hinein – hinab bis zum Mittelpunkt des Sterns – hinunterziehen – das geschah gewöhnlich, wenn's auch in den oberen Luftschichten allzu stürmisch für die geflügelten Schlangen wurde – von schweren Taucherkugeln wurden sie dann in die Tiefe gezogen.

Jedenfalls gingen die Bewohner des Neptuns ängstlich jedem Sturme aus dem Wege – sie wollten immer in möglichst ruhiger Umgebung leben.

Das setzte mich denn doch in Erstaunen, und ich fragte meine Freundin, warum die geflügelten Schlangen die Ruhe so sehr liebten, daß sie ihr zu Liebe die größten Luftballons und die kostbarsten Taucherkugeln mit so viel Mühe herstellten.

»Warum flieht ihr«, fragte ich, »die höhere Erregung im Wasser und in der Luft – warum?«

Lakkarúdia versetzte:

»Weil wir eben klug sind. Wir müssen uns doch schützen – der Sturm gefährdet unsre Häuser und unser Leben.«

Ich jedoch erwiderte der klugen Schlange kaltblütig, daß nach meinem Dafürhalten das nicht der wahre Grund zur steten Flucht vor dem Sturme sein könnte, »denn«, so fuhr ich wörtlich fort, »die Schutzmaßregeln gegen den Sturm würden, wenn ihr auf der Oberfläche des Meeres bliebet, euch lange nicht so viel Arbeit und Umstände kosten als jetzt.«

Die Schlange hustete heftig, schlug ein wenig mit den silbergrauen Flügeln um sich und meinte scharf:

»Nun ja, lieber Freund, uns macht die Ruhe so schrecklich viel Vergnügen – daher die Umstände! Wir lieben die Windstille, und wir fürchten und hassen den Sturm. Du aber scheinst noch immer zu glauben, daß du dich auf der Erde befindest. Auf der Erde habt ihr ja festes Land, und auf dem festen Lande habt ihr Ruhe genug – ihr seid also an die

Ruhe gewöhnt – daher versteh' ich völlig deine kindliche Freude am brausenden Sturm. Versteh' auch unsre Freude an der Windstille! Die Beweglichkeit unsrer Luft ist uns zur Plage geworden. Entwickelte Wesen sehnen sich eben immer nach dem Anderen. Bei euch ist allerdings das Andere der Sturm – die Unruhe! Doch bei uns ist nun mal das Andere die Windstille – die Ruhe! Der Neptun ist doch ein leicht erregbarer Wasserstern. Das darfst du nicht vergessen. Du bist nicht mehr auf der Erde.«

Lakkarúdia pendelte träumerisch mit ihrem lieblichen Goldkopf so hin und her, als könnte sie die vielen Gedanken ihres kleinen Schädels kaum mehr tragen.

»Hm! Hm!« macht' ich da, dacht' nach über die Klugheit der Neptunschlangen und ging hinaus auf den feinen, aus Fischgräten hergestellten Söller . . .

Der Luftballon stand hoch über mir wie eine große schwarze Scheibe.

Die andern Häuser hingen nicht weitab – doch teils tiefer – teils höher.

Rechts hinten unter einem hellblau erleuchteten Hause war der kleine, dunkelrote Sonnenball zu sehen – ganz hinten im Himmel.

Ein paar Kometen durchkreuzten die Neptunsbahn. Und das Dämmerlicht ringsum, in das ein paar Sterne farbig niederleuchteten, war sehr ruhig – so ruhig wie ein traumloser Schlaf.

Ich aber stand auf dem Grätensöller und – wollte – das Andere – fortwährend von neuem das Andere – immer wieder das Andere!

»Entwickelte Wesen sehnen sich eben immer nach dem Anderen!«

Also sprach die Schlange.

Und ich rief laut in die Dämmerung hinein:

»Oh, Lakkarúdia, ich verstehe schon deine Sehnsucht nach der Ruhe! Ich versteh's schon! Aber – aber – seid ihr denn auch wirklich ganz zufrieden, wenn's so windstill bei euch ist? Wollt ihr in der Windstille nicht auch gleich wieder das Andere? – immer wieder von neuem das Andere?«

– – – – –

Die Lakkarúdia hat mich später dieser Rede wegen ausgelacht und mir bewiesen, daß die Ruhsucht der Schlangen auf dem Neptun grade das beste Mittel sei, immer wieder zum Andern hinzureizen – die Ruhsucht halte ja die leichten Hütten mit ihren Grätensöllern in ständiger Bewegung – und die Bewegung erzeuge in jedem Augenblick eine andre Aussicht – gleichfalls – immer wieder das Andere! Andre Bilder!

– – – –

Die Lakkarúdia meinte, wir müßten sehr vorsichtig in der Wahl des Einen sein, damit uns das Andre nicht in Ungelegenheiten brächte – an das nur »Nützliche« dürften wir nicht unser Herz hängen, denn wenn wir im »Nützlichen« das Eine sä-

hen, so wäre das Andere für uns gewöhnlich ein »Schädliches« – und so weiter . . . .

Meine Freundin sprach mal ungefähr folgendermaßen:

»Genieße nur die Dinge, die dir weder schädlich noch nützlich sein können, so wirst du immer ohne Schaden gelegentlich wieder dem Anderen nachjagen können. Das ruhige Wetter ist hier auf dem Neptun nur was »Nützliches«, darum beacht' es nicht! Auf der Erde ist das Wetter, ob's nun gut oder schlecht ist, gemeinhin weder schädlich noch nützlich. Auf der Erde kannst du dich also allen Luftzuständen mit Feuereifer widmen. Auf dem Neptun ist die Sache anders! Der Sturm zerstört uns hier Alles – zerstört uns selbst – deswegen dürfen wir die Windstille nicht so andächtig genießen, wie du getan hast – sonst sehnen wir uns auch noch mal nach dem verderblichen Sturm wie du – und diese Sehnsucht nach dem Sturme können wir, wie du jetzt wohl einsiehst, nicht verwenden. Also: wohl sollen wir uns immer nach dem Andern sehnen – aber das Eine muß auf jedem Sterne naturgemäß ein Andres sein! Du verstehst – nicht? Sieh' dir hier lieber die Wolken an und laß die Luftbewegung dicht vor deiner Nase so sein, wie sie will. Hier bei uns ist das Eine sowohl wie das Andre wirklich anders als bei euch!«

Ich verstand allmählich . . . Auch das Vielsinnige in Lakkarúdias Worten verstand ich allmählich . . .

Es dauerte allerdings eine gehörige Spanne Zeit – leicht wurde mir das Verstehen nicht.

– – –

Die geflügelten Schlangen erschienen mir dann eines Tages so klug, daß ich vor meiner Freundin Lakkarúdia auf die Knie niedersank und ihr stürmisch meine glühendste Liebe erklärte.

Einer so klugen reizenden Schlange gegenüber soll ein Erdenmensch ruhig bleiben?

Das geht leider nicht!

Das ist leider unmöglich!

Klugheit, die fast Weisheit ist, bestrickt zu sehr.

Die Lakkarúdia erschrak, wie sie mich auf den Knien sah – sie hätte bei meiner Liebeserklärung fast ihre Neptunsruhe verloren.

Der Sturm meiner Leidenschaft umbrauste die Schlange wie ein – Neptunsorkan.

Und es ward ein merkwürdiger Roman daraus – wieder mal – wieder was Andres!!!

Wie war's nur?

Ach! Ich hab's vergessen!

Wenn man vergessen will, vergißt man so schnell und so leicht.

Meine liebe – meine gute – meine ruhige – meine kalte – meine kluge – meine falsche – schlangenschlaue – böse – Lakkarúdia! Ach!

Schluß!!

Egon, dieser richtige Romanheld, triumphierte.

Er wollte jetzt nur noch in allen meinen Geschichten meine wüste Erotik herauslesen, warf mir greuliche Perversität vor, da ich ja nicht einmal vor Schlangen haltmachte und utzte mich schließlich in einer nicht mehr schönen Weise.

Indessen – ich will mich nicht allzu schlecht machen: es dauerte tatsächlich nicht volle fünf Tage – und ich befand mich in meinem alten Fahrwasser, redete von Antierotik und Weltgeistliebe, von der Bedeutung des Asketentums – von meinen höheren Instinkten und von meinen höchsten Leidenschaften wieder in der alten Tonart.

Müller ging bald wieder mit demselben Ernst wie früher gegen mich vor, so daß die dumme finnische Familiengeschichte allmählich in Vergessenheit geriet.

Müller setzte mir mal eines Abends energisch auseinander, daß meine Weltgeistliebe sich nicht mit meiner Abneigung gegen die Frauen und Erotiker vertragen könnte – ich müßte auch diese in meiner Art lieben, da sie doch auch Offenbarungen des Weltgeistes wären.

Ich widersprach nicht, sondern gab meinem Freunde wehmütig Recht und behauptete, daß mir diese freundliche Stimmung aller Menschen – auch den Frauen und Erotikern gegenüber – durchaus nicht fremd sei – das könne er besonders aus *einer*

Geschichte entnehmen – in der würde die Weitherzigkeit wirklich sehr innig und aufrichtig gefeiert.

Ich ließ ihn lesen:

SEIN BESTES GEDICHT.

Eine Engelsstimmung.

Ihn umfing eine so weiche träumerische Stimmung – so als wär' Alles gut.

Es war Sonntag vormittag.

Die Kirchenglocken läuteten in die blaue Himmelsluft so friedlich hinauf.

Ihm war so recht wohl.

Ihm fehlte so gar nichts.

Das ganze Leben kam ihm besser vor denn je.

Und er wollte wieder gut sein zu allen Dingen und zu allen Menschen.

Darauf dichtete er sein »bestes« Gedicht.

Wie ging's doch?

Ja – so ging's:

»Sei gut, dann ist die Welt so schön,
Und Alles ist ein Paradies!
Sei gut, dann ist dein böser Feind
Viel mehr noch als ein Paradies!
Sei gut! Sei gut!«

Nachdem er das geschrieben, schaute er wiederum zum Fenster hinaus – in den blauen Himmel, in den die vielen Kirchtürme so kerzengrade hineinragten ...

Dann aber hörte er draußen in der Küche seine

Frau – sie sprach laut – nein, sie schimpfte, was Zeug und Leder hielt.

Zuletzt rief sie:

»Nein! Es ist gar nicht zu sagen! Dieses verfluchte Weib! Die lügt, sobald sie nur den Mund auftut! Ich zieh' hier aus! Ich bleib' hier nicht länger! Immer steht sie an den Türen und horcht! Sie greift sich förmlich was aus dem Wind! Dieses Aas! Nein, was muß man sich hier ärgern! Ich bleib' hier nicht länger! Zum Oktober müssen wir ziehen!«

Nach diesen reich mit Tränen gesalzenen Worten kam sie ins Zimmer – zu ihm.

Da gings's nochmal los – noch heftiger.

Er wollte sie beruhigen, sie aber überschrie ihn; er konnte keinen Satz zu Ende sprechen.

Er wurde traurig und reichte ihr stumm sein »bestes« Gedicht.

Sie las es, lobt' es und – schimpfte dann ruhig weiter.

Ärgerlich drehte er sich um und begann zu schreiben – er schrieb:

»Der Haß ist unter allen Umständen was Weibisches. Nur Weiber und Kinder können hassen. Ich bin überzeugt, daß alle Kriege nur von Weibern heraufbeschworen sind. Und der Haß ist den Weibern beim besten Willen nicht auszutreiben. Wenn nur die Männer, die sich noch erzürnen können, ein einziges Mal bemerken möchten, wie lächerlich sie sich durch den gegenseitigen Haß machen – wie

»weibisch« ihr feindliches Gebahren ist! Der Haß dokumentiert einen Mangel an Intelligenz – das Duell desgleichen!«

Während er diese nur lose aneinandergeknüpften Behauptungen niederschrieb, schimpfte seine Frau unermüdlich weiter.

Er las dann, was er schrieb, noch einmal durch und wußte sich nicht zu erklären, wie er ganz zuletzt noch auf das Duell gekommen war.

Schließlich ging seine Frau raus und wirtschaftete klirrend und klingend in der Küche rum.

Mancher arme Topf zerbrach.

Und all' das hatte die dumme Nachbarin verschuldet! Der Ehemann war nahe dran, ebenfalls auf die dumme Nachbarin zu schimpfen – wie seine Frau.

Doch er tat's nicht.

Die Kirchenglocken läuteten wieder so friedlich in die blaue Himmelsluft hinauf.

Es schien so, als schwebten langsam große Engelscharen vorüber.

Die Familienbilder an den Wänden seines Zimmers schienen sämtlich zu lächeln.

– – –

Milde, weich fließt die Luft.

Und er schwebt mit der weichen Luft hinaus – in den großen Himmel hinein.

Die ganze Welt ist verwandelt.

Auch das Große ist gut!

Wenn »wir« nur immer gut sind, so ist Alles gut –
»Weib, hör' auf!« schreit er lustig.
»Komm'«, fährt er fort, »wir wollen spazierenfahren – in den Himmel hinein.«
Da zog sich die Frau gut an.
Und sie fuhren hinaus – in die duftigsten Wälder.
Und dort hat er ihr sein »bestes« Gedicht eingepaukt.
Sie mußt' es auswendig lernen.

»Sei gut, dann ist die Welt so schön,
Und Alles ist ein Paradies!«

Natürlich hat das Gedicht die Haßgefühle der guten Ehefrau nicht im mindesten beeinträchtigt.

»Sei gut! Sei gut!«

Oder – sollten die Ehefrauen nur die Aufgabe haben, ihren Männern die lächerlichen Seiten des Hasses deutlich vor die Augen zu führen – und nur zum Abschrecken so eifrig beim Bösesein sein?

Die bösen Frauen sehen in ihrer Wut oft so drollig aus, daß die erzieherische Wirkung dieser Wut mir außer Frage zu stehen scheint.

Wenn ein Mann gutmütig ist und Alles gewohnheitsmäßig und klug von der lustigen Seite zu fassen weiß, so glaube ich immer, daß dieser Mann zu Haus eine böse Frau hat, die ihm das Bösesein verleidete.

Also: auch dem Bösen und Schlechten kann man gut sein – »der« Bösen und »der« Schlechten auch!

Es geht doch Nichts über eine Engelsstimmung!

Ein heller Nachthimmel wölbte sich über unsern Köpfen – und die Nacht leuchtete – so hell, daß man lesen konnte, obgleich weder Sonne noch Mond am Himmel zu sehen war und nur die Sterne funkelten –

Das sind die hellen Nächte des Nordens!

Wir saßen draußen am Ufer eines Flusses.

Aber die Schönheit der Welt wirkte nicht auf mich.

Müllern gefiel meine Engelsstimmung. Ich jedoch fühlte was Bitteres. Mir gefiel's nicht, daß jetzt Müllern meine Sachen jedes Mal gefielen. Ich lehnte mich gegen das Einfache in Müllers Natur leidenschaftlich auf – und ich bedauerte, daß ich mit diesem dummen Erotiker, den ich für den trivialsten Menschen von ganz Europa hielt, zusammen sein mußte. Ich bedauerte Alles.

Seufzend sprach ich daher eine alte Weise:

LACHST NICHT MEHR? NANU?

Weiß nicht, aber ich glaube doch,
Daß die Welt ein faules Loch,
Drinn die vielen großen Sterne
Nichts als Phosphorschimmer sind.

Lieblich tönt, ja das weiß ich schon,
Nur ein toller Weltenhohn.
Freundlich wären wir so gerne . . .
Aber lacht denn noch ein Kind?

Wundersam, ja nun glaub' ich fast:
Uns zerklemmt die Weltlochlast.
Ach, die vielen großen Sterne
Sind verweht wie müder Wind.

Ich empfand in jener entzückenden Nacht plötzlich wieder einen wahnwitzigen leidenschaftlichen Haß – am liebsten hätte ich den Müller niedergeschlagen.

Wir saßen in einer kleinen Laube, und unser Gastwirt versorgte uns reichlich mit gutem Cognac, was mich nur noch gereizter machte.

Doch es kam etwas heraus, was schon lange in mir getobt hatte; ich empfand den Verkehr mit Müller als Plage, ich haßte die ganze Welt deswegen.

Und ich fühlte mich so gefesselt – ich durfte ja den reichen Rechtsanwalt jetzt nicht kränken; ich hatte ja nicht so viel Geld, um allein nach Berlin zurückzufahren.

Müller mußte wieder eine von meinen Geschichten lesen – selber lesen – für sich – diesmal eine längere:

DIE WELTSCHAUKEL.

Erlösungsburleske.

Die großen Weltgeister hatten sich lange genug geärgert. Sie waren die ewigen Quengeleien satt. Sie wollten nicht immer wieder dasselbe predigen. Sie fanden es langweilig, fortwährend dieselben Widerreden anhören zu müssen.

Kurzum: die großen Weltgeister hingen ihre Weltzepter an den Nagel und pfiffen aufs Regieren. Sie wollten fürderhin nicht mehr regieren. Sie wollten mal müßig leben und ihren Spaß haben. Was scherte sie auch die Welt. Die ging ja doch nicht unter. Und vernünftiger wurde die Welt durch das ewige Regiertwerden auch nicht. Also – wozu sollten sich die Weltgeister noch länger mit ihren langen Zeptern abquälen? Wozu?

Daher ward zunächst »Kegelschieben« die Losung des Tags.

Und die großen Weltgeister schoben mit glänzenden Weltbällen – mit echten Himmelssternen – Kegel. Sie schoben lange Zeit hindurch.

Schließlich machte ihnen auch die Kegelschieberei nicht mehr Spaß, und sie ersannen einen neuen Zeitvertreib.

Sie wollten so Manches, konnten jedoch anfänglich nicht einig werden . . . . . .

Ein paar jüngere Weltgeister wollten sich eines

Tags mal ordentlich schaukeln – sie sagten's bloß so nebenher.

Indes: dieser Einfall fand gleich so kräftigen Beifall, daß am Ende »alle« Weltgeister sich mal ordentlich schaukeln wollten.

Gut! Also schaukeln!

Aber wie?

Woran hängt man die Schaukel?

Und woraus macht man sich 'ne Weltschaukel?

Die Zepter hingen natürlich nicht an Nägeln, denn Nägel gibt's im Himmel nicht. An ein Annageln der Schaukel war deshalb nicht zu denken.

Die Zepter staken in großen Nebelhaufen, in denen sie gurkenförmige Zentralsonnen bildeten. Wie große Weltruten ragten die Zepter der großen Weltgeister aus ihren Nebelhaufen heraus.

Sehr fest staken die Zepter selbstverständlich nicht – folglich ließ sich auch Nichts an denen anhängen.

Die Welt war also vom Regieren und Regiertwerden erlöst.

Doch das kannte man im Weltenraume bereits.

Das war ja eine Tatsache.

Jetzt galt es, sich anständig die Zeit zu vertreiben.

Der Schaukelplan trat mehr und mehr in den vordersten Vordergrund der Weltgeistergedanken.

Und da trat denn auch der Magerste der großen

Weltgeister, der zuletzt stets mit dem klügsten Vorschlage herausrückte, mit großen Schritten an seine Kameraden, die auf einem großen Ätherteller standen, ran und brüllte:

»Die Sache ist ja wie gewöhnlich sehr einfach! Wir zerschneiden unsre mächtigen großen Gewänder in schmale Streifen, knüpfen die Streifen aneinander, binden das eine Ende des langen zusammengeknüpften Stricks ans Ohr des Wassermanns, das andre ans Horn des Steinbocks, hängen uns sämtlich an dem langen Tuchstreifenstrick mit unsren langen Haaren auf und schaukeln uns. Freut euch, Kinder! So geht's!«

Und brüllend tat man drauf, wie's der Magerste geraten.

Und bald hingen die Weltgeister an den Haaren am langen bunten zusammengeknüpften Strick – was selbstverständlich einen urdrolligen Eindruck machte.

Mancher kleinliche lächerliche Mensch wird jetzt altklug und naseweise fragen:

»Wo ließen die Weltgeister ihre Kronen?«

Die Frage ist natürlich eine sehr alberne Frage – denn die Weltgeister haben doch so gewaltig große Haarmassen auf dem Haupte, daß da drauf eine Krone gar keinen Platz findet, zumal die auch runterfliegen müßte, wenn die Haare flattern, was diese bekanntlich sehr oft zu tun pflegen.

Die Kronen brauchten demzufolge von den

Weltgeistern nicht an den Nagel gehängt zu werden, da ja gar keine Kronen da waren.

Es ist eben sehr beklagenswert, daß man auf Erden Alles so schrecklich umständlich behandeln muß . . . .

Nun – die großen Weltgeister schaukelten sich.

Das schien ihnen anfänglich auch ganz fein.

Der Magerste wollte sich erst ganz zuletzt an den Haaren aufhängen – er pflegte bei jeder Gelegenheit in letzter Reihe ranzukommen. Als Alle längst dran waren, lief er noch auf dem Seile, das schon ganz derbe schaukelte, gemütlich auf und ab; er suchte sich eine recht schöne Stelle zum Aufhängen – – – fand aber keine!

Für ihn war überhaupt kein Platz mehr da. Leider! Diesmal kam er zu spät.

So mußte denn der Magerste oben bleiben auf dem Seile und dort rumrennen wie ein Seiltänzer; was Andres blieb ihm ja nicht übrig.

Es war sehr wacklig – das Seil. Es schlenkerte nicht schlecht.

Doch er dachte: »Schadet nichts!«

Er hatte ja die Andern wieder erlöst, hatte ihnen ein neues Spielzeug verschafft und hörte sie vergnüglich lachen.

Das machte ihm so'nen rechten Spaß.

Er freute sich, wenn er nur erlösen konnte – wovon und wozu war ihm ganz piepe.

Der Magerste war ein Erzerlöser.

Ja – der war wirklich so der richtige Erlöser, wie er im Buch steht.

. . . .

Doch horch!

Der magre Weltgeist hörte oben auf seinem Seile – Stöhnen – das hört' er zwar noch nicht deutlich genug, da das Seil jetzt wie rasend durchs Weltall dahinsauste – immerhin zu hören war das Gestöhn trotzdem.

Das war 'ne ordentliche Schaukelei!

»Das Größte endet im Spiel«, dachte dabei sehr tiefsinnig der Magre.

Und horch noch einmal!

Wieder Gestöhn! Lauter!

Der Magre fragt, was los ist.

Und die Kameraden klagen über kitzelndes unbehagliches Gefühl im Rumpf – das wird unerträglich, wenn sie nach vorn ganz hoch steigen – auch wenn sie nach hinten ganz hoch steigen.

Der Magre schüttelt bedenklich das ungeheure Riesenhaupt – schon wieder soll er erlösen – er ist zu Nichts weiter auf der Welt da – – – immer erlösen! immer erlösen!

»Hol der Kuckuck euer unbehagliches Gefühl!«

Also denkt demnach, wie wohl begreiflich, der zum Erlösen Verdammte.

Er sagt aber nicht, was er denkt.

Er sagt nur nach längerem Nachdenken:

»Schlaft, Kinder, wenn ihr vorn oder hinten höher kommt! Schlaft! Schlaft! Dann fühlt ihr die schlechte Stimmung nicht. Seitdem ihr nicht mehr regiert, fehlt euch ewig was! Fast möcht' ich euch raten, wieder eure schimmligen Zepter zusammenzusuchen!

Drob grauliches Gejohle.

Vom Regieren wollen die Weltgeister Nichts wissen.

Sie wollen lieber schlafen.

Der Magre soll sie wecken, wenn sie in die Tiefe kommen ....

Und das wird denn von dem Guten auch versprochen.

Es dauerte übrigens, wie man sich's wohl denken kann, wenn man drüber nachdenkt, immer so zehn Jahrtausende, bis die Schaukel von der einen Seite zur andern kam.

Der Magre waltet treulich seines Amtes und weckt die Kameraden, wenn sie mehr in die Tiefe gelangen, so daß sie so ein oder zwei Jahrtausende ganz gemütlich wachend schaukeln können.

Die Weckerei ist natürlich gar nicht so einfach.

Der vom Schlaf Erlösende muß sich tief hinabbeugen und jedem ins Ohr schreien; er steht beim Schreien auf den Händen und zappelt mit den Beinen hoch in der Luft.

Des Erlösers Pfad ist der wackligste Pfad der Welt.

Wem es gelingt, auf diesem wackligsten Pfade der Welt immer weiter zu gehen, ohne zu fallen – der braucht selber nicht mehr erlöst zu werden – der kann so bleiben!

Das merkt sehr bald der Magre, und er freut sich drüber – will aber seine Brüder noch gründlicher erlösen; das Erlösen ist ihm allmählich zur süßen Gewohnheit geworden.

Und was tut er da?

Wie sie Alle grade schlafen, klettert er zum Wassermann, schneidet dort das Schaukeltau entzwei, rennt wie ein Toller übers Seil, das schlackernd seitwärts fliegt, nach der andern Seite zum Steinbock, springt auf den Steinbock rauf und schneidet dort das Schaukeltau gleichfalls ab.

Da fliegt denn das ganze Tau mit den schlafenden Weltgeistern fort – immer weiter – in unbekannte Unendlichkeiten hinein. Die Weltgeister verschwinden einfach – so, als wenn sie ins Jenseits abgeschoben wären.

\- -

»Diese flapsige Gesellschaft hab' ich ordentlich erlöst.«

Also denkt anitzo der Magre.

Er sitzt auf dem Steinbock und langt sich ein paar Zepter runter.

Er backt den Zeptern Weltkugeln auf die Spitze –

macht aus den Weltkugeln ganz vernünftige Gesichter....

Er backt Rümpfe, Arme und Beine an die Zepter – bis Riesen draus werden.

Und er schmeißt diese Riesen den schlafenden Weltgeistern nach, ohne sich was dabei zu denken.

Er spielt nur.

Doch das Spiel gefällt ihm.

Er backt immer mehr Riesen – auch ohne Zepter – – und bei diesem Spiel wird er ganz ernst.

Ein ernster Künstler wird der Magre.

Das Größte endet doch nicht im leeren Spiel!

– –

Eines Morgens, als der glücklichste Weltgeist wieder auf dem Steinbock sitzt und lustig Riesen backt – fällt ihm plötzlich ein, daß er sich selber noch niemals erlöst habe – niemals! – denn dazu hat er ja bisher noch niemals Zeit gehabt – er mußte ja stets die Andern erlösen.

»Donnerwetter!« ruft er, »schändlich, daß ich mich selber nie zu erlösen brauche! Jetzt, da ich allein bin, weiß ich gar nicht, wen ich erlösen könnte. Ja – wer auf der Weltschaukel laufen lernte – dem fehlt Nichts – der kann so bleiben – der braucht leider in seinem ganzen Leben nicht mehr erlöst zu werden – schade!«

Indes er backt dabei ruhig weiter. Er backt immerzu – Riesen – große Riesen – schöne Riesen – und auch ein abenteuerliches Volk von tollen Ungeheuern.

Der Weltlehm wird bald alle sein.
Doch der Magre kennt ja den Äther.
Der Äther backt auch!
»Steinbock, sei geduldig!«

––––––––––––––––––––––

Der Magre muß bei seiner Arbeit immer wieder laut lachen – seine Riesen und Ungeheuer machen ihm einen ungeheuren, riesigen Spaß.

Und das Erlösen – ja das Erlösen – das vergißt er – vergißt er ganz und gar.

Darauf kommt er nie wieder zurück.

Er – der ehemalige Erzerlöser – hat jetzt einen andern Beruf.

Er ist ja Schöpfer.

Seine Riesen und Ungeheuer lernen somit das Erlösen und Erlöstwerden gar nicht kennen – ihr Schöpfer hat das doch vergessen.

Das ist ein merkwürdiges – höchst glückliches – großes Geschlecht – – – von dem man in so manchem Weltwinkel noch immer keine Ahnung hat.

»Steinbock, sei geduldig!«

Also ruft noch öfters der Magre.

Doch der Steinbock ist geduldig.

Das neue Geschlecht wird immer größer – einst wird's den ganzen Weltraum erfüllen – einst!

Von der ganzen Geschichte verstand der gute Müller wieder keine Silbe – es ist ein Vergnügen, mit

Freunden zusammenzuleben, die uns nie verstehen, während man doch dieselbe Sprache spricht – es ist ein Vergnügen!

Und dabei soll man nicht Eremit werden wollen!

Ach, wer die Einsamkeit sucht, war stets einsam.

Und es lebt auch nur derjenige glücklich in der Einsamkeit, der zur Einsamkeit geboren wurde.

Man muß sich die Sehnsucht nach dem andern Menschen abgewöhnen – die ist ja im Grunde ebenfalls nur sexuell.

Der große Mensch bedarf keines Weibes und keines Freundes.

Und wenn er eines Weibes und eines Freundes bedarf, so soll er seinen Priesterrock ausziehen und den Leuten nicht fürderhin weismachen wollen, daß er ein ›großer‹ Mensch ist.

Große Menschen leben ganz für sich.

Wer sich noch fortpflanzen will, ist nicht vollendet.

Das Mitteilungsbedürfnis ist auch nur ein verschleiertes sexuelles Begehren.

In der großen Welt gibt es keine dualistischen Prinzipien – die sind nur von den Menschen in die Welt hineingetragen.

Dies Alles machte ich etwas dozierend und jeden Widerspruch von vornherein ablehnend auf unsrer Reise nach dem Norden Rußlands dem Egon Müller allmählich klar – das heißt: ich gab mir die redlichste Mühe, das klar zu machen.

Er mißverstand mich immer wieder, doch ich übersah das schließlich. Wozu sollte ich mich darüber aufhalten? Ich sprach ja eigentlich mehr zu mir selbst als zu ihm.

Der gesellschaftliche Ton zwischen uns wurde durch meine Erörterungen wieder erträglicher. Ich sprach so wissenschaftlich und ernst von meinen asketischen Neigungen und Überzeugungen, daß bald die richtige kalte theoretische Stimmung herauskam.

Das Schwergewicht unsrer Unterhaltung legte ich immer wieder auf die reinsexuelle, nur die Fortpflanzung zum Endziel habende Bedeutung des menschlichen Dualismus. Ich erklärte immer wieder, daß das Bedürfnis nach Freundschaft und Mitteilung – überhaupt jeglicher Verkehr mit andern Wesen – einen vernünftigen Beweggrund – außer dem verschleiert-sexuellen – nicht haben könnte.

Und er verstand mich natürlich nicht –

Er hielt mich mit meinen asketischen Schwärmereien fürs Eremitentum – für einen krassen Egoisten.

Ich fühlte mich so unfrei.

Ich haßte den Müller, aber ich wollte mich auch nicht so ohne weiteres von ihm losreißen – denn erstens hätte ich im Augenblicke nicht gewußt, wie ich im Norden Rußlands mein Leben fristen sollte, da ich auch von der russischen Sprache so gut wie

Nichts verstand – zweitens hielt ich mich für verpflichtet, mit Müllern auszuhalten, da ich auch ihn für eine Offenbarung des Weltgeistes hielt.

Ich wollte daher meinen Haß so langsam runterwürgen.

In einer Bauernschänke gab ich aber dem lieben Egon dieses kleine Stimmungsbild:

ALPDRÜCKEN.

Eine Peinstimmung.

Wenn ich nur die Hände frei hätte!

Doch es geht nicht!

Ich weiß nicht – was drückt nur so auf meine Stirn – so schwer, so dicht?

Und auf der Brust liegt mir auch was Schweres.

Ich liege auf dem Rücken – ja!

Aber ich weiß nicht, wo ich liege, denn ich kann die Augen nicht öffnen.

Wenn ich mich nur bewegen könnte!

Doch es geht nicht!

Leb' ich denn noch?

Jedenfalls weiß ich, daß es eine Qual ist, so zu leben – so bedrückt und gefesselt – bewegungslos – dazuliegen.

Der Tod kann nicht schrecklicher sein!

Wenn das noch lange so anhält, möcht' ich schon lieber gleich sterben.

Aber sterben kann ich auch nicht!

Ich kann gar nichts!

Ich kann auch nicht mehr denken!

Es ist grausam!

Es ist wirklich nicht zu ertragen – – –

Was hätte Müller nur gesagt, wenn er geahnt hätte, wen ich mit dem Alp meinte!

Der harmlose Mensch ahnte jedoch Nichts.

Eine harte Haut ist eigentlich nicht so übel!

Wie beneidenswert erschien mir da das gute Nilpferd! Das merkt *auch* Nichts!

Ich sehnte mich nach einer harten Haut – wie sich ein Kind nach einem Spielzeug sehnt.

Und dann ward's mir allmählich klar, daß mir Müller nur deshalb zur Begleitung gegeben wurde, auf daß ich eine härtere Haut bekäme – – –

Ich empfand eines Tages herzliche Freundschaft für den Egon.

Ich las ihm gleich mein Freundschaftslied vor:

DIE WIESE DER LUST.

Ein Freundschaftslied.

Über die weite Wiese der Lust
Wandelt zaghaft mein bester Freund.
Was ich Gutes von ihm gewußt,
Vergaß ich, als ich ihn da sah.

Über der weiten Wiese der Lust
Schwebt ein häßliches Ungetüm.
Was ich greifbar an dem erkannt,
Verschwamm mir, als ich ihn da sah.

Auf jene weite Wiese der Lust
Lauf' ich plötzlich dem Freunde nach.
Was er Gutes von mir gewußt,
Vergaß er, als er mich da sah.

Auf jener weiten Wiese der Lust
Läuft ein Freund mit dem Andern fort.
Wer die Freundschaft in uns erkannt,
Bestritt, daß er den Kern da sah.

Der liebe Egon will diese Wiese ordentlich abgrasen, er liest Alles mit Eifer noch drei Mal selber durch – das Abgrasen gelingt ihm aber nicht.

Ich muß also wieder mal erklären, tu's so:

»Sieh, Egon, wenn ich Jemandem meine Freundschaft erklären möchte, wozu ich öfters Lust verspüre, so ruf' ich mir immer meine Wiese der Lust ins Gedächtnis, um mich meiner Freundschaftsgelüste zu erwehren. Das häßliche Ungetüm ist ja die Erotik. Und gegen die lehne ich mich doch immer auf. Hast du denn noch gar nicht bemerkt, daß sich all mein antierotisches Sinnen und Trachten viel mehr gegen die Freundschaft als gegen die Liebe zur Damenwelt wendet? Nein? Das tut mir leid! Aber es ist so, es läßt sich nicht ändern. Die meisten Freundschaften sind nach meiner Meinung unter die ›unbewußt‹ perversen Geschlechtsregungen zu rangieren. Wenn man ehrlich gegen sich selbst ist, so wird man sehr bald bemerken, daß alle Freundschaftsgefühle nur in falscher Richtung befindliche Liebesgefühle sind. Wann beginnt denn die Intimität einem Manne gegenüber? Doch gewöhnlich erst dann, wenn er Mitwisser eines erotischen Geheimnisses ist – wenn er in irgendeine Weiberaffäre, die wir erlebten, mitverwickelt wurde. Und besonders innig werden die Männer zueinander, wenn sie wieder mal darin übereingekommen sind, daß es mit den lieben Weibern Nichts ist. Und welche Leute sind am gierigsten nach der Freundschaft? Doch nur die, die in ihrer Erotik großes Pech haben. Und hat Einer ein Weib und zugleich einen Freund, so kann man sicher sein, daß dieser Eine zwischen seinem Weibe und seinem Freunde – Beziehungen wünscht – natürlich ›zumeist‹ nur platonische – obgleich es auch wüste Erotiker gibt, die den unplatonischen gar nicht so unliebenswürdig gegenüberstehen. Ein heikles Kapitel! Na – jedenfalls soll man keinen Menschen so lieben, daß man schließlich glauben möchte, ein besonderes Anrecht auf seine Freundschaft zu besitzen. Ein Recht auf Freundschaft ist noch tausend Mal verrückter – als ein Recht auf Liebe! Der Himmel bewahre mich vor allen heißblütigen Menschen. Ich kriege beinahe Angst. Die Freundschaft ist überhaupt, wie gesagt, tatsächlich eine wirkliche Teekesselei!«

Müller verstand sehr viel von dieser Rede, und wir konnten ganz vernünftig über das Thema weitersprechen. Er brachte dann allerdings, um mir eine Falle zu stellen, das Gespräch auf die Berliner Literatur. Ich wich geschickt aus, indem ich bemerkte: »Lieber Egon, du willst auf die sogenannten Geistesfreundschaften kommen und mir am Ende beweisen, daß deren Natur eine sexuelle nicht genannt werden könnte. Aber auch in der Kunst soll man nicht glauben, daß man eines Compagnons bedarf, sondern sich ganz gemütlich auf sich selbst stellen. Auch in der Kunst sind alle dualistischen Bedürfnisse verschleierte Sexualika. Im übrigen scheint man in den höheren literarischen Kreisen sattsam mit der inneren Natur der gegenseitigen Zuneigung vertraut zu sein – denn man dokumentiert diese gewöhnlich dadurch, daß man gegenseitig aufeinander möglichst kränkend und ehrenrührig schimpft. Es soll diese gegenseitige Schimpferei die Unterdrückung der Eitelkeit sehr befördern. Jedenfalls eine abgehärtete Freundschaft, für die ich Sympathien besitze! Man soll indessen keine Sympathien und Antipathien in sich aufkommen lassen, und da ich fürchte, bei Besprechung von literarischen Zuständen in irgendeinen parteiischen Standpunkt unwillkürlich hineinzugeraten und dabei meine Sympathien und Antipathien unter Umständen wieder aufleben könnten, so schweige ich lieber. Komm, lieber Egon, auf dieses Thema nicht wieder zurück! Ich bitte dich darum! Von meinem höheren und höchsten Standpunkte aus müßte ich ja die allerunbedeutendsten trivialsten Tintenkleckser für gleichberechtigte Weltgeistoffenbarungen halten – und das fällt mir noch ein bißchen schwer! Also schone mich!«

Verdammte Schwäche!

Ich schämte mich fast!

Ich redete deshalb gleich was Andres – was Ästhetisches – und fuhr lebhaft fort: »Ein Kunstwerk soll wie ein Opal sein, auf jeder Seite muß man ein neues Farbenblättchen sehen, das auch selbständig einen Wert hat – doch müssen alle die flimmernden bunten Geschichten von einer einfacheren Masse eingeschlossen sein. Ich möchte immer um einen ganzen Knäuel von Kunstwerken einen ideelichen Rahmen rumschließen. Meine Idee vom Weltgeist soll ein solcher Rahmen sein. Vielleicht hab ich mit diesem im Grunde genommen nicht mehr zu sagen, als was die alten Mönche, die Mystiker des europäischen Mittelalters, zu sagen hatten: daß die Liebe zu Gott die einzige Liebe ist, der man sich rückhaltlos hingeben dürfte ... ich sage nur ›Weltgeist‹, damit mein Theismus ein bißchen moderner klingt ...«

Und so waren wir denn im alten Geleise.

Doch Müller ruhte nicht – er kam noch einmal auf die Freundschaft zurück und wollte wissen, wie meine intimeren Freundschaften sich in der Jugendzeit gestalteten. Ich glaube, er wollte damals schon wissen, ob ich Anlage zur Perversität hätte – das Erotische interessierte ja den guten Doktor immer noch – meine Bekehrungsversuche scheiterten ja regelmäßig – ich konnte mir über das beliebte Liebesthema getrost den Mund entzweireden – es half Alles nichts.

Ich erzählte nun von meinen *toten* Freunden:

Ungefähr so sprach ich:

»Wenn ich an meine toten Freunde denke, so ist mir gar nicht so, als wenn sie tot wären. Aber ich werde sehr ernst. Darum hör' ganz still zu, lieber Egon! Von drei Menschen will ich dir erzählen, die ich geliebt habe, ohne darüber nachzudenken, wie ich dazu kam, daß ich sie liebte. Natürliche Sympathie trieb mich nicht zu ihnen, die hat sich überhaupt in meinem Leben niemals recht entwickeln können. Ich wollte schon sehr früh das Höhere – ein Freund sollte mir immer gleich noch mehr sein als ein Freund. Als ich so achtzehn Jahre alt war, schloß ich Freundschaft mit Richard Sachs. Der dachte grade so viel über religiöse Fragen nach, und ich wollte ihn zum Christentum bekehren. Allerdings dieser Bekehrungsversuch mißlang, denn ich ließ sehr bald selber das Christentum fallen. Ich wollte sehr bald die Welt nicht mehr durch die Religion – sondern durch soziale Reformen glücklich machen. Und um das zu können, wollte ich aus meinem Freunde Sachs einen gewaltigen Apostel meiner Lehren machen. Ich handelte danach und zog ihn mir nach. Doch ich ließ auch die sozialen Reformen bald fallen und sah dann das Heil der Welt in der sogenannten Kunst. Und Richard Sachs starb an der Lungenschwindsucht in Italien; unsre Freundschaft erkaltete, als er mir nicht mehr lebenskräftig erschien. Ich hatte auch einen andren Freund gefunden, mit dem ich ganz in der Kunst aufging. Dieser Andre war ein Musiker, er hieß Kurt Oertell. Ich wollte für ihn Texte für Musikdramen schreiben, die er komponieren sollte. Er sollte nach meiner Meinung hundert Mal bedeutender als Wagner werden. Es war eine sehr innige Freundschaft. Ich glaubte an ihn. Er aber glaubte zuletzt nicht mehr an seine Kraft, wohl weil er auch krank wurde. Und als er in Ostpreußen auf einem Gute zur Stärkung seiner Gesundheit weilte, da kam denn plötzlich die wilde Verzweiflung über ihn – und er ging wie König Ludwig II. in einen stillen See und ertrank. Das war für mich ein furchtbarer Schlag. Ich hatte für meinen Freund schon eine ganze Reihe von Musikdramen entworfen, führte bereits Einzelnes aus. Ich bin niemals so innig mit einem Freunde in allen meinen Bestrebungen verkettet gewesen wie mit Kurt Oertell. Der dritte Freund, von dem ich erzählen will, ist mein lieber Oscar Joetze. Der hatte eine dunkle Haut und große braune Augen, die wunderbar glänzten. Er war Schriftsteller – doch er schrieb nicht viel. Er setzte mir mal in den letzten Monaten vor seinem Tode auseinander, daß er nicht daran denke, der Welt etwas zu sagen, er sei viel zu bescheiden – und *wolle* Nichts schreiben. Ich wollte ihn zu meinem Leibkritiker machen. Ich bin ihm jetzt noch sehr sehr gut. Schon lange vor dem Tode schien er mit dem Leben fertig zu sein – das wirkte so abgeschlossen – so reif. Er wollte Nichts. Er hatte nur einen großen Respekt vor allen den Naturen, die etwas machten. Er nahm nur Alles so liebevoll auf – seine feine kritische Liebenswürdigkeit hat mich oft sehr erquickt. Solche Naturen machen den Schaffenden Mut. Doch jetzt habe ich wohl genug von diesen Toten erzählt. Alle Drei sind im fünfundzwanzigsten Lebensjahre gestorben. Für mich sind sie *ja nicht* tot. Ich glaube, daß die Menschen nur Gedanken der Erde sind – und daß diese Gedanken der Erde eng verknüpft mit ihresgleichen sind – auch mit den Gedanken, die länger leben. In jedem Menschengehirn sind die einzelnen Gedanken auch eng aneinander geknüpft – und im folgenden lebt immer noch der vorangegangene weiter – die Gedanken im Menschenhirn sterben auch nicht. Wär's nicht möglich, daß der Stern Erde nicht bloß mit seinem Erdinnern denkt, was doch sehr anthropomorphisch gedacht ist, sondern in kompliziertester Weise mit allen lebenden Wesen – in und auf ihm? Könnten die Veränderungen auf der Erdoberfläche – das Leben und Sterben der sämtlichen Kreaturen – nicht analog den Veränderungen auf der Netzhaut unsres Auges sein? Der Tod hätte dann sicherlich gar nicht mehr die Bedeutung, die wir ihm beizumessen pflegen – er bedeutete dann bloß ein momentanes Abbrechen einer Gedankenkette, die später ruhig weiterwirken kann in andren Köpfen – und nur für den Augenblick an die Seite geschoben wird. Das menschliche Denken bricht doch auch überall ab. Jedenfalls können wir uns das Denken eines Sterns nicht kompliziert genug denken und dürfen ja nicht in dummen Anthropomorphismus verfallen. Sicherlich ist ein Stern mehr als ein riesengroßer Menschenkopf – das Erdinnre dürfen wir uns wohl nicht als große Gehirnmasse denken, das wäre doch zu einfach. Eins steht mir fest: der Tod eines Menschen ist nicht ein Ende. Ebensowenig wie wir uns im Raume einen Punkt denken können, hinter dem Nichts mehr ist – ebensowenig können wir uns in einem Lebewesen ein Aufhören des Lebens denken – *wie* das Weiterleben vor sich geht, das können wir ja nicht wissen . . . .«

Müller wurde jetzt – ich weiß es noch ganz genau – sehr ungemütlich. Er behauptete, in dieser Weise könne man gemütlich siebzig Jahre lang fortreden, und man würde auch dann noch kein Ende gefunden haben. Er müsse mich aber sehr bitten, endlich aufzuhören und lieber mit ihm Wuttki zu trinken.

Das tat ich denn auch.

Wozu das Lebensrätsel auf einmal lösen wollen?

Wir saßen – ich weiß es noch wie heute – auf einer russischen Poststation im Wartesaal auf Branntweinfässern – und der Postwagen wollte nicht kommen – wir konnten ruhig sitzen bleiben.

Die Verbindungen sind im Norden Rußlands sehr sehr mangelhaft.

Die russischen Zigaretten schmeckten mir aber ausgezeichnet – fast noch besser als der Wuttki.

Und in vorgerückter Stunde wollte dann Müller plötzlich wissen, welche Empfindungen ich ihm entgegenbrächte.

Eigentlich hätte er sich das selber nach all unsren Reden sagen können, doch die Unaufmerksamkeit ist ja eine zu verbreitete Untugend. Ich sagte ihm daher freundlich noch was ganz besonders Liebenswürdiges – ungefähr mit diesen Worten:

»Egonchen! Weißt du, wie mir ist, wenn ich dich hier neben mir im Norden Rußlands auf einer alten Schnapstonne sitzen sehe? Mir ist so, als hättest du in meinem ganzen Leben stets neben mir auf einer Schnapstonne gesessen – als wärest du mein Schatten – mein zweites Ich. Mir kommt es augenblicklich so vor, als hätte ich dich überall immer neben mir gehabt – dein Geist umschwebte mich stets – du bist ein Teil von mir – du bist der aufgeklärte Rationalist und Materialist, für den es Unerklärliches nicht gibt. Und eine Hälfte in meinem Innern ist ebenfalls so geartet, die sieht ebenfalls wie du mit unglaublich nüchternen und klaren Augen in die Welt. Wenn ich dich lieben würde, so würde ich diesen verständigen Teil meiner selbst in dir lieben, und wenn ich dich hassen würde, so würde ich diesen verständigen Teil meiner selbst in dir hassen – denn das Verständige ist leider zumeist das Triviale und Dumme – nicht wahr? Verstehst du mich, Egonchen?«

Egonchen schwieg, und ich zog mein Manuskript aus meiner großen Rocktasche, und in dem Manuskript stand zu lesen:

HIMMLISCHE EHE!

Kosmische Novellette.

Tief – tief im Weltenraum – dort, wo silberne blitzblanke Leuchtkugeln herumfliegen – da leben auch die beiden Sterne Bûras und Tûras.

Die Beiden drehen sich nicht bloß um ihre Achse – sondern auch umeinander – und bilden so zusammen einen schönen Doppelstern.

Und Tûras kann wieder nicht sehen.

Karminrote Schneeflocken – so groß wie Erdenmonde – sickern langsam auf Tûrassens runzlige Haut.

Die karminroten Schneeflocken zählen nach vielen vielen Milliarden.

Der Tûras ist so maßlos groß.

Und Bûras ist nicht viel kleiner.

Die beiden Sterne lieben sich seit unermeßlich langen Zeiten – darum wandeln sie auch zusammen durch den Weltenraum.

Sie drehen sich immer umeinander, ohne sich zu berühren.

Würden sie sich jemals berühren – so würden sie aneinander zerschellen und sich in Dampfwolken auflösen.

Die Beiden würden nach der Berührung ganz vereint sein – im Tode vereint!

Aus ihrer Vereinigung würde ein neuer Stern

hervorgehen, der tausend Mal größer sein müßte – wie Bûras und Tûras zusammen.

Aber Bûras und Tûras könnten von dem neuen Sterne, der aus ihrer Vereinigung enstünde, Nichts wissen – die beiden Alten wären tot, wenn die neue Welt geboren wär'. Weltgeburten sind furchtbar!

Das Alte muß ganz und gar vergehen, wenn ein Neues entstehen soll.

Das wissen die Beiden, die einen Doppelstern bilden.

Und sie denken daher nicht daran, sich jemals zu berühren.

Sie umkreisen sich in gemessener Entfernung.

Das Sterben der Sterne ist kein Spaß.

Aber die Sehnsucht schläft nicht.

Oh! diese Sehnsucht!

Auch Sterne sehnen sich nach der Vereinigung mit dem Geliebten – nicht alle Sterne – nicht einmal viele – indessen Bûras und Tûras ganz gewiß.

Und wenn denen die Sehnsucht über den Kopf wächst, so entsteht über ihrer runzligen Haut ein gewaltiges karminrotes Schneegestöber – so daß sie Nichts mehr sehen können.

Dem Tûras geht's jetzt so.

Er donnert mit seiner ungeheuren Stimme wilde Liebesworte, tolle Flüche, schmerzlichsten Jammer ins Weltall hinein.

Bûras, der kleiner und kälter ist, bedauert seinen armen Bruder.

Tûrassens Sehnsucht schwillt riesengroß an.

Und langsam – langsam nur – verdampft die große Sehnsucht.

Und wie die karminroten Schneeflocken nur noch vereinzelt niedersickern und der Schnee auf der Sternhaut sich in große, strudelnde Meere auflöst – kann Tûras allmählich wieder sehen – zuletzt sieht er ganz klar.

Und dann werden Beide wieder vernünftig, lächeln sich freundlich an und unterhalten sich wieder wie sonst – in seligster Eintracht.

Zank gibt's zwischen den Beiden nicht – sie leben in einer himmlischen Ehe.

Wem der Blick aber von den versengenden Gluten der Leidenschaft getrübt wird, dem wird Alles dunkel, und er sieht Nichts mehr – – – die ganze Welt erscheint ihm öd' und leer.

Doch solche Zustände gehen glücklicherweise vorüber – auch bei Bûrassen und Tûrassen.

Wenn's vorüber ist, so lächeln die beiden Sterne und sind so gut zueinander.

Bûras spinnt seine tiefen Gedanken über die Unendlichkeit des Weltraums wieder weiter und erzählt von seinen Entdeckungen und Einfällen seinem lieben Bruder umständlich so viel, daß der sich sehr anstrengen muß, um folgen zu können.

Und Tûras erzählt dann von seinen Geschwindigkeitsberechnungen – er arbeitet mit fabelhaft großen Zahlen und weiß den Bûras wohl zu fesseln.

Es ist eine himmlische Ehe!

Der Doppelstern kennt keinen Streit.

Wenn die beiden Weltbälle andrer Meinung sind, so wird immer Alles in friedlicher Weise geschlichtet – denn hauen dürfen sich doch die Beiden auch nicht – das würde ihnen ja ebenfalls nur das Leben kosten.

Mitten in einer Berechnung fängt Tûras plötzlich an – über seine Sehnsucht zu reden – er redet sogar in Versen, sagt:

»Sieh! es ist doch wirklich schlimm!
Immer wieder kommt das Eine –
Dieser alte alte Wunsch –
Dich einmal nur zu berühren!
Bûras, liebster bester Stern,
Ich umfinge dich so gern!
Immer kämpf' ich gegen mich,
Gegen jenen alten Wunsch –
Aber immer muß ich wieder
Qualvoll knirschend unterliegen!
Ach, das dumme dumme Eine –
All mein Rechnen macht es dumm!
Dreh dich weiter, lieber Bûras,
Tröste deinen armen Tûras!«

Und Bûras tröstet, so gut er kann, setzt dem Freunde die Lächerlichkeit der Sehnsucht so recht nachdrücklich auseinander und kommt dann wieder auf seine Raumgedanken zurück.

Bald herrscht wieder heitre Freude in den beiden großen Sternen.

Das Leben ist doch besser als der Tod.

Nein – an Sterben denken die Beiden noch nicht.

Oh, sie wissen's so genau, daß sie ihre Sehnsucht ersticken müssen, wenn sie leben wollen!

Und drum lieben sie sich – ohne *sich zu berühren.*

Himmlische Ehe!

». . . . . Bûras!
Fünf mal hundertsechsundsechzig Tausend
Siebenhundertdreizehn Billionen
Bilden jetzt den Schlußstein meiner Rechnung!
Ist nicht himmlisch dieses Resultat?«

Tûras freut sich natürlich wie ein junger Gott.

Bûras freut sich ebenfalls so.

Und die Beiden haben sehr bald wieder vergessen, daß sie sich mal berühren wollten.

Nur zuweilen sind die Sterne
Höchst poetisch und verliebt!

Für gewöhnlich leben die Sterne in einer so ungeheuerlich großen Eintracht, daß ihre Ehe – wo von einer solchen die Rede sein kann – in jeder Beziehung »himmlisch« genannt werden muß.

Die Liebesverhältnisse der Sterne bieten leider – wenn nur immer »zwei« Sterne in Betracht kommen – sehr wenig Abwechslung dar.

Bei Bûrassen und Tûrassen – ja, bei fast sämtlichen Doppelsternen – entbrennt und erlischt die Sehnsucht schier jedes Mal unter denselben Begleiterscheinungen.

Die karminroten Schneeflocken sickern langsam nieder – tauen auf, verwandeln sich in strudelnde Meere, steigen in Dampfform wieder in die obere Luft – werden »wieder« zu karminroten Schneeflocken, die so groß sind wie Erdenmonde – – und sickern dann abermals runter.

Dasselbe Spiel wiederholt sich ohn' Unterlaß – und ein Ende ist beim besten Willen nicht abzusehen – denn die Freude am Leben ist bei allen Doppelsternen – besonders aber bei Bûrassen und Tûrassen – ganz und gar nicht umzubringen.

Das lasen wir beim Scheine eines flackernden Talglichtes einträchtiglich zusammen.

Als wir jedoch fertig waren, setzte Müller eine drollig-ernste Miene auf, hob den rechten Zeigefinger in die Höhe und sprach feierlich:

»Paul, mich blendest du nicht! Du bist pervers und bleibst es! Alle deine mystischen Reden vom Antierotischen, vom Platonismus, von der Askese u. s. w. täuschen mich nicht im geringsten. Ich beklage deine Leidenschaft, du tust mir leid. Die gewöhnliche Erotik ist dir nicht gut genug – du bist ein Wüstling und hast nur noch Sinn für die griechische Liebe!«

Daß das kommen würde, war mir eigentlich schon seit langer Zeit klar. Der Erotiker sah natürlich im andern Menschen nur noch die erotischen Züge; an was Antierotisches werden diese Geschlechtsochsen niemals glauben.

Ich und die griechische Liebe!

Auch was Höheres!

Ich habe mir den Mund entzweigeredet über das ganze sexuelle Thema, ich habe die ganze Freundschaft – selbst die platonische – grimmig verdammt – – – und Egonchen wirft mir trotz alledem gemütlich Perversität vor; da schlag' Einer lang hin!

Ich gebe meine Bekehrungsversuche bald auf – es kommt dabei Nichts raus.

»Ich, der radikalste Vertreter des europäischen Antihellenismus, der das Heil des Occidentalen nur im Orientalen erblickt, ich«, rief ich lachend, »will von der griechischen Liebe eben so wenig wissen wie von aller anderen Erotik. Du bist auf dem Holzwege. Hörst du denn nie, was ich sage? Daß sich die Perversen immer sehr mystisch gebärden, dafür kann ich doch nichts. Oft kommen uns diese auch nur deswegen mystisch vor, weil sie nicht ordentlich Deutsch können. Du magst recht haben, in all' dem, was sich ›tief‹ gebärdet, steckt gewöhnlich was Konträr-Sexuales. Ich aber will doch das Höhere und nicht das Tiefere, dieses letztere hat ja einen Beigeschmack von Traurigkeit, den ich nicht mag. Ach Egon, du machst mir viel zu schaffen! Wenn dir das noch nicht klar geworden ist, daß ich die konträre Sexualempfindung nicht für was Höheres halten kann, so weiß ich nicht, was ich dazu sagen soll. Schläfst du denn immer, wenn ich dir was auseinandersetze? Du bist, nimm' mir das nicht übel, nach meiner Überzeugung der radikalste Vertreter des europäischen Trivialismus – daher auch deine Hinneigung zu sozialreformatorischen Ideen – haben wir diesen doch den ganzen ungeheuerlichen Aufschwung des modernen Trivialismus, den ich beinah' Müllerismus nennen möchte, zu verdanken! Staune mich nicht so an! Trink' und laß deine erotischen Faxen. Die mülleristische Märtyrerkrone zerpickt mir den Schädel!«

Und Egon lächelte sich in ein undurchdringliches Schweigen hinein, aber – er trank. Infolgedessen hielt ich's mit ihm aus.

– – –

Ein paar Tage später saßen wir mit einigen russischen Bauern mitten in einer sehr kühlen Landschaft um ein großes Lagerfeuer herum und ärgerten uns über unsern Postkutscher, der uns unsre Postkutsche umgeworfen hatte, wobei ein Rad kaputt ging.

Wir saßen um unser großes Lagerfeuer herum mitten in der kühlen Landschaft und ärgerten uns auch über das viele Ungeziefer. Ich las daher dem Müller zum Troste eine der Situation angepaßte Geschichte vor, machte ihn jedoch gleich auf das Symbolische derselben aufmerksam.

Ich las, während mich die russischen Bauern verwundert und verständnislos anglotzten:

DAS GEWÜRM.

Ich saß in meinem schwarzen Grottensaal und schaute in die knisternden Flammen meines großen Opferfeuers, und ich träumte von guten freundlichen Händen, die mein Haupt streicheln wollten – doch es war nur ein Traum.

Ekles Gewürm kroch die Wände hinunter und nahte meinem Feuer – und ich schloß meine Augen und schüttelte mich.

Die russischen Bauern flüsterten sich was ins Ohr und reichten mir darauf sehr höflich ihre halbvolle Schnapsflasche.

Ich trank ihnen kopfnickend zu und gab Müllern auch zu trinken. Der schüttelte sich zwar, goß sich aber ebenfalls den erwärmenden Alkohol in den Magen.

So ganz gemütlich fühlte sich der Herr Rechtsanwalt in dieser Gesellschaft nicht, er begann darum mit mir ein ernsteres Gespräch.

»Sag mir«, fragte er, »was willst du nun eigentlich in der Einsamkeit als Eremit anfangen – und warum willst du eigentlich Eremit werden? Ich weiß das immer noch nicht.«

Müller wußte Alles immer noch nicht.

Den europäischen Müllern muß man Alles hundert Mal sagen, ihr Begriffsvermögen ist nicht weit her, denn ihr Horizont ist nicht allzu groß.

Ich faßte also wieder mal meine Ansichten über die Bedeutung des Eremitentums zusammen.

»Wenn der Mensch«, sprach ich, »ein Mensch ist und als solcher das Höchste leisten möchte – das Höchste – so kann er doch heutzutage, wo die Menschen immer noch an der Oberfläche der Erde kleben, höchstens dieser Oberfläche der Erde ein andres Aussehen geben – er kann nur die Erdphysiognomie verändern wollen! Und das will ich ebenfalls! Ich bin mir natürlich bewußt, daß diese Idee nicht meine Idee ist, sondern daß diese Idee von der Mutter Erde ausgeht. Mir scheint es nun – ich kann mich ja täuschen – aber es scheint mir, daß die Erde momentan sich auf einer Entwicklungshöhe befindet, die ihr nicht mehr ganz recht ist; der Stern ›Erde‹ ist nach meiner Meinung zu idyllisch und zu ruhig in unsrer Zeit; er möchte wieder sensibler werden. Die Sensibilität eines kosmischen Wesens wird indessen durch eine Vervielfältigung und Verfeinerung seiner Organe herbeigeführt. Nehmen wir an, daß die Städte und Dörfer, die von Menschen bewohnt werden, die vorzüglichsten Organe der Erde sind, so werden wir, wenn wir eine Vervielfältigung und Verfeinerung dieser Organe erstreben, eine radikale Dezentralisation der Menschheit herbeizuführen suchen müssen. Hoffentlich ist dir diese Titanenidee nicht zu stark!«

Müller lachte und tat so, als könnte ihm Jemand auf der Erde noch was Größeres und Bedeutenderes vorerzählen! Ich ärgerte mich beinahe, fuhr jedoch eifrig fort:

»Sieh, Egon, ich geh' in die Einsamkeit, um den Leuten das Einsamleben vorzumachen, damit sie's mir nachmachen und auf diese Weise die Dezentralisation durchführen! Verstehst nun? Ich gehe noch weiter! Soll die Sensibilität der Erde vergrößert werden, so ist es nicht genügend, daß ihre Organe an allen Punkten einzeln vorstechen – ich meine: es ist noch nicht genug, daß die Menschen bloß einsam leben – sondern sie müssen in ihrer Einsamkeit auch sensibler werden. Um diese Sensibilität der Menschen zu erzeugen, befürwortete ich in der Architektur eine umfangreichere Verwendung des Glases, da dieses glänzende und leicht herstellbare Material in intensivster Weise auf die menschlichen Nerven einwirkt. Aus meiner Eremitenhöhle heraus werde ich daher für das Glas in der Architektur eine lebhafte Propaganda machen. Das untätige Eremitentum liegt mir fern. Ich will ja noch außerdem durch das, was ich schreibe und dichte, die Sensibilität der Menschheit erhöhen. Weißt du nun, warum ich in die Einsamkeit gehe und was ich da machen will? Gut! Noch einmal hätt' ich's dir auch nicht gesagt!«

Mein Freund, dieses Kamel, kam hiernach wieder mal aufs Erotische und meinte, ich zöge mich doch in erster Linie aus Abneigung gegen die Liebe und Freundschaft zurück.

Als wenn sich das nicht von selbst verstand!

Ich bekämpfte doch den Dualismus im menschlichen Leben fortwährend, da der doch nur der Fortpflanzung wegen da ist.

Unser Lagerfeuer war ausgegangen, wir tranken schärfer, und ich schrie noch ein kleines Intermezzo, das ich auswendig konnte, in den allmächtigen Sternenhimmel hinauf:

DIE SCHWARZE NACHT.

Die schwarze Nacht durchschritt die Welt.

Und die schwarze Nacht zertrat Alles, was licht erglänzte.

Ich warf mich der schwarzen Nacht wütend entgegen und wollte mit ihr kämpfen.

Aber die schwarze Nacht zertrat auch mich.

»Prophet!« rief des Morgens Müller, als er mich weckte – und der Ruf schmeichelte mir.

Die Sonne ging auf; die schwarze Nacht war verschwunden.

Herrlich leuchtete der Himmel in berauschenden Farbenwolken!

Wie gerne würde ich die vielen landschaftlichen Reize des Nordens schildern! Doch ich tu's lieber nicht, denn diejenigen, die diesen russischen Norden nicht kennen, würden durch meine Schilderungen nur Sehnsucht nach diesem Norden bekommen und denselben womöglich übervölkern – während diejenigen, die diesen Norden kennen, meine Schilderungen womöglich bloß für unrichtig erklären könnten. Ich bin vorsichtig!

In der reparierten Postkutsche hechelte Müller die Gespräche der vergangenen Nacht noch einmal durch.

Ich bemerkte zum Schluß:

»Außerdem ist das einsame Leben an sich was Höheres. Das untätige Eremitentum soll man ja nicht unterschätzen, unter Umständen stell' ich dieses über das tätige. Vollkommene Wesen sind nur in der Einsamkeit denkbar. Die Sterne leben doch auch allein – je größer sie sind, um so einsamer sind sie. Der Mensch, der vollkommener werden möchte, muß sich in der Eremitenhöhle der Vollkommenheit zu nähern suchen – woanders kann er das nicht. Wer sich ewig in Gesellschaft herumtreibt, wird sich die Ölflecken, die Einem jede Gesellschaft anschmiert, schließlich nicht mehr ausreiben können. Besonders müssen die Sensibeln die Gesellschaft meiden; die nehmen ja von dieser am meisten auf. Nun aber, Egon, wollen wir aufhören! Ich könnte sonst noch siebzig Jahre von diesem Thema reden. Erinnere dich nur noch daran, daß die alten Mönche von der Seligkeit in Gott viel sprachen – und diese Seligkeit nur dann fanden, wenn sie im einsamen Gebet ganz mit sich und ihrem Gott allein waren. Analoges will ich doch auch mit meiner Weltgeistliebe!«

»Ich kann dir hier nicht folgen«, sagte da der Müller.

Als wenn der mir überhaupt irgendwo folgen konnte!

Doch er sollte mich nicht so leicht vergessen. Es reizte mich immer wieder, ihn mit meinen langen Erörterungen zu quälen. Wozu fuhr er auch mit mir nach Nowaja Semlja – ich mußte doch was reden. Wenn ich einem Menschen, der Deutsch versteht, gegenüber sitze, so muß ich ihm was auseinandersetzen – ich bin einmal daran gewöhnt.

Unsre Postkutsche wackelte vorsichtig und langsam dem nächsten Dorfe zu. Der Weg war miserabel.

Und Müller langweilte sich, er fragte daher nach längerer Pause:

»Sage mal, du bist doch Romanschriftsteller. Kannst du denn Romane schreiben, in denen von der sogenannten Liebe gar nichts vorkommt?«

»Hm!« erwiderte ich da, »es gibt eben zweierlei Romane – solche, in denen die Liebe eine Heldenrolle spielt und solche, in denen die Liebe gar keine Rolle spielt. Ich ziehe die letztere Romanart vor, denn die erstere ist doch schon ein bißchen zu stark ausgebuttert. Entschuldige den harten Ausdruck ›Butter‹. Aber du hast wieder einmal vergessen, daß ich eine neue literarische Richtung gegründet habe, die der alten Romanart den Garaus machen soll. Es wird mir ja das Garausmachen nicht gelingen – indessen so furchtbar böse mein' ich's auch nicht. Der erotische Roman ist natürlich auch eine Offenbarung des Weltgeistes; aber was Höheres ist er nun mal nicht. Meine Bekämpfung des Niederen ist noch eine kleine Schwäche. Der Kampf zeugt immer noch von einer gewissen Voreingenommenheit, von einem einseitigen Standpunkt. Wer hoch über den Wassern schwebt, hält in seiner höheren Lage *Alles* für gut. Auch der erotische Roman ist zu etwas gut – er ist gut zur Anstachelung des Fortpflanzungstriebes – der erotische Roman ist für die Fortpflanzung vielleicht eben so wichtig wie das Weib. Indessen – seien wir nicht dusselig! – den nach Vollkommenheit strebenden Menschen steht es nicht mehr zu, sich fortzupflanzen. Tun sie dies, so geben sie dadurch ihren Glauben an ihre eigene Vollkommenheit auf. Weswegen will denn die Natur die fortwährende Zeugung neuer Wesen? Doch nur, um möglichst vollkommene Wesen – in ihrer Art vollkommene Wesen – zu erzeugen, denen das Weiterzeugen *nicht* mehr obliegen soll. Das ist nach meiner Meinung so klar! Die vollkommenen Menschen müssen somit nur ein Interesse für den antierotischen Roman haben, der erotische ist nur für die breiten Massen des im Niederen lebenden Volkes, das sich selbstverständlich nicht aus einzelnen, sondern aus allen Ständen der menschlichen Gesellschaft rekrutiert. Über dem Volke stehen nur die, die sich selber aus dem Volke herauszuheben imstande sind!«

Müller bewunderte meinen stolzen Ton und bekam allmählich Respekt vor mir.

Müller, diese waschechte Romanfigur!

Unbezahlbar!

Zum Totschießen schön!

Ach! Es fällt mir doch sehr schwer, hoch über

den Wassern zu schweben und *Alles* ohne Ärger und ohne Haß zu betrachten – wie ein Gott!

Ich habe mich an eine Abneigung gegen den Kampf gewöhnt – und wenn er mir aufgezwungen würde, so würde ich ihn nicht wollen – aber mich übermannt oft eine wilde Wut!

Diese erbärmlichen Erotiker! Dieses Jammervolk!

Und doch – mich ergreift oft auch ein tiefes Mitleid mit denen, die aus dem Lieben nicht herauskommen. Die sogenannte Liebe ist schlimmer als das schlimmste Delirium. Ich weiß nur nicht, warum die Leute so oft vom Liebes*glück* reden. Das Sexualsystem ist ein gemeingefährlicher – Glücksnotenfälscher – ein Schandbub!

Allerdings, wenn man hoch über den Wassern schwebt, so muß man auch diesem Schandbuben ein freundliches Gesicht zeigen.

Das Antierotische ist auch noch was Niederes.

Das Höchste ist der Weltgeist – Ihn nur müssen wir lieben und so die Welt betrachten wie er.

Gott gleich sein wollen!

Das ist ja gar keine Gotteslästerung!

Im Gegenteil!

Selbst Gott sein wollen!

Das ist ebenfalls kein Frevel, denn wir sind ja ein Teil des großen Geistes.

Warum sollen wir uns als Teil des Ganzen nicht mal für das Ganze selbst halten?

Sollte nicht der Hauptzweck des Menschenlebens der sein, eine Verbindung zwischen dem Allgott und uns herzustellen?

Gottseligkeit heißt: sich im Gotte fühlen, sich als Gott fühlen, mit Gott fühlen!

»Kohäsion!« murmelte ich, »Kohäsion zwischen Gott und Mensch muß angestrebt werden. Auch Kohäsion zwischen Erdgeist und Mensch ist schon was! Auch Kohäsion zwischen der ganzen Menschheit und dem einzelnen Menschen ist schon was! Aber würden wir nach dieser Kohäsion streben können, wenn wir kein zum Dualismus neigendes Sexualsystem besäßen? Hm! Ohne Sexualsystem keine Weltgeistliebe! Oder nein? Hm! Jedenfalls bleib ich trotzdem Antierotiker! Kein Mensch kann aus seiner Haut! Das Sexualsystem ist und bleibt ein Glücksnotenfälscher! Aber – ist die Gottseligkeitsnote wirklich echt? Ja! sie ist es – weil ich glaube, daß sie echt ist! Wenn indessen der Glaube so viel ausmacht, so kann auch der Erotiker sein Glück mit vollem Recht für echt halten. Stulpstiefel, Lorbeerbaum, Hosiannah, Märchenklops! Padua bleibt Padua!«

Müller glaubte, ich sei verrückt geworden. Die russischen Bauern sahen mich mit entsetzten Augen an.

Sehr klar war mein Kopf allerdings nicht. Aber ich teilte Müllern meine Gedanken mit, und das beruhigte mich wieder.

Zwar – ich fieberte – es war aber nur ein Schnupfenfieber – das Schlafen im Freien mußte ja böse Folgen haben.

Verfluchter Postkutschkutscher!

Ich wurde sehr lebhaft, unterhielt mich mit Müller in einer fast leidenschaftlichen Manier:

»Du glaubst immer«, rief ich ärgerlich, »meine antierotischen Schwärmereien seien Nichts als leere Schrullen. Das ist nicht der Fall. Die Menschen sind die einzigen Tiere auf der Erde, bei denen sich die sexuelle Scham entwickelt hat. Hieraus erkennt man wieder, daß die Abneigung gegen die Fortpflanzung eigentlich dem Menschen – was Natürliches ist – angeboren ist sie allerdings nicht. Aber auf jeder höheren Kulturstufe wird der Mensch zu asketischen Anschauungen hinneigen. In den niederen Bevölkerungsklassen, zu denen allerdings viel mehr Millionäre und ›Gebildete‹ gehören, als diese glauben möchten, wird die Askese und das Schamgefühl naturgemäß nur schwer Wurzeln schlagen können. Immerhin – die Höhe einer Kultur kann man nach dem mehr oder weniger ausgebildeten Schamgefühl bemessen. Die Natur, der Weltgeist, bekommt was Blödsinniges, wenn man ihn sich so vorstellt, als wenn er stets nur die Fortpflanzung des Ebenerzeugten im Auge behält. Die Vorstellung von der ewigen Zeugerei hängt eng mit den unreligiösen, materialistischen Trivialtheorien zusammen, die man doch nur als Witzblattkuriosa aufbewahren kann. Ich würde mich für entwürdigt halten, wenn ich einen Nachkommen erzeugen sollte. Und daher kann ich mir auch den Allgott nicht als Gott der Liebe denken. Der Gedanke ist mir einfach entsetzlich. Der Allgott ist ein Gott des Lebens. Zeugen heißt aber: selbst ›nicht‹ mehr leben wollen oder nicht mehr leben können. Starke Menschen leben ihr eigenes Leben und pfeifen auf ihre Nachkommen – pfeifen auf den ganzen Geschlechtstrieb mit seinen unzähligen Lappalien. Wenn ich in der Welt bin, so bin ich eben in der Welt; und Andre – am wenigsten meine Kinder – sollen mich nicht rausdrängen. Der Geist, der über den Wassern schwebt, lächelt natürlich über Alles – aber freuen muß er sich doch, wenn er mal was geschaffen hat, was wirklich lebensfähig ist und nicht nötig hat, zu lieben und zu zeugen!!«

Müller bat mich besorgt, doch ein bißchen zu rauchen und nur ruhiger zu werden. Zuletzt bat er mich, doch wieder was vorzulesen. Er wollte mich auf andre Gedanken bringen.

Die Postkutsche war noch lange nicht am Ziel.

Ich griff in meine Tasche und zog eine Geschichte hervor – erst eine – ich wählte nicht – und ich fand grade:

DIE GEBRATENE TAUBE.

Eine Malerlegende.

Zwei Bauern plackten sich lange Jahre hindurch redlich ab – und brachten es doch zu Nichts.

Das ärgerte die beiden Bauern, und sie klagten sich eines Tags auf dem Felde verdrossen ihr Leid.

Ein junger Maler kam hinzu und hörte, was die beiden Bauern sprachen.

Der Maler lächelte und fragte teilnehmend:

»Wozu wolltet ihr's denn bringen?«

»Na, wir wollten doch was auf die Sparkasse tragen«, versetzte der eine Bauer.

Und der andre meinte: »Ich wollte mir einen neuen Stall bauen – aber ich hab's nicht dazu.«

Der Maler lächelte wieder und sagte, während er mit den Augen zwinkerte:

»Ich wollte mich durch meine Bilder recht berühmt machen – ich wollte mir sogar einen neuen Anzug kaufen – für das Geld, das ich für meine Bilder zu bekommen hoffte – oh! ich wollte noch mehr für das Geld haben: ein neues Haus wollt' ich mir bauen, da ich keins besitz' – und dazu eine neue Frau heiraten – – – aber – aber – ich hab's auch nicht dazu.«

»Und trotzdem lachst du?«

Also fragten nun sehr verblüfft die Bauern.

Der Maler schaute recht fröhlich drein und erwi-

derte, während er heftig mit den Armen in der Luft herumfuhr:

»Die ganze Welt ist ja mein Haus! Meine Kleider sind zwar nicht mehr ganz, doch ich brauch' sie ja nicht anzusehn. Und die Frauen sind zänkisch! Und wer berühmt ist, wird gehaßt! Ich weiß was Besseres! Seht ihr da drüben hoch über den alten Scheunen die gebratene Taube?«

»Nee, wo denn?« riefen die Bauern.

Da erklärte der Künstler feierlich:

»Ihr habt eben andre Augen als ich. Ihr müßt Maleraugen bekommen – dann seht ihr überall die gebratene Taube in herrlichen Kreisen auf euch zufliegen – und das ist ein Anblick, der das Herz lachen macht – mehr wert als Ruhm und Weib – mehr wert als Hosen und Haus – – – Die gebratenen Tauben kennt ihr! Die fliegen wirklich noch zuweilen umher und manchem Menschen in den Mund! Schaut nur ordentlich aus nach den gebratenen Tauben – ihr werdet auch noch mal eine sehen!«

Und der Glückliche zeigt mit dem linken Zeigefinger in den blauen Himmel hinein, dreht sich um und geht lustig pfeifend den Landweg hinunter ins schattige Tal.

Das gefällt dem Egon.

Mir wird immer ganz heiß, wenn er mich lobt. Er fängt nun noch an, von der modernen Malerei zu sprechen. Und bald erörtern wir die Bedeutung der Aktmalerei, die nach meiner Meinung selbstredend nur eine sexuelle ist. Ich erkläre, daß jedes Bild, in welchem dem Schamgefühl nicht Rechnung getragen wird, nur von einer sehr niedrigen Kulturstufe des Malers zeugt.

»Es gehören«, sagte ich ingrimmig, »jene ›freien‹ Künstler und Dichter, die sich mit Vorliebe auf die sexuellen Probleme werfen, zu jenen banausischen Aufklärern, die sich noch mit materialistischer Ulkbildung breit machen und nur auf der Stufe der gewöhnlichen Romanschreiber stehen, die ja zur Erhaltung der Menschenrasse sehr unentbehrlich sein mögen – was Höheres aber nicht sind! Müllerismen richten sich selbst!«

Müller nahm den letzten Satz krumm, tat aber nicht so, plauderte vielmehr so harmlos weiter, als hätt' ich ihm Knackmandeln mit Rosinen in den Mund gesteckt. Und dabei hatte er was Böses trotz der ruhigen Miene im Sinn. Er zweifelte nämlich sehr bald die Keuschheit der ganz allein lebenden Eremiten an und meine Keuschheit erst recht!

»Lieber Freund«, entgegnete ich da, »die Geschichte ist nicht so schlimm, ist sie doch auch die gute Tante der Askese, diese würde ohne jene nicht ordentlich gedeihen können. Ideale sind Ideale! Aber Padua bleibt eben Padua? Und schon Paulus sagte: Fleisch bleibt eben Fleisch!«

»Was willst du denn bloß mit Padua?« fragte nun Egon.

Ich wußte nicht, ob ich einen Witz machen sollte; schließlich rief ich: »Nichts! Egon! Nichts bleibt eben Nichts!«

Die Postkutsche hielt.

Wir stiegen aus.

Und ich wurde ernstlich krank, legte mich zu Bett und verlor das Bewußtsein.

– – –

Wie ich wieder aufwachte, saß Egon neben mir und pflegte mich.

Oh! Mit meiner Stärke war's also nicht weit her! War meine Krankheit eine Strafe für meine stolzen Krafttöne?

Erst nach mehreren Tagen konnt' ich wieder vorlesen. Ich lag noch im Bett. Egon saß neben mir auf einem Stuhl. Draußen wirtschaftete die alte Großmutter in der Küche herum. Die kleine Bauernstube lachte mich hell und freundlich an wie 'n Kind.

Und flüsternd kam die Geschichte über meine Lippen:

SIE VERSTEHEN SICH NICHT.

Eine Neckerei.

Ein großer Riese langweilte sich.

Um sich die Zeit zu vertreiben, wollt' er zehn kleine Zwerge, die grade gemütlich vorübergingen, ein bißchen necken.

Er blies ihnen Tabakswolken ins Gesicht, daß sie niesen mußten, bespritzte sie mit Wasser, daß sie ganz naß wurden, haute mit der Hand auf die Erde, daß die kleinen Zwerge vor Schreck auf den Rücken fielen und die kleinen Beine gen Himmel streckten –

Der Riese mußte schrecklich lachen.

Aber die Zwerge weinten und jammerten, denn sie hatten fürchterliche Angst vor dem großen Riesen.

Wie der die Angst der Kleinen sah, rief er zu ihnen freundlich hinab:

»Was jammert ihr denn so? Ich tu' euch ja Nichts.«

Indes diese Worte hielten die kleinen Zwerge nur für Hohn, denn sie hatten sich beim Fallen gehörig gestoßen. Die Tabakswolken waren noch gefährlicher gewesen – alle zehn Zwerge bekamen eine Halsentzündung. Und das Wasser gar – das hatte ihre Kleider verdorben – und in den nassen Kleidern hatten sich die Zwerge erkältet.

»Nein! Nein! Er tut uns Nichts!« riefen schmerzlich lachend die kleinen Männer, und sie jammerten dazu.

Des Riesen Spaß war für die Zwerge durchaus kein Spaß.

Sie rannten, so schnell sie konnten, davon ...

Der Riese schüttelte den dicken Kopf.

Er verstand die Furcht der Kleinen nicht.

Er war doch ein so guter Riese.

Er schimpfte schließlich auf die ungeheure Dummheit der Zwerge.

– – –

Und die Zwerge rannten immer weiter von Ort zu Ort, sie glaubten ihr ganzes Leben hindurch, gleich könnte der Riese wieder erscheinen.

Die armen Zwerge wußten sich vor Furcht gar nicht zu lassen.

Und abermals peinigt mich Müller mit seiner Anerkennung, die wirkt so wie das Achselzucken eines Menschen, dem ich Urteil zutraue.

Aber nach den süßen Lobreden fängt er anders an: er will plötzlich *auch* bekehren – er dreht jetzt den Spieß um und will *mich* bekehren.

»Mein lieber Paul«, beginnt er, »sei doch ein bißchen vernünftig! Du hast dich da in eine Idee verrannt, die dir gar nicht gut bekommen kann. Deine Fieberreden haben mir gezeigt, daß du ein bißchen zum Größenwahn und auch zum religiösen Wahnsinn neigst. Es wird ja wieder vorübergehen, aber du mußt dich zusammennehmen. Du bist sehr nervös und auch ein bißchen anormal. Es fehlt nicht viel, und du hältst dich für einen Messias. Das ist bedenklich. Du solltest in allen sexuellen Dingen zunächst mal wieder so denken und handeln, wie alle andern vernünftigen Menschen tun. Daß du sexuell momentan ganz anormal bist, steht mir fest, sonst könntest du nicht so leidenschaftlich für das dumme Eremiten- und Asketentum schwärmen. Ist es dir nicht auch klar, daß du anormal bist?«

»Ganz klar!« erwiderte ich leise, »sieh, das ist mir längst klar. Das hängt wohl mit meiner unregelmäßigen Schädelbildung zusammen. Die dumme Hebeamme hat mir das Gehirn verschoben, daher bin ich so verschroben, bizarr und paradox. Es ist recht traurig. Na, weine man nicht!«

Da mußt' er lachen.

»Es ist schon möglich«, fuhr ich fort, »daß sich die Antierotiker nur aus den Sexuell-Anormalen rekrutieren! Sehr wahrscheinlich! Die Anormalen verstricken sich sehr leicht in asketische Grundsätze – wohl nur deshalb, weil sie schwer oder gar nicht das zu ihnen passende Wesen vom andern Geschlechte finden werden. Daher sind die Anormalen so einsam und lieben Alle – weil sie den Einen oder die Eine nicht finden können!«

»Wie vernünftig du redest!« rief freudig erregt der olle Erotiker, »du wirst wieder ganz gesund werden, rede nur nichts Paradoxes!«

»Nu grade«, versetzt' ich lachend, »weißt du auch – daß grade diejenigen am meisten von der Liebe und vom Sexualen reden, die Beides sehr wenig kennen? Bist du erkannt, Egon? Nur diejenigen, die an Frigidität leiden, reden fortwährend von der Beseligung des sexuellen Verkehrs. Demnach bist du gar kein Erotiker!«

Müller fuhr in die Höhe und rang die Hände, eine so paradoxe Behauptung hatte ihm noch kein Mensch ins Gesicht geschleudert.

»So red' nur weiter!« schrie er wütend, »dann wirst du schon gesund werden!«

»Das kann ich«, gab ich zur Antwort, »das Reich der Anormalen ist eigentlich sehr groß.«

»Hör' auf!« brüllte mein Freund.

»Muß ich auch!« entgegnete ich kleinlaut, »meine Einfälle sind mir nicht paradox genug. Auch meine Paradoxigkeit ist krank!«

»Die Priester«, sagte Müller, »die im freiwilligen oder unfreiwilligen Zölibat leben, sind auch krank. Du setzest dir eine Idee in den Kopf und verteidigst sie dann mit allen Mitteln in der eigensinnigsten Weise.«

Ich bemerkte dazu: »Eigensinn macht stark, die Weiber sind ebenfalls nur durch ihren Eigensinn stark!«

Müller rannte in der Stube umher und behauptete, daß mein Menschenhaß fürchterlich wäre.

»Ich bekämpfe meinen Haß!« sprach ich ernst, »die Anormalen stehen ja schon sowieso der Menschheit so fern – warum sollen sie da noch die Menschen hassen? Es liegt ja doch eine unüberwindliche Kluft zwischen denen, die was Neues wollen – und denen, die nur mit- oder nachmachen wollen, daß es gar nicht nötig ist, diese Kluft noch zu verbreitern. Wenn die Anormalen trotz aller bösen Erfahrungen auf die Erotik nicht verzichten wollen, so mögen sie unter Umständen zur Ausbildung neuer Arten Erkleckliches beitragen – aber das geht mich Nichts an! Ich interessiere mich nur für *die* Anormalen, die Asketen und Eremiten werden. Punktum!«

Ich kam mir wieder etwas schwatzhaft vor, und das Schwatzhafte in meiner Natur schien mir eine Folge meiner Verschlossenheit zu sein. Meine Paradoxigkeit ward allmählich wieder gesund.

»Wer wichtige persönliche Anormalitäten«, rief ich aus, »nicht zu verraten fürchtet, weil sie ihn nicht interessieren, der kann ganz gemütlich schwatzhaft sein. Warum nicht?«

Müller setzte sich jetzt ernst an mein Bett und streichelte meine Hand. Er erschien mir während meiner Krankheit geistig viel höherstehend als sonst. Wenn ich mal verliebt war, kamen mir die meisten Menschen auch viel höherstehend vor –

besonders die Frauen – wohl weil die Liebe gleichfalls nur eine Krankheit ist.

Indes – ich bekam eine Art Vision:

Die Liebesdichter saßen plötzlich vor mir auf einem hohen Berge, und jeder von ihnen hatte ein altes Kuppelweib im Arme als Wickelkind – eine drollige Fieberphantasie!

Ich konnte das Bild nicht verwischen.

Diese Normalen!

Fast alle Dichter und Künstler sind normal! Sie denken wie die Kuppelweiber nur daran, das Sexualsystem der Menschen in ständiger Erregung zu erhalten! Na natürlich!

»Man strebt nicht ungestraft nach dem Höheren!«

Also murmelte ich noch, und darauf verwirrte sich Alles vor mir.

Ein phantastisches – aber sehr qualvolles Fieber!

– – –

Wie's vorbei war, erklärte ich Müllern, daß ich eigentlich die Kunst, in der's gar keine Gedanken gibt, doch für gar nicht so übel halten könnte – »denn«, sagte ich, »die Denker wandeln sämtlich in graulichen Labyrinthen herum – – –«

Müller hatte während meiner Krankheit nur *eine* von meinen Geschichten gelesen:

DIE ALTEN DERWISCHE.

Eine Parabel.

Zwei alte Derwische fanden einen Sack voll Gold. Der Sack war dick und schwer.

Der eine Derwisch wollte das Gold gleich ohne weiteres unter die Armen verteilen.

Aber der andre Derwisch wollte vorsichtiger mit dem Golde wirtschaften, zunächst große Armenhäuser bauen und dann in gerechter Weise diejenigen auswählen, die der Verpflegung ganz besonders bedürftig sind. Nur den Bedürftigsten sollte geholfen werden.

Das Alles schien nun dem ersten Derwisch lächerlich umständlich. Der wollte nicht lange fakkeln – der wollte helfen. Er behauptete, daß man einen Gradmesser für die Bedürftigkeit noch nicht gefunden hätte und wohl niemals finden würde.

Diese Meinungsverschiedenheiten entfachten einen längeren Zank zwischen den beiden Alten.

Bald jedoch ward dem Zank ein Ende bereitet – denn siehe! des Weges kam ein langer Zug von armen zerlumpten Pilgern daher – von alten und jungen, Männern und Frauen.

Die guten Derwische griffen natürlich sofort in ihren Goldsack und verteilten schmunzelnd blankes Gold in schwerer Menge.

Die armen Pilger wußten sich vor Freude gar nicht zu lassen.

So was kam denn doch zu selten vor.

Wie nachher der Zug der Bettler vorüber war – war der dicke Goldsack selbstverständlich beinah' leer. Nur noch ein paar ganz dünne Goldmünzen fanden sich vor.

Da sagte der erste Derwisch, der das Geld ohne weiteres gleich von vornherein unter die Armen verteilen wollte:

»Siehst du? Hab' ich nicht recht gehabt? Bis an die Armenhäuser sind wir nun gar nicht gekommen. Deshalb wollt' ich auch gleich von den Armenhäusern Nichts wissen. Wozu die Umstände? Wir werden mit unsrem Goldsack die arme Welt doch nicht reich machen. Also: man immer gleich verteilen, wenn man was findet. Nicht an große Pläne denken! Das ist ja Alles Unsinn! Schließlich besinnt man sich noch und behält sein Gold. – – – Wer wirklich helfen will – und 's auch kann – der hat gleich so alle Hände voll zu tun, daß er an die Zukunft gar nicht denken kann – gar nicht denken darf.«

Der andre Derwisch, der zunächst große Armenhäuser bauen wollte, nickte – so lächelnd, als wenn's ihm nicht unangenehm wäre, vorhin Unrecht gehabt zu haben. Er freute sich auch, daß er nun mit den habgierigen, nur an jämmerliches Gold denkenden Baumeistern nicht weiter in Berührung zu kommen brauchte.

Und es schüttelten sich die beiden alten Derwi-

sche vergnügt die alten runzligen Pfoten, krempelten alsdann gemeinsam den Goldsack um, so daß die letzten dünnen Goldmünzen herausfallen mußten, steckten diese Münzen in ihre Rocktaschen, freuten sich, daß sie nicht mehr den »vollen« Sack zu schleppen brauchten und gingen mit dem »leeren« schnurstracks in die nächste Schänke .... denn das Goldverteilen hatte die Alten nicht wenig angestrengt.

Der Wein in der Schänke schmeckte den Derwischen sehr gut – auch das gebratene Rindfleisch fanden sie ganz vortrefflich im Geschmack.

Die Schänke lag in der Nähe von Samarkand.

Die Welt der äußeren Erscheinungen bekam nach und nach wieder mehr Macht über mich. Die bunten Bettbezüge, die Blumen am Fenster, die gescheuerten Dielen – die russischen Schimpfworte in der Küche – das Alles erschien mir in neuem Lichte –

Ich weiß ja: wir können über die Welt der äußeren Erscheinungen nicht hinaus – es wäre besser, wenn wir an ihnen hängen blieben und nicht weiter trachteten – doch es geht ja nicht – Padua bleibt eben Padua – in den höheren Kunstsorten muß immer sehr viel Philosophie und Religion stecken – das war zu allen Zeiten so!

Bequem ist die ewige Grübelei nicht – ebenso

wie die ganze antierotische Kunstrichtung. Die Erotiker und Realisten haben's besser, die sind zu beneiden. Schade, daß man nicht wieder zurück kann!

Wie gern möchte man oft zurück!

Ich gab dem Müller eine Geschichte zu lesen, die der Sehnsucht nach dem Menschlich-Niederen in uns Ausdruck verleiht:

DAS ZIEL DER SEHNSUCHT.

Eine Erlösungsvision.

Die weiten Ärmel hoben sich wieder empor. Und aus den weiten Ärmeln reckten sich zwei hagre, zitternde Hände heraus, die auf dünnen Unterarmen staken – und nun in der Luft herumflatterten – in der fahlgelben Glutluft – in der fahlgelben Glutluft der Nacht!

Und der Mann mit den hagren zitternden Händen war ein Pilger. Er trug einen hohen spitzen Hut wie die Zaubrer auf den Jahrmärkten des europäischen Mittelalters.

Der Pilger stand mitten in einer Wiese – auf einem Hügel.

Der Boden war dunkelgrau. Am Horizont ward es hellgelb.

Fieberluft war's, die den Himmel so fahlgelb machte.

Und der Pilger stand da vor der fahlgelben Fieberluft wie ein schwarzer Schatten.

Fort wollte der Pilger – wieder fort – wieder in ein andres Land! Ihn hatte die Sehnsucht gepackt – er wollte nicht mehr allein sein – er sehnte – sehnte sich – wonach wußt' er nicht. Aber er sehnte sich.

Und da tauchten plötzlich aus der fahlgelben Luft viele viele kleine Kinderköpfe heraus – schließlich waren ganze Kinder da – die waren alle nackt – aber sie lachten in heller Lust – sie froren in der heißen Fieberluft durchaus nicht – sie spielten mitten im Himmel – so harmlos wie wirkliche Kinder spielen.

Aber der Pilger sperrte die Augen immer weiter auf – er erkannte die Kinder – es waren seine Jugendgefährten!

Nun ward dem Pilger sehr eigen zu Mut.

Ihm offenbarte sich das Ziel der Sehnsucht.

Es überkam ihn ein großes Glück – seine Kindheit ging ihm wieder auf – seine Kindheit – die lag nun vor ihm wie das seligste Land – die war das Ziel der Sehnsucht, die ihn gepackt hatte.

Und der Pilger ging hin und wurde zum Träumer.

Er träumte, daß er wieder ein Kind geworden.

Der Gram der Sehnsucht verfiel – das Ziel der Sehnsucht spielte vor dem Pilger immerfort in der fahlgelben Fieberluft herum.

In einer Nacht, als der Pilger abermals mit seinem spitzen Hut auf der Wiese stand und die hagren Hände zitternd zum Himmel aufreckte, daß sie wie zappelnde Fledermäuse herumflatterten – und als die Kinder wiederkamen und wieder in der fahlgelben Fieberluft vor ihm herumspielten – – da flehte der Pilger die Kinder an, ihn hinaufzuziehen.

Und die Kinder – seine Spielkameraden – jubelten ihm zu, sagten ihm aber gleich, daß er oben in der fahlgelben Fieberluft sterben müsse.

Doch der Pilger wollte schon sterben – gleich – ohne Bedenken!

Und er starb den seligsten Tod – als Kind – als Kind!

Wie der Pilger gen Himmel fuhr, brauste mit fernen Glockentönen ein Sturm über die Wiese – – ein Sturm – ein Sturm!

Und helles Kinderlachen scholl dazwischen.

Die Mitternachtssonne glänzte rot durch die Eisblumen des kleinen Fensters in die Bauernstube hinein.

Ich lag noch immer im Bett.

Mir ging's jedoch immer besser, und wie mir mal so recht friedlich zumute wurde, sprach ich über den Tod:

»Sieh, Egon, du hast mir neulich vorgeworfen, daß ich zu häufig immer wieder auf dasselbe zurückkomme und mich sehr oft wiederhole. Diese Untugend solltest du mir eigentlich nicht zum Vorwurfe machen – sie hängt mit meiner Unsterblichkeitstheorie zusammen. Wenn der Mensch, wie ich glaube, nur ein Gedanke der Erde ist und als solcher nach seinem Tode in andern Wesen fortlebt – so denke ich doch auch an eine Wiederholung der Erdgedanken – natürlich muß in der Wiederholung gleich wieder was Neues stecken, der alte Gedanke muß immer in Verbindung mit anderen wieder aufwachen. Indessen – die Wiederholung bleibt dabei – mit ihr hängt die ganze Unsterblichkeit zusammen. Die Erde denkt das Beste immer wieder von neuem in die Köpfe der Menschen hinein – und dieses Beste ist religiöser Natur – muß ja religiös-kosmischer Natur sein, da es ja der Erde viel häufiger als uns zum Bewußtsein kommen muß, daß sie als Teil des Ganzen im Kosmos herumschwimmt. Die Hauptidee der Religionen ist aber die Verherrlichung des Todes, der nur eine Vereinigung mit dem Allgeist ist. Jede bedeutende Religion nimmt dem Tode das Unheimliche. Es fällt uns ja schwer, an ein Weiterleben zu glauben. Wir müssen's uns bildlich plausibel machen – immer wieder von neuem und womöglich immer wieder in feinerer Form. So glaube ich jetzt an eine etwas relative Unsterblichkeit. Ich glaube, daß unsre Unsterblichkeit dauerhafter wird, wenn wir uns möglichst intensiv während unsres irdischen Daseins mit Denken und Dichten beschäftigen. Denkende Gedanken! Ein bißchen mystisch! Wir müssen so viel denken, weil wir Gedanken der Erde sind. Und wir denken so oft mit Hintansetzung der präzisen Logik, weil wir mit dieser nicht genug denken können. Der Rationalist kommt nicht weit. Während ich mir immer wieder vorgestellt habe, daß alle Menschen Offenbarungen des Weltgeistes sind – ist mir schließlich die Idee vom indisch-christlichen Gottmenschentum ganz geläufig geworden. Warum soll sich der Weltgeist nicht in einzelnen Menschen so offenbaren können, daß diese Menschen schließlich selber was Göttliches bekommen? Warum nicht? Das einfach menschlich denkende Volk kann sich obendrein die Gottheit oder die Götter so plump so anthropomorphisch vorstellen, wie's will. Wir brauchen darüber nicht zu lachen – verdanken wir doch diesen Anthropomorphismen unsre herrlichsten Poesien. Die beste Poesie ist die religiöse – das dürfen wir nie vergessen. Die Religion ist überhaupt das Wichtigste für uns – hat sie nicht der Armut den Stachel entrissen und damit alle sozialen Probleme so einfach gelöst? Warum lachst du? Das ist gar nicht zum Lachen! Ich rede über Gott und die Welt – und du lachst! Egon, ich glaube, du bist ein Atheist! Aber wenn schon in unsrem kleinen Schädel Geist steckt, so muß doch im unendlichen Raum noch viel mehr Geist stecken. Das ist doch klar! Wir können ja nicht einmal die Erde für geistlos erklären, nicht wahr? Stell dir doch bloß dieses vollkommene Leben vor – so als Kugel immer nach allen Seiten ausschauend in wunderbaren Kurven durch den Raum schweben – großartig, was? Der moderne Theismus ist denn doch ein bißchen vollkommener als der Jehovakultus. Meine Weltgeistliebe brauchen mir ja nicht Alle nachzumachen. Die Leute brauchen auch meinetwegen nicht an den Weltgeist zu glauben, sie können ihn auch verspotten, wenn sie wollen – und können. Er ist so groß, daß er wahrlich nicht beleidigt werden kann. Weltgeistbeleidigungen – ich kann sie mir kaum denken! Die Religion ist um unsertwillen nicht um Gottes willen da. Jedenfalls sollten die Spötter nicht von den Menschen bestraft werden – ich glaube, das wäre das Einzige, was den Weltgeist kränken könnte. Aber wahrscheinlich lächelt er auch *darüber*! Die Gottesleugner sind vielleicht bloß dazu da – um die Kohäsion zwischen dem All und dem Einzelnen immer wieder fester zu machen. Nenn' übrigens meine Weltgeistliebe nicht stets Allerweltsliebe! Eigentlich sollt' ich sagen ›Liebe zum Weltgeist‹ – ist nur zu lang – außerdem hat das Wort ›Weltgeistliebe‹ noch einen feinen Nebensinn.«

Müllern schien meine Rede auch zu lang und nachher meinte er:

»Guter Freund, deine Weltgeistliebe ist eine Dachstubenschwärmerei. Lebtest du mehr in der Welt – im Kampf ums Dasein – so würdest du dir diese Friedlichkeit der Gesinnung nicht bewahren können!«

Und dann warf er mir Prophetenallüren vor, was mich schmerzte.

Das Prophetspielen mocht' ich allerdings nicht, ich sagte daher:

»Nimm nur nicht übel! Du hast ganz recht, man soll sich nicht *zu* ernst nehmen – sonst lachen sich die Andern tot darüber – und das schädigt die Andern. Verzeih!«

Hiernach gerieten wir leider ins alte erotische Fahrwasser. Das war schon unvermeidlich.

»Ja! Ja!« bemerkte ich schließlich, »meinetwegen hat auch das Religiöse nur einen sexuellen Sockel – der kann sogar anormal sein! Ja! Ja!«

Und ich gab ihm wieder was zu lesen – ich wollte schlafen.

Ich gab ihm, während ich meine Augen kaum mehr aufhalten konnte:

ATLAS, DER GEMÜTLICHE.

Ein Humanitätsmythos.

Vor vielen hundert Jahren lebten im alten Indien verschiedene graubärtige Philosophen – die wollten den Krieg abschaffen.

Sie hatten lange darüber nachgedacht, wie diese Abschaffungsgeschichte wohl anzufangen sei. Doch sie konnten nicht einig werden.

Da schlug schließlich ein buckliger Philosoph vor, den griechischen Atlas zu besuchen und ganz dreist um Rat zu fragen.

Atlas lebte am Erdrande und trug das Himmelsgewölbe.

Die indischen Philosophen hörten sich die Rede ihres buckligen Freundes ruhig an, überlegten ein wenig und erklärten dann sämtlich, daß des Buckligen Rede gar nicht übel sei und, daß sie wohl geneigt seien, Atlassen einen Besuch abzustatten – besonders da sich Atlas schon damals seiner Gemütlichkeit wegen eines guten Rufes erfreute.

Die Philosophen mieteten demnach ein kleines Schiff, stiegen hinein und sahen, da ihnen der Wind sehr günstig war, nach ein paar Monaten den gemütlichen Atlas von Angesicht zu Angesicht.

Atlas wohnte auf einem Berge, und er kam, als die Philosophen seinen Namen riefen, sofort herunter.

Die Philosophen dachten zuerst, jetzt müßt' ihnen gleich das ganze Himmelsgewölbe aufs Haupt fallen, da Atlas das Gewölbe nicht mit herunterbrachte – sie duckten sich ängstlich.

Indes der gemütliche Riese beruhigte die weisen Indier, wies auf ein paar hohe Säulen, die auf der Spitze seines Berges hoch in die Wolken ragten, und sagte schmunzelnd:

»Lieben Freunde, beunruhigt euch nicht! Ich habe dort oben das Himmelsgewölbe schon vor längerer Zeit auf ein paar starken Säulen mit der Kante aufgelegt. Die Säulen halten schon, seid unbesorgt! Den ganzen Himmel immerfort auf meinen Schultern zu tragen, war mir doch allzu lästig. Ich hab's lange genug getragen. Ich habe das Schwerste ertragen. Ich paß' jetzt nur auf, daß mir keiner an die Säulen rangeht – das Aufpassen ist viel gemütlicher als das ewige Stillstehen mit der Last auf dem Buckel.«

Die Philosophen nickten verständnisinnig, verließen ihr Schiff und erzählten Atlassen, was sie wollten.

– – –

Wie Atlas Alles gehört und auch verstanden hat, macht er ein sehr verblüfftes Gesicht.

Dann ruft er sehr laut:

»Kinder! Kinder! Ihr seid ja noch nicht gemütlich! Nee – so was! Den Krieg wollt ihr abschaffen? Ihr? Es ist nicht zu sagen! Na – wißt ihr, wie ihr's

machen müßt, wenn ihr den Krieg abschaffen wollt? – Eigentlich ist es ganz einfach: Ihr müßt nur die reichen Leute abschaffen, dann hört jeder Krieg ganz von selber auf. Aber – aber –«

Die Philosophen sehen sich groß an, denken wieder ein bißchen nach, bringen den linken Zeigefinger an ihren linken Nasenflügel und nicken nach einer kleinen Weile noch einmal mit den alten grauen Köpfen.

Der Bucklige findet zuerst die Sprache wieder – er tut so, als hätt' er allein die große Frage gelöst und redet folgendermaßen:

»Seht ihr! Seht ihr! Nun wissen wir's endlich, wie wir's machen müssen! Atlas, ich bin ganz deiner Meinung! Du bist viel klüger als ich dachte – glaub's mir! Was du uns sagtest – das wollt' ich auch schon immer sagen. Wir werden gleich nach Hause fahren und die reichen Leute abschaffen – das wird schon helfen! Ja – ja – das wird schon helfen. Denn – wenn das Geld fort ist, dann ist auch der Krieg fort. Na natürlich!«

Die Andren stimmen dem Buckligen bei, und Alle wollen gleich wieder das Schiff besteigen.

Da spricht indessen der gemütliche Riese – plötzlich – sehr salbungsvoll:

»Lieben Freunde! So einfach ist das doch nicht! Wartet! Wartet! Was wollt ihr tun? Habt ihr gar kein Mitleid? Ihr seid noch nicht gemütlich geworden! Ihr habt noch kein Himmelsgewölbe getra-

gen! Ihr wollt die reichen Leute wirklich abschaffen? Ih, nein! Seht! Die leben jetzt so ruhig und angenehm. Wie könnt ihr nur so grausam sein und die reichen Leute in ihrem ruhigen und angenehmen Leben stören wollen? Ihr wollt den reichen Leuten wehe tun! Oh! Oh! Seid gemütlich und tut das nicht! Um des lieben Friedens willen, den ihr doch so sehr liebt, tut das ja nicht!«

– – –

Da sahen sich denn die alten indischen Philosophen wieder ganz ratlos an wie früher und wußten nicht, was sie sagen sollten.

Der Bucklige meinte kleinlaut:

»Wie sollen wir denn *den Krieg abschaffen, wenn wir die reichen Leute* nicht *abschaffen sollen? Atlas, ich muß mich sehr wundern!«*

Der gemütliche Riese fuhr nun in seiner Rede, ohne den Buckligen zu beachten, mit den folgenden Worten fort:

»Lieben Freunde! seid human! Wer wie ich das Schwerste tragen lernte, bleibt immer gemütlich. Lernt von mir! Geht nach Haus und sagt den reichen Leuten, sie möchten sich selber des lieben Friedens wegen abschaffen – dann braucht ihr's nicht zu tun – und der Krieg ist ohne weiteres auch abgeschafft. Seid gemütlich! Übt euch im Tragen und Ertragen – dann werdet ihr gemütlich! Die größten Vertreter der Humanität, zu denen ihr euch doch auch zählt, müssen gemütlich sein!«

Das leuchtete – allerdings erst nach einiger Zeit – ganz allmählich – fast wider ihren Willen – den Philosophen ein.

Und sie fuhren alsdann nachdenklich nach Haus und schrieben dort lange Briefe an die reichen Leute, verteilten auch dicke neue Bücher über den Krieg und über den Frieden an die behäbigen reichen Leute und überraschten dadurch alle Welt.

Sie waren sehr tätig – die Philosophen.

Na – die reichen Leute nahmen sowohl die dikken Bücher wie die langen Briefe, in denen sie freundlichst aufgefordert wurden, sich selber – oder mindestens ihren Reichtum – abzuschaffen, freundlichst an.

Die Philosophen waren ja so berühmt und angesehen!

Und Atlas, dem Gemütlichen, ward bald ein Denkmal in dem alten Indien gesetzt – ein Denkmal!

Und einige reiche Leute schenkten sogar einen Teil ihres Reichtums den klugen Philosophen!!!

Und darüber haben sich die beschenkten Philosophen sehr gefreut.

Und sie haben für das Geld noch viel mehr Bücher über den Krieg und über den Frieden geschrieben, denn sie wollten auch ihrerseits alles mögliche tun, um den Reichtum zu vernichten .... war schließlich kein Geld mehr zum Kriegführen da, so hörte ja das Kriegführen ganz von selbst auf. Der

Krieg war dann selbstverständlich – wie gesagt – unmöglich.

Das Geld konnte demnach nicht schnell genug für Bücherschreiben, Bücherdrucken, Agitation, Reklame und ähnliche Geschichten verpulvert werden.

Außerdem warteten die Philosophen geduldig darauf, daß sich die reichen Leute selber abschafften – selbstverständlich! – das war ja der Hauptplan!

Da jedoch die alten Weisen mit der Zeit lernten, sich in Geduld zu fassen, zu tragen und zu ertragen, so wurden sie allmählich auch *gemütlich – fast so gemütlich – wie der alte Atlas.*

– – – – – –

Die reichen Leute dachten natürlich über die Abschaffung ihrer werten Persönlichkeit und ihres noch werteren Reichtums in tiefster Gemütsruhe öfters nach. So schnell konnten sie sich nicht dazu entschließen.

Und sie schoben die Abschaffungsgeschichte natürlich immer wieder auf.

Sie waren ja ebenfalls sehr geduldig mit der Zeit geworden, sie hatten's auch gelernt, zu tragen und zu ertragen.

»Jeder hat sein Teil!« dachten schließlich die guten reichen Leute.

Und Alles blieb »eigentlich« beim Alten.

Und die alten Grauköpfe – die Philosophen – die

Friedensstifter – die starben währenddem in Frieden.

Sanft ruht ihre Asche . . . .

–––

Der gute Egon weckte mich nach vierundzwanzig Stunden mit einem Witz, er rief:

»Si vis bellum, para pacem!«

Egon ist nicht so dumm, wie er aussieht; er behauptet sogar, daß meine Menschenliebe ein Produkt der Feigheit sei.

Aber Humor haben, heißt: sich über Alles hinwegsetzen können – Alles überwinden. Der Witz allein ist noch nicht Humor – Der Humor ist eine Ertragungs- und Entsagungskunst – er hat eine religiöse Ader.

–––

Nachdem nun lange vier Wochen langsam ins Land gezogen waren, zogen wir endlich auch ins Land – und zwar hoch zu Roß – in dicken Pelzen.

Um den guten Müller zu uzen, da er trübe aussah, las ich mit wichtiger Miene – im Sattel:

DER BISS.

Rivalen-Vignette.

Der Wolf biß einen Tiger – denn der Tiger schlief. Und als der Tiger aufwachte, den Biß bemerkte, den Wolf davonlaufen sah – da wunderte sich der Tiger durchaus nicht.

Hei! Unsre Pferdchen trabten schnell, als wären's ebenfalls Rivalen.

Wie froh war ich nur, daß wir nicht mehr Eisenbahn zu fahren brauchten! Die Eisenbahn lag tief unter uns im fernen Süden!

Aber der Erdboden, auf dem wir in Begleitung von zehn Kosaken dahinritten, war steinhart gefroren, so daß die Hufe der Pferde weithin durch die baumlose Landschaft schollen.

Wir tranken Wuttki in langen Zügen und unterhielten uns über alles mögliche, schossen auch auf ein paar Wölfe, die uns in die Quere kamen.

Müller machte einen sehr nachdenklichen Eindruck auf mich, was mich in eine höhnische Spottstimmung versetzte.

Daß ich wieder ganz gesund geworden, hatte mich ganz berauscht. Ich wunderte mich öfters, daß ich nicht vom Pferde fiel – und wurde immer übermütiger.

Und dieser Müller dachte fortwährend über mich nach, was mir sehr drollig vorkam, er sagte mal:

»Du kannst dich aus pekuniären Gründen nicht verheiraten – und nun willst du Leidensgefährten haben und predigst die Bedeutung des Eremiten- und Asketentums, redest dir dabei auch selber ein, daß du das Ledigsein aus tieferen Gründen wünschest. Außerdem hast du öfters Unglück in der Liebe gehabt und fürchtest, fernerhin ebenfalls Unglück zu haben, bist daher Antierotiker aus Furcht!«

»Nee«, rief ich, »Müller, dat stimmt nich!«

Da fragte er ernsthaft:

»Hast du denn nie daran gedacht, dich mal zu verheiraten?«

»Jawohl«, versetzte ich melancholisch, »als ich drei Jahre alt war, wollte ich meine zwölfte Amme heiraten. Die aber mußte über meinen Antrag so lachen, daß sie mich an die Erde fallen ließ. Ich habe damals unter dem Gartentisch, denn unter einen Gartentisch fiel ich, den gräßlichen Schwur getan, nie wieder einem Weibe einen Heiratsantrag zu machen. Siehst du, Egon – *so* ward ich zum Antierotiker!«

Egon peitschte sein Pferd – wir ritten im Galopp – und ich mußte mich wieder mal ärgern, daß meine Witze nicht zündeten.

Eh! Der Ärger verging.

Mein Freund schien sich aufs Fragen verlegt zu haben.

Er fragte spitz mit blitzenden Augen:

»Kannst du dir eigentlich vorstellen, daß es Menschen gibt, die ihren Sexualtrieb ganz regulär befriedigen?«

»Nein«, gab ich mit Verbeugung zurück, »denn wir wissen ja noch nicht, wie das Reguläre in den verschiedenen Zonen des Erdballs aussehen müßte. Wir wissen nicht mal, was es heißt, normal oder regulär seinen Hunger und Durst stillen.«

Das arme Pferd, auf dem Müller saß, bekam nun die Sporen.

Die Kosaken konnten uns kaum folgen.

Müller fragte dann so:

»Sag mal, liebster Freund, die Dichter haben doch gewöhnlich davon gesprochen, daß sie nach einer überstandenen Liebesaffäre grade die besten ihrer Werke schufen. Hast du nie davon gehört?«

»Ja«, sagte ich da, »die Liebe spielt nur indirekt beim Schaffen eine Rolle. Die Anregung, die wir nach einer überstandenen Liebesaffäre zu haben glauben, haben wir nicht dieser zu verdanken, sondern dem Umstande, daß die Zeit, in der wir eine Liebesaffäre durchkosten, nur mit Nichtigkeiten ausgefüllt wird, die unsrem Gehirn Gelegenheit geben, sich ordentlich auszuruhen. Und nach der Ruhe kann man gut arbeiten.«

Müller riß die Augen auf und die Zügel seines

Pferdes zurück, daß es stehenblieb; währenddem schrie er:

»Du machst dich wohl über mich lustig! Was?«

Ich schüttelte traurig den Kopf und bat den guten Egon, nur ruhig weiter zu fragen.

Die Kosaken tuschelten sich was ins Ohr, grinsten und fuchtelten mit ihren Lanzen in der Luft herum.

Müller wandte sich ab, sprach mit den Kosaken und ritt dabei weiter.

Ich ritt einsam hinterdrein, als wär' ich von der guten Gesellschaft ausgeschlossen.

Der Himmel leuchtete in Rot – die Sonne ging unter – in majestätischer Ruhe.

Wir rasteten bald nach Sonnenuntergang in einem Stall – schliefen dort.

– – –

Wie wir weiterritten, war's noch Nacht – aber es war eine sehr helle Nacht.

Müllers Rößlein trabte wieder neben dem meinigen.

Und die Fragerei begann von neuem.

Müller: »Hat man nicht behauptet, daß das Wohlgefallen, das wir an Kunstwerken haben, eng mit den sexuellen Empfindungen zusammenhängt?«

Ich: »Das ist eine sehr hübsche Frage. Du behandelst das Sexualsystem wie einen Dietrich und glaubst mit diesem Dietrich die kompliziertesten

Schlösser aufschließen zu können. Aber so einfach ist das nicht. Es ist eine bekannte Manier der Rationalisten, sich an eine Hypothese zu klammern und mit der an Alles ranzugehen. Das ist die richtige materialistische Praxis. Du suchst überall den erotischen Kern und glaubst ihn überall finden zu können. Da ist denn schließlich die ganze Kunst nur eine perverse Sexualbetätigung. Daß ich mit meinen antierotischen Bestrebungen über das vermaledeite Sexualsystem hinaus möchte, kümmert dich gar nicht.«

Müller: »Du möchtest, aber du kannst nicht darüberhinaus. Ich seh auch nicht ein, warum du darüberhinaus willst. Ich halte das nur für Eigensinn, und du machst dich dadurch krank. Ich möchte dich gesund sehen, daher komme ich immer wieder auf deine Schrullen zurück.«

Ich: »Mir scheint es, daß die Selbsterhaltungs- und die Fortpflanzungsorgane sich in unserm Körper befehden. Ich kann doch auch annehmen, daß das Wohlgefallen, das wir an den Farben und Formen der Welt und der Kunst empfinden, viel mehr durch den Trieb nach Essen und Trinken als durch den Sexualtrieb dirigiert wird.«

Müller: »Das mag bei den Künstlern, die permanente Hunger- und Durstleider sind, wohl der Fall sein. Aber die größere Mehrzahl der Menschen lebt eben normal.«

Ich: »Dem wird die größere Mehrzahl der Menschen nicht beistimmen. Doch schweifen wir nicht ab! Ist es denn nötig, daß wir unsre Organe so gebrauchen, wie alle andern Menschen es tun? Können wir nicht unsre Eßwerkzeuge zu reinkünstlerischen Empfindungsorganen umbilden? Und können wir nicht mit dem Sexualsystem genau so verfahren? Die Umbildung der Organismen liegt nach meiner Meinung in den Absichten der Natur.«

Müller: »Das heißt: die Unnatur auf den Thron setzen. Du bist ein Hoherpriester der Unnatur. Du leidest an einer krankhaften Neigung zur Bizarrerie.«

Ich: »Ich halte mich augenblicklich für gesund. Ich will allerdings ein ganz besondrer Mensch sein – und das paßt dir natürlich nicht.«

Wir ritten langsam im Schritt durch die helle Nacht. Die Hufe der Pferde klapperten geisterhaft. Es war schrecklich ruhig in der Luft. Niemand sprach ein Wort. Die Kosaken schwiegen wie wir.

Und dann fragte Müller was Andres – nämlich:

»Hältst du die Verbrecher ebenfalls für eine Offenbarung des Weltgeistes?«

»Selbstverständlich«, erwiderte ich, »vom höheren Gesichtspunkte aus halte ich Alles für gut und vortrefflich – auch das, was wir böse nennen, weil wir's nicht begreifen. Die Verbrecher bringen immer eine gewisse Bewegung in die menschliche Gesellschaft, die ganz in Untätigkeit geraten würde, wenn's keine Aufrüttlungen gäbe.«

Wieder dumpfes Schweigen.

Der Herr Rechtsanwalt hielt es offenbar nicht für nötig, mir zu antworten.

Um unsre Unterhaltung wieder lebhafter zu gestalten, erzählte ich was Lustiges – ich sprach:

»Lieber Egon! Etwas hab' ich dir noch nicht erzählt. Du weißt, daß ich den erotischen Dualismus nur für was Reinmenschliches halte; die Fortpflanzung findet schon auf der Erde bei weniger entwickelten Wesen durch Teilung und bei den Sternen offenbar nur durch einfache Verschmelzung zweier Weltkörper statt. Somit glaube ich, daß auf den andern Planeten unsers Sonnensystems die Fortpflanzung *nicht* dualistisch arrangiert wird. Könnten nicht z. B. auf dem Mars zu einem Weibe immer fünf Männer gehören – und auf dem Uranus zu zwei Männern immer drei Frauen? Würden nicht dadurch die Ehe- und Liebesverhältnisse auf diesen Planeten ganz andere Weltanschauungen erzeugen müssen? Würde man auf diesen Planeten nicht ganz andre Worte für die ›Liebe‹ in den Romanen verwenden müssen? Ist das nicht Hypererotik? Interessiert dich so was nicht?«

Egon lachte – es klang aber nicht herzlich.

Die Glocke unsrer Harmonie hatte einen Riß bekommen. Ganz unmerklich begann in unserm Innern eine Erkaltung.

Die Menschen nähern sich und entfernen sich wieder.

Das alte Lied!

Das ständige Thema unsrer irdisch-menschlichen Romane!

Im richtigen antierotischen Roman dürfte eigentlich nur eine einzige Person auftreten.

Ganz so weit bin ich leider noch nicht.

Die Sehnsucht nach dem Verstandenwerden ist gleichfalls nur was Niederes – Dualistisches.

Der Zweite ist sehr überflüssig.

Es gäbe nichts Böses auf Erden – kein böses Prinzip mehr – wenn sich die Fortpflanzung der höheren organischen Wesen auch nur durch Teilung vollzöge.

Ist hier auf Erden das Höhere was Niedrigeres?

Labyrinthe überall!

Padua bleibt eben Padua!

Diesen Satz wird ebenfalls kein Mensch verstehen – ich versteh' ihn selber nicht.

Wände, dicke Wände, dunkle Wände umgeben uns und sperren uns ein.

Nur Müller hat's gut. Der weiß Alles und kommt nie in Verlegenheit. Er hat's so bequem. Er geht nie aus sich heraus, denkt niemals kompliziert, bleibt beim Einfachen, ist immer bedacht und verwickelt sich niemals in Widersprüche.

Ich nehme mich ihm gegenüber immer sehr zusammen und rede nur, was ich mir schon hundert Mal zurechtgelegt habe, daher habe ich auch die vielen Reden so genau behalten. So fließend wie ich sie geschrieben, sind sie wohl Müllern gegenüber nicht herausgekommen – doch der Inhalt ist präzise wiedergegeben – ganz präzise – fast pedantisch genau!

Noch einmal flackerte unser Gespräch in jener hellen Nacht auf – kurz und bitter:

Müller: »Bist du nicht sehr schwächlich?«

Ich: »Ich denke nicht dran! Ich bin sehr kräftig. Wie kommst du auf die Frage?«

Müller: »Du willst dich doch nicht fortpflanzen, du hast doch Antipathie gegen die Vaterschaft!«

Ich: »Das ist ein Zeichen von Stärke. Nur Schwächlinge pflanzen sich fort, die selber mit ihrer Körper- und Geisteskonstruktion nicht zufrieden sind.«

Müller: »Dann ist also der alte Herkules ein Schwächling.«

Ich: »Selbstverständlich! Schwächling im Gehirn – doch so einfach!«

Müller: »Hast du nicht Antipathie gegen die erotischen Schwächlinge?«

Ich: »Fällt mir nicht ein – habe nie Antipathie – Alles Weltgeistoffenbarung.«

Müller: »Der Unsinn auch?«

Ich: »Ja! Der Wahnsinn desgleichen.«

Müller: »Wirst du denn nicht mal die erotische Literatur bekämpfen?«

Ich: »Nein, ich will nicht! Willst du der Anwalt der erotischen Schwächlinge sein? Brauchst nicht!

Ich bekämpfe Niemanden! Du hast also nicht nötig, Jemandem Beistand zu leisten.«

Müller: »Kränkt es dich nicht, daß so viele Männer eine so schwächliche Neigung fürs weibliche Geschlecht offen zur Schau tragen?«

Ich: »Mich kränkt gar nichts. Ich schaue die Welt nicht mehr mit menschlichen Augen an.«

Müller: »Mit dir ist Nichts anzufangen!«

Na – wir waren weit genug gekommen.

Der Verkehr begann ungemütlich zu werden.

In der nächsten Schänke las ich daher dem ärgerlichen Egon wieder mal was vor, er hatte mich seltsamer Weise darum gebeten.

Im Tabaksqualm bei Talglicht und Wuttki las ich laut, daß die Russen verwundert aufschauten:

LOMPÛSCHEK.

Eine Bummlervision.

Lompûschek, der Gott der Gelangweilten, wandelte langsam durch die Straßen einer großen Stadt.

Und er sah die an, die zu ihm beteten, und es ergriff ihn Mitleid.

»Ich möcht' euch erlösen«, murmelte der Gott so vor sich hin.

Und bald gefiel er sich als Erlöser so gut, daß er sich sichtbar machte – und aussah wie ein einfacher Mensch.

Er ging aber ganz ruhig als Mensch weiter.

Plötzlich riefen drei andre Menschen neben ihm: »Siehe, da bist du ja!«

Lompûschek erschrak, merkte jedoch gleich, daß er für den alten Bummler Ewald Krämer gehalten wurde, lächelte darüber, ließ sich's gefallen und ging mit den drei Menschen in die nächste Kneipe.

Krämer, der verkappte Gott, war heiter und brachte das Gespräch auf Lompûschek – auf sich selbst – den Gott der Gelangweilten.

Da ward Allen gleich sehr andächtig zumute – denn Lompûschek war »ihr« Gott.

»Langweilt ihr euch?« fragte der nun.

Und der eine der drei Menschen erwiderte:

»Wir bekämpfen doch die Langeweile! Dazu sind wir doch in die Kneipe gegangen. Wir vertrei-

ben die langweilige Stimmung – wie du ja siehst – durch Essen, Trinken, Rauchen, Lesen, Spielen, Reden, Weiber, Witze, Prostrufen, Bezahlen, Schimpfen, Verleumden und ähnliche Scherze. Mein Gott, das weißt du doch!«

Der Gott fühlte sich ein bißchen überflüssig.

»Ich wollt' euch erlösen!« sprach er ernst.

»Aber Ewald!« rief man im Chor.

»Ich bin Lompûschek, der Gott der Gelangweilten, euer Gott!«

Also entgegnete der vermeintliche Ewald Krämer im tiefsten Ton und im tiefsten Ernst.

Natürlich – dröhnendes Gelächter auf allen Seiten.

»Ewald Krämer erlöst uns!« schrie laut der eine Mensch.

»Nein, ein Gott erlöst euch!« schrie der Gott.

»Wovon?« fragte man.

»Von der langen Weile!« donnerte der Gott.

Alle brüllten wie uralte Germanen.

Der eine Mensch rief dazwischen:

»Die Sache ist einfach! Krämer, pump' uns tausend Taler, dann sind wir ganz bestimmt erlöst!«

Ein Andrer stotterte unter Tränen lachend:

»Krämer, schmeiß' – 'ne – Bowle!«

Dann aber war der Stuhl, auf dem Krämer gesessen hatte, plötzlich leer ....

Und die Menschen hörten ein Sausen in ihren Ohren.

»Hat uns der Gott wirklich erlöst?« fragten die Menschen lachend.

Sie wunderten sich über den leeren Stuhl.

Ihnen kam die Sache schon ein bißchen unheimlich vor.

Und als es plötzlich still geworden, ward eine Stimme in der Kneipe gehört – die sprach weise – bedächtig – langsam:

»Lompûschek ward selber durch euch gelangweilt. Er muß sich erst selber von der langen Weile erlösen. Wartet nur auf die Erlösung! Wartet! Werdet genügsam und ernst! In eurer letzten Stunde komm' ich wieder.«

Nach diesen Geisterworten trat der wirkliche Ewald Krämer in die Kneipe –

Die Menschen faßten sich an den Kopf.

Einige glaubten, ihre letzte Stunde sei gekommen.

– – –

»Lompûschek, wir beten dich an!«

Also sprachen die Menschen, indem sie ihre Biergläser leerten.

Krämer machte große Augen.

Lompûschek aber war schon weit fort.

Müller bestellte hiernach Grog von Arak – auch für die zehn Kosaken.

Und beim siebenten Glase wollte er was ganz Besonderes.

Ich machte meinen Freund mit meiner ekoraläpsischen Richtung bekannt, die das Verstandenwerdenwollen bekanntlich längst überwunden hat---

Ich las gleich eine interessante Geschichte, die der erwähnten Richtung »voll und ganz« angehört:

KIKAKOKÚ!

Ekoraláps!

Wîso kollipánda opolôsa.
Ipasátta îh fûo.
Kikakokú proklínthe petêh.
Nikifilí mopaléxio intipáschi benakáffro – própsa pî! própsa pî!
Jasóllu nosaressa flípsei.
Aukarótto passakrússar Kikakokú.
Núpsa púsch?
Kikakokú bulurú?
Futupúkke – própsa pî!
Jasóllu ....

Hiernach wurd's ganz gemütlich.

Ich wetterte gegen den Rationalismus, der Alles verstehen will – und Müller schimpfte mit.

Zuletzt kriegten wir aber trotzdem abermals das Zanken. Ich weiß nicht mehr, worüber wir zankten – – –

Erzürnt sanken wir unter den Tisch.

– – –

Als wir am nächsten Morgen aus unserm Jammer erwachten, und als ich meinen Freund so ingrimmig auf einen Fleck starren sah wie ein Rache brütender Indianer – da wollte ich den Versöhnungsakkord – den Versöhnungsakkord!

Und ich fand ihn in meiner großen Rocktasche.
Und Müller mußt' ihn sich anhören:

DER PANZER DER GELASSENHEIT.

Eine Indianergeschichte.

In einem Winter, in dem's sehr kalt war, besuchte mich jeden Abend ein alter Irokesenhäuptling. Er maß sieben Fuß und zehn Zoll, trank gern Grog von Rum mit Pfeffer und erzählte mir viele lehrreiche Geschichten aus seinem abenteuerlichen Leben. Wir unterhielten uns oft ganz ausgezeichnet, und ich werde die Stunden, die ich der Gesellschaft dieses alten Indianers verdanke, niemals vergessen.

Er war ein Mensch wie alle Menschen, aber eine gute ehrliche Rothaut dabei. Wenn er eine Dummheit gemacht hatte und hernach dahinter kam, daß es wirklich eine solche war, so wollte er sich keineswegs wie so viele andre Menschen weißbrennen, sondern er erklärte vernünftig und ehrlich, er habe wieder mal fehlgeschossen. Mit der Flinte pflegte er natürlich niemals fehlzuschießen – doch sonst im Leben beim Knüpfen und Lösen einfacher menschlicher Verhältnisse – da traf er oft daneben – wie's allen heißblütigen Menschen geht.

Schnurrige Geschichten!

Ich denke mit behaglichem Schmunzeln an so manches Stückchen, das mir mein roter Freund manchmal so trocken vorsetzte, daß ich aus der lachenden oder gerührten Stimmung gar nicht rauskam, und wundre mich zuweilen über meine Trägheit, die mich nun schon so viele Jahre daran hin-

derte, »Kalawîro's Bekenntnisse« – denn Kalawîro hieß mein Freund – zu Papier zu bringen. Seine Geschichte ging mir besonders nah', und da ich alle Geschichten meines roten Freundes nicht zu gleicher Zeit erzählen kann, so will ich mit dieser einen beginnen.

Kalawîro trug einen Panzer; aber mit diesem Panzer, der aus kleinen verrosteten Blechstücken bestand, hatte es seine ganz besondre Bewandtnis.

Ich wohnte gute hundert Meilen von San Francisco entfernt mitten in einem dunklen Walde in wohltuender Einsamkeit. Und wenn mein Freund der Türe meines Blockhauses nahte, so hört' ich schon von ferne die Blechstücke des alten Panzers klirren und klappern. Öffnete ich dann die Türe, so stand da vor mir der ellenlange Indianer mit den langen Messern im Gürtel, mit der Flinte in der Hand und mit dem ledernen Zylinder, den einst ein Berliner Droschkenkutscher getragen haben mochte, auf dem Kopf – und mir ward gleich so recht gemütlich zumute.

Bevor Kalawîro mein Haus betrat, schimpfte er jedes Mal auf meine niedrige Türe; er mußte den ledernen Zylinder abnehmen und sich bücken.

In der Stube warf die Rothaut ihren Bärenpelz ab, und ich stieg auf meinen großen eichenen Tisch und klopfte meinem Gaste mit der Rechten auf die Schulter – zur Beruhigung. Das zwang ihm gewöhnlich ein flüchtiges Lächeln ab.

Saßen wir später beim Grog, so wurden wir beide riesig lustig und erzählten uns unzählige Geschichten.

Die Geschichte seines Panzers erzählte mir der alte Häuptling in einer Neujahrsnacht – so ungefähr:

»Wir hatten lange Zeit in Frieden gelebt, und du weißt, das tut den Irokesen niemals gut; sie werden faul und niederträchtig in Friedenszeiten. Eine ordentliche Rothaut muß in jedem Jahre zwei Mal Menschenblut riechen, sonst ist ihr nicht wohl.«

Diese Einleitung machte keineswegs großen Eindruck auf mich, denn so fing mein Freund beinah' jede Geschichte an. Er war wohl ein gemeingefährlicher Kerl, aber er tat nur denen was, die im Stande waren, ihm gefährlich zu werden. Solchen Leuten gegenüber, die nur selten an Mord und Totschlag dachten, blieb der alte Häuptling immer ruhig. Ich brauchte also keine Angst zu haben, blutdürstig sah ich ja nicht aus. Außerdem ... doch das kommt noch ... den Kalawîro hatte ich wirklich nicht zu fürchten ... im Gegenteil, seine Besuche schützten mich ... im weiten Umkreise hätte mir Niemand was zu Leide getan, da die Indianer sowohl wie die Weißen genau wußten, in wie herzlicher Freundschaft ich mit Kalawîro'n verkehrte.

Nachdem er zwei Glas Grog auf einen Zug geleert, fuhr er fort:

»Sieh, es gibt sehr viele böse Menschen – die spra-

chen hinter meinem Rücken mit wenig Achtung von mir. Dem einen Häuptling, der seit vielen Jahren mein Freund gewesen, gefiel mein lederner Zylinder nicht. Der andre Häuptling behauptete, ich hätt' ihm einen ledernen Sattel gestohlen. Ein dritter nannte mich einen Schwätzer. Ein vierter sagte, ich hätte sein Weib verführt, was von oben bis unten gelogen war. Ein fünfter wollte gar wissen, daß ich vom Kaiser von Rußland den Auftrag bekommen habe, sämtliche Irokesen nach Sibirien zu bringen. Ein sechster Häuptling, ein noch sehr junger Mensch, warf mir vor, daß ich mich von einem Missionar »Lump« habe schelten lassen. Klätschereien! Wahres und Falsches durcheinander! Nun – du merkst wohl, welcher Art die bösen Verleumdungen waren – mehr brauch' ich dir ja nicht zu erzählen. Du wirst dich also nicht wundern, daß ich mal abrechnen wollte und mich deshalb eines Morgens in den Busch legte und die sechs Häuptlinge, die einst meine besten – ja, meine einzigen – Freunde gewesen, mit einer Flinte totschoß. Sechs Kugeln genügten! Die Leichen vergrub ich in einer Höhle!«

Jetzt wurde mir ein bißchen unheimlich. Mir fiel ein, daß ich neulich von Kalawîro'n auch nicht allzu ehrfurchtsvoll gesprochen – und ich fühlte bereits so was Bleiernes in meinen Gliedern.

Sollte mein Freund auch mich über den Haufen schießen wollen?

Ich dachte an die sechs toten Häuptlinge und schimpfte bereits innerlich auf den verfluchten langen Kerl in höchst heftigen Ausdrücken.

Ich spannte in der Tasche mein vergiftetes Dolchmesser auf und wurde dadurch ruhiger.

Kalawîro trank wieder zwei sehr kräftige Glas Grog mit Pfeffer und nahm danach den Faden seiner Erzählung von neuem auf. Er lächelte dabei, wie ein Raubtier lächelt, wenn's Blut sieht, und sprach:

»Weißer Bruder, hör' zu, was mir zustieß! Ich hatte sechs Menschen erschossen. Es waren meine einzigen Freunde. Schändlich ist es, daß nur unsre Freunde hinter unsrem Rücken über uns schlecht reden. Wem wir gleichgiltig sind, der redet nichts Schlechtes von uns. Ich ging damals ins nächste Dorf zu jenem dicken weißen Wirt, der so feinen Branntwein hat, und wollte trinken. Ich bat den Wirt, sich zu mir zu setzen. Der aber hatte keine Zeit, er mußte Wermut abziehen. Ich wollte nun einen Freund holen lassen. Doch da fiel mir ein, daß ich ja meine sechs einzigen Freunde soeben totgeschossen hatte – andre Freunde besaß ich gar nicht. Ich – mußte – also allein trinken! Ich trank allein! Es war entsetzlich! Und ich habe damals geweint. Und ich habe mir dann geschworen, nie wieder meine Freunde totzuschießen – weder dummer Redensarten noch andrer Gründe wegen – allein trinken ist fürchterlich! Himmel! Donner! Die

Feindschaft zieht dem Grog das Mark aus den Knochen!«

Kalawîro weinte wieder – ich auch.

Wir tranken unheimlich.

Ich wußte natürlich nicht, in welchem Zusammenhange diese Geschichte mit dem Panzer stand.

Indessen das erzählte mir mein Freund ein paar Tage später, als wir langsam wieder nüchtern wurden.

Kalawîro hatte damals einem durchs Dorf ziehenden Kaufmann heimlich sein Leid geklagt – und der hatte ihm einen Panzer verkauft – den Panzer der Gelassenheit, der aus lauter verrosteten Blechstücken bestand. Der Panzer der Gelassenheit war kostbar. Der Kaufmann hatte dem Indianer sein Ehrenwort gegeben, daß derjenige, der den Panzer auf dem Leibe habe, stets gemütlich bleibe – gelassen – gelassen!!

– – –

Zuweilen glaubte mein Freund, da ich mich nach der Panzergeschichte gar nicht vor ihm fürchtete, ich hielte ihn für »mürbe«.

Er sagte mir dann mal:

»Sieh' diese Faust an, sie ist drei Mal so groß wie deine! Ein Schlag von dieser Faust auf dein Nasenbein – und dein Nasenbein liegt dir im Magen! Nein – mürbe bin ich noch nicht geworden. Aber man soll auch nicht kleinlich werden in seinem Groll!«

Nachdem er mir aber das gesagt, kam er nie wieder auf das Mürbesein zurück. Ich war ja ganz seiner Meinung.

Der Panzer hatte für den Indianer den Wert eines Amuletts . . . .

Der Alte hat mir, als wir uns später kurz vor meiner Rückreise nach Europa trennten, ein kleines Blechstück des Panzers zum Andenken geschenkt.

Ich trag's noch heute auf meiner Brust.

Und es wirkt sehr wohltuend auf mein Gemüt.

Ich werde täglich gelassener und glaube jetzt gleichfalls an Amuletts – mit merkwürdiger Inbrunst . . . . .

Kalawîro schwur damals, seinen Freunden nie wieder was übelnehmen zu wollen.

Ich tat denselben Schwur – denn das Alleintrinken ist zu fürchterlich! Brrr!

Und die Harmonie ward wieder hergestellt – wir taten's gleichzeitig dem Kalawîro auch im Trinken nach.

Es geht doch Nichts über einen tüchtigen Rausch!

Die Kosaken amüsierten sich wie die Kobolde.

Alles lag an der Erde und trank und rauchte, und die Kosaken schrien sehr.

Da bat ich um Ruhe, langte ein paar dünne Blättchen hervor und las, während die Russen stille waren wie verschüchterte Mäuschen, Verse vor – deutsche Verse:

DAS FLAMMENSCHWERT.

Ein Riesengedicht.

Ich stand in Gedanken
Auf dem großen Weltmeer.
Die Sohlen meiner Riesenfüße
Wurden fein gekitzelt
Von schäumenden Wogen.
Ich sah in die Tiefe.
Da zerspritzten wilde Wellenberge
An meinem großen Zeh.
Wie das ich sah, da dacht' ich so:
»Wellenberge, zerspritzt nur immer,
Wenn ihr nichts Bessres zu tun vermögt,
Auch an meinem großen Zeh!
Es tut ja nicht weh!«
Und siehe! da kommt der Erzengel
Lächelnd aus dem Himmel heraus
Herunter zu mir.
In der Rechten hält er
Ein echtes wackelndes Flammenschwert.
Ich sehe den Engel
Mit lachenden Mienen,
Mit zusammengekniffenen Augen
Wie ein Verliebter an.
Aber nun spricht der gleich:
»Siehst du, hier hast du ein Schwert!
Bekämpfe mit ihm, die dich bekämpfen!

Streite mit Mut wie ein Held!«
Ich bin starr –
Rufe sofort:
»Erzengel, bist du ein Ochs?«
Und ich wende mich stolz gleich ab,
Gehe glitschend auf den Wellen
Ganz nach hinten in eine Ecke –
Wo die schäumenden Meereswogen
An großen Felsen zerschellen.
Dort denk ich nach:
Ich will mich besinnen,
Ob Riesen jemals Kämpfer waren
. . . .
Ich besinne mich nicht. –
»Wirkliche« Riesen kämpfen nicht!
Denn gegen wen sollten –
Riesen wohl kämpfen?
Und dann noch eins:
»Wer kann wohl kämpfen,
Wenn er nicht hassen kann?«
Ich stand in Gedanken
Auf dem großen Weltmeer,
Sann nach über die Bedeutung
Jenes echten wackelnden Flammenschwertes – –
Die Geschichte verstand ich nicht!
»Erzengel bist du ein Ochs?«

Und kaum war mein letztes Wort ›Ochs‹ verhallt, so bekam unsre Freundschaft wieder einen Knacks.

Müller beleidigte mich und warf mir hauptsächlich Genietümelei vor.

Dieser Pinsel!

Als wenn ich nicht hundert Mal auseinandergesetzt hätte, daß ich keinen Menschen für ein selbständiges Wesen, sondern nur für ein Erdorgan halten könnte.

Ich konnte doch schon meiner Unsterblichkeitstheorie wegen nicht an Genies glauben.

Genies müssen immer vollkommen selbständig sein – und wie läßt sich's erklären, daß sich selbständige Wesen nach ihrem Tode mit andern Wesen, die noch leben, vereinen?

Aber Müller nahm Nichts an.

Glücklicherweise endete Alles wieder im bewußtlosen Riesenrausch.

– –

– –

Und ein paar Tage später setzten wir unsre Reise fort – erst auf einem kleinen Dampfschiff einen Fluß – stromabwärts.

Und zuletzt fuhren wir auf Schlitten.

Oh – diese großen Schneemassen!

Und die wilden Pferde!

Und die Wölfe!

Und der Grog!

Und die Kälte!

Es war aber außerordentlich lustig, obgleich mir das rechte Ohrläppchen und der linke kleine Zeh eines Nachts anfroren.

Ich höre noch immer das Gebimmel der kleinen Glöckchen auf den Pferderücken durch die weiten Schneefelder klingen – prächtige Töne!

– – –

Und dann standen wir an einem großen Morgen dicht vorm Eismeer – vor dem grünen großen Eismeer!

Ich las mit jubelnder Stimme in die Meeresbrandung hinein – einen:

AUFSCHREI!

O du goldener Willensschaum,
Spritz hinauf in die kühlste Luft!
O du goldener Willensschaum,
Braus' hinab in die kühlste Gruft!
Umtose mit Korybantengeschrei
Des Lebens langweilige Litanei!

Toll vor Seligkeit war ich!

So überirdisch hatte ich mir das Eismeer doch nicht gedacht.

Das Meer ist das Größte, was wir auf der Erde haben.

Ich wurde ganz kindisch vor Begeisterung.

Und Egon Müller? Was tat der?

Ich kann mir nicht das Lachen verbeißen, wenn ich daran denke. Wenn ich mal traurig bin, brauch' ich mich bloß an jene große Strandsituation zu erinnern, dann werde ich gleich wieder lustig – urlustig!

Egonchen kam – es ist beinah' lächerlich – auch vor dem erhabenen grünen Eismeere aufs Erotische. Und so'n Kerl will gesund sein!

Er empfand das Meer wie ein riesenhaft großes Weib!

Und dann fing er an, mit mir über die Bedeutung des Weibes im allgemeinen und besonderen langes und breites zu reden.

Es war 'ne Tragikomödie, denn ich ging leider in meiner Gutmütigkeit auf sein altes Leib- und Magenthema wieder mal ein.

Sehr gewählt sprach ich allerdings nicht.

Ich behauptete, daß einem vernünftigen Menschen in der Ehe der Alkohol nicht mehr schmekken könnte.

Ich behauptete, daß die Ehe nur durch die Frau in die Welt gebracht sei, was Müllern selbstverständlich erschien.

Ich behauptete, daß nur die Frau ein Interesse am Sexualtriebe hätte – da sie mit diesem beinah' identisch wäre.

Ich sagte schließlich sehr weise:

»Und trotzdem macht die Frau nichts Selbständiges – sie macht nur immer dem Manne, den sie liebt, unbewußt Alles nach. Es ist drum falsch, der Frau den Willen zu lassen. Die Frau muß in jedem Falle brutalisiert werden, denn das nur will sie. Ihr Instinkt sagt ihr, daß nur derjenige Mann ein kräftiges Kind erzeugen kann, der selber kräftig ist und seine Kraft der Frau recht plausibel macht – wobei die Fäuste ganz gemütlich eine bedeutendere Heldenrolle spielen dürfen. Wer seiner Frau einen selbständigen Willen läßt, liebt seine Frau nicht. Die Völker, die die Vergrößerung ihrer Rasse ernstlich ins Auge gefaßt haben, gaben der Frau kein Recht, bei Ehefragen mitzureden. Es kommt nur darauf an, daß dem Manne die Frau behagt; was diese dazu sagt, ist gleichgültig. Und so ist die Schwäche der Frau ihre Stärke – und die Stärke des Mannes seine Schwäche!«

Nach diesen Worten rannt' ich aber schleunigst auf unser Schiff – die Frauenfrage war mir so schrecklich wie das schrecklichste Medusenhaupt.

Ich, der radikalste Antierotiker, soll über die Stellung der Frau ernsthaft nachdenken? Das kann kein Mensch von mir verlangen.

Windsbraut blas' unsre Segel auf!

Es ist Zeit!

Und wir fuhren von dannen.

Müller kam grad noch kurz vor Toresschluß an, beinah' wäre ich ohne meinen Freund abgesegelt.

Als es Nacht geworden und die Sterne funkelten, las ich bei trübem Laternenschein, während kalte Sturzwellen unsre Schmierstiefel umplätscherten:

DER FUNKELNDE.

Ein pädagogisches Scherzo.

»Daß du mir da nicht so viel herumfunkelst – das sag' ich dir!«

Also rief sehr laut Gottvater zu einem sehr beweglichen Stern hinüber.

Der aber wußte nicht, warum er nicht funkeln sollte, lachte Gottvatern vergnügt ins Gesicht und schrie laut, daß es sehr viele Sterne hörten:

»Du! Mir wirst du nicht bange machen! Ich kenne dich schon! Dir machen die Gehorsamen keinen Spaß!«

Und der Stern funkelte nun grad' erst recht.

Gottvater sah's und schwebte höchst befriedigt von dannen.

Unsre Meerfahrt war sehr großartig.

Die Kälte nahm immer zu, und wir tranken den Wuttki aus großen Eiskübeln, in denen natürlich Eis nicht aufbewahrt wurde, da das in genügender Menge an allen Ecken und Kanten kostenlos zu haben war.

Ich schrieb, wenn ich in gute Stimmung kam, dem Müller eine Sentenz ins Notizbuch.

Beim Anblick des ersten Eisberges, der an uns knackend und knarrend vorüberschaukelte, schrieb ich:

»Ein einsamer ›glücklicher‹ Mensch wird im Orient und Occident, am Südpol und am Nordpol so verehrt wie ein Heiliger. Merk dir das! Erinnere dich an mich, wenn du dieses liesest. Mir schwant immer, es wird Alles gut.«

Und wie wir den ersten Walfisch sahen, schrieb ich:

»Man steht noch sehr tief, wenn man geliebt werden will. Man steht noch sehr tief, wenn man verstanden werden will. Es geht auch ohnedem.«

Aber beim Anblick der ersten Seehunde mußte Müllerchen wieder mal eine meiner schönen Geschichten studieren.

Er studierte:

DIE UNVERSTÄNDLICHE SONNE.

Eine Seehundsgeschichte.

Sieben dicke Seehunde schwammen mit ein paar großen Eisbergen aus Grönland hinunter gen Süden, um Lachse zu fressen.

Die Seehunde fanden auch recht viele schöne Lachse, fraßen die gleich mit einem Haps bis auf den Kopf auf, schmissen die Lachsköpfe immer in die See zurück und wurden täglich dicker, so daß die Hunde Gelegenheit fanden, über dies und das nachzudenken.

Der dickste Seehund konstatierte eines Tages, daß die Sonne recht warm zu werden begänne und legte sich auf eine Eisscholle; die andern Seehunde legten sich auch auf die Eisscholle, denn sie waren allesamt recht faul geworden.

Und da die Sonne wärmer und wärmer ward, stürzten die Eisberge um; die Sonne »haßte« das hochaufgetürmte Eis – trotzdem es schöner aussah als die Berge von Stein.

Der Seehund aber, der der dickste war, wunderte sich drob und fragte die andren Hunde:

»Sagt, Geliebte, wozu gibt sich bloß die dumme Sonne die überflüssige Mühe und zerstört fortwährend die großen hohen Eisberge? Es entstehen doch trotzdem immer neue im Norden.«

Die sieben Seehunde lagen mit den dicken Bäu-

chen auf der kalten Eisscholle und dachten sehr angestrengt nach.

Aber die Seehunde konnten die Geschichte sämtlich nicht begreifen – so sehr sie sich auch bemühten, weiter über die Sonne nachzudenken.

Wenn die Sonne Lachse gefressen hätte – das hätten die Seehunde verstanden.

Aber Eisberge umstürzen?

Wozu das?

Wer wurde denn dadurch dicker?

Ja – ja – was unverständlich ist – – – bleibt unverständlich.

Und bald darauf sahen wir Land.

Und dann landeten wir.

Und wir betraten den Strand der russischen Insel Nowaja Semlja.

Es war ein feierlicher Moment für mich.

Auf dieser einsamen Insel wollte ich mich ja ganz und gar der Einsamkeit ergeben.

Vorläufig ging's natürlich noch nicht, denn mein Schatten, mein zweites Ich, der Millionär Müller – wich nicht von meiner Seite – durfte noch nicht weichen.

Wir kauften uns ein festes Blockhaus, das herrlich am Strande in einer Talmulde lag – sehr geschützt und fast warm!

Vor uns – das ewig auf- und abwogende Meer!

Bald donnerte das Meer wie ein Riesenpaukenwirbel – bald hallte es so langsam ab – der Wind war der Dirigent des ewigen Strandorchesters.

Ich war vor Seligkeit ganz aus Rand und Band.

Das grüne Eismeer!

Nein – darüber geht Nichts – Nichts!

Und das große Meer ist doch nur ein ganz kleines Stückchen von der Welt.

Oh – und der Weltgeist!

Wie gewaltig muß der erst sein –

Der Weltgeist ist für uns zu groß – zu groß – zu groß!

Ich schämte mich eines Tages, daß ich es gewagt hatte, nur den großen Weltgeist zu lieben.

Doch die Stimmung ging wieder fort.

Aber die Eisschollen!

Und die Eisberge, die vorüberschwammen!

Und der viele Schnee!

Und der Sturm, der brausende Sturm!

Ein neues Leben begann für mich.

Mit Müllern konnt' ich mich allerdings leider gar nicht mehr vertragen. Wir fanden uns gegenseitig unausstehlich.

Ich sprach nur noch von der Einsamkeit, und das mußte mir Müller selbstverständlich übelnehmen. Ich rief schließlich immer wieder:

»Der Weltgeist ist auch ewig einsam.«

Müller widersprach mir stets und erklärte mir, daß meine alberne Schwärmerei fürs Eremitentum nichts Gesundes sein könnte, da ja die meisten Menschen Gesellschaftstiere seien, und er schloß öfters mit dem lateinischen Banausensatz:

»Vox populi – vox dei!«

Das – mir!

Als wenn ich nicht hundert Mal umständlich gepredigt hätte, daß Alles eine Offenbarung des Weltgeistes genannt werden müßte.

Das Volk soll seine Daseinsberechtigung haben – und ich, der ich keinem einzigen Wesen die Daseinsberechtigung streitig mache, mir wird von diesem Müller fortwährend die Daseinsberechtigung abgesprochen.

Wir verstanden uns ganz und gar nicht mehr.

Die Kluft zwischen uns ward ohne meine Schuld immer größer und größer.

Wir gebrauchten leider sehr viele Kraftworte, die eigentlich meinem Munde wehe taten – doch er fing ja immer an.

Er sagte mir mal:

»Wenn sich ein Mensch für verpflichtet hält, wahllos mit Jedem zu verkehren, der ihm in den Weg läuft, so wird sich dieser Mensch sehr bald nach der Einsamkeit sehnen – na natürlich. Daß es aber eine Rohheit ist zwischen den einzelnen Menschen keinen Unterschied machen zu wollen, das siehst du nicht ein. Bei deiner Allerweltsliebe muß sich ja ein ganz neues Takt- und Zartgefühl ausbilden – ein solches, das Jedem vor den Kopf stößt!«

Hm – er hatte nicht so Unrecht von seinem Standpunkte aus – warum blieb er aber auf dem?

Ja – ja – so'n Eremit kann nicht mit Allen auskommen, deshalb ist er ja Eremit.

Ich bat den Müller um Verzeihung.

Und ich bat ihn noch eine kleine Geschichte von mir zu lesen, die da zeigt, wie Zwei auseinandergehen.

Unwillig durchflog er dies hier:

DER GEIER.

Ein Temperamentsbild.

»Warum lachst du?« So fragte mein Freund.

»Ich lache doch nicht!« sprach ich.

»Geh!« versetzte darauf mein Freund.

»Ich gehe schon – lebe wohl!« Mit diesen Worten ging ich allein – davon – ganz allein – den Landweg hinunter.

Mir zur Linken lagen Beete – doch nicht flach wie sonst im Garten an der Erde – sondern auf kleinen Terrassen, die bis an meinen Ellenbogen reichten.

Auf den Beeten liefen kleine bunte Vögel mit schimmernden Flügeln auf und ab.

Ich wollte die kleinen Vögel necken und warf nach ihnen mit kleinen Erdklößen.

Der eine Vogel hatte den Kopf in einen Maulwurfshügel gesteckt. Ich warf einen größeren Erdklumpen nach diesem Vogel und traf ihn in die linke Seite.

Das Tier hob den Kopf empor – und – und ich sah einen großen starken Geier mit langem sehnigem Halse. Krallen hatte der Geier. Der Geier hatte gar nicht zu den kleinen Vögeln gehört.

Ich griff nach größeren Erdklößen und dachte daran, mit der Linken den Hals des Geiers zu umklammern.

Doch ich fürchtete mich.

Der Geier hatte zu große Krallen.

Der Geier flog empor.

Er sah in der Luft noch einmal zu mir herunter – unbestimmt – ohne Achtung vor mir.

Ich spannte meine Armsehnen fester und wollte dem Geier wieder – Erdklöße nachwerfen.

Aber der große Vogel flog fort.

Und ich war sehr froh – unwillkürlich – allerdings auch etwas beschämt.

Schließlich blieb eine unzufriedene Stimmung in mir zurück.

Er mußte dann jene seltsame Geschichte, die ich »Liebst du mich nicht mehr« betitelt hatte, noch einmal lesen.

Und dann suchte ich, einzulenken, meinte leise:

»Sieh, was mich in die Einsamkeit treibt, mag ja mit – die Furcht vor dem Verletztwerden, die Furcht vor der Antipathie der Andern gegen mich sein. Mißtrauische Naturen werden sehr leicht weltfremd. Und wenn man Alle liebt – Alle, so kommt man leicht dazu, grade nur mit denen zu leben, die allen Andern unausstehlich sind. Das reizt noch mehr ins Eremitentum hinein. Die von dir so viel verspottete Allerweltsliebe ist keine Kleinigkeit. Du hältst sie immer für eine Marotte. Tätest du das nicht, würdest du mich milder beurteilen.«

Wir tranken danach wieder unsrer Gewohnheit entsprechend so siebzehn bis achtzehn Glas Grog, die wir noch ganz gut vertragen konnten.

Doch auch der Grog vermochte uns nicht mehr zusammenzukitten.

Und dann kamen qualvolle Stunden, in denen ich an Allem zweifelte und an Allem beinahe verzweifelte.

Wenn Müller fortging ins nächste Fischerdorf – seiner Arbeit wegen – so stand ich oft stundenlang in der strengsten Kälte vor der Haustür und dachte nach.

Ein buntes Gewirr der feinsten Gedankenfäden schob sich kaleidoskopartig vor meinen Augen übereinander und verwirrte mich.

Ich fand mich plötzlich nicht mehr zurecht.

War denn die Gesellschaft wirklich so furchtbar störend?

Hatte sie nicht viele gute Seiten?

War mein asketisches Bemühn auch was ›Weltumfassendes‹?

War die Keuschheit tatsächlich so unbedingt notwendig?

Ich bin ein sehr schlechter Prophet, denn ich vergesse so vieles – ein guter Prophet darf das, was er mal für richtig erkannt hat, nicht anzweifeln und nicht vergessen, er muß mit stiermäßigem Fanatismus an die Wahrheiten, die er mal gefunden zu haben glaubte, glauben.

Es ist sehr dumm, wenn man für klüger gehalten wird, als man ist.

Es ist aber auch sehr dumm, wenn man viel viel klüger ist als die Klugen.

Aber trotz alledem! – mein Zweifeln warf meine Überzeugungen doch nicht so leicht über den Haufen.

Ich glaubte sehr bald wieder an die Beseligung des Asketen- und Eremitentums mit der alten Inbrunst.

So ganz ohne Fanatismus bin ich doch nicht.

Ich denk' nur zu viel nach – und dabei vergißt man zu viel – was eigentlich drollig ist.

Aber – fängt man erst zu denken an, so hört man nicht so leicht wieder auf.

Die Künstler und Dichter, die das Denken ein für alle Mal zum Fenster hinauswarfen, sind vielleicht – sehr gescheit!

Ich las, als mich Müller eines Abends im Schnee nachdenken sah, noch ein kleines Scherzo vor, das so in die Situation paßte wie kein anderes:

DER ALTE GRÜBLER UND DIE VÖGEL.

Ein Nachdenker-Scherzo.

»Steh nicht so lange da unten am Bach – der Wind weht heftig, und große Wolken ziehen herauf.«

So rief ein altes Weib einem alten Manne zu.

Und was tat er – der alte Grübler?

Er sagte kalt: »Ach was!«

Und dann kam der Sturm und dann der Regen, und der Himmel ward schwarz wie Pech, und die Vögel versteckten sich, denn sie bekamen Furcht.

Aber der alte Grübler – – – der rührte sich nicht.

Er dachte gar nicht daran.

Er hatte verlernt, noch was zu fürchten.

Er dachte nur immer nach.

Und wer das Nachdenken kennt, der weiß, wie zeitraubend das ist – man verlernt Alles dabei.

Daher ward der Alte auch naß, und sein Haar ward zerzaust.

War er nun klüger oder dümmer als die Vögel?

Das ist die große Frage!

Ja – ja – ist es nicht merkwürdig, daß man über so viele Dinge nachdenken *kann, bei denen man sich gar nichts* denken *kann?*

Darüber mußte Müller schrecklich lachen.

Ich aber sprach ganz ernst über die religiöse Bedeutung des Humors – erklärte jeden echten Humor für was Religiöses.

Der religiöse Humor fand bei Müllern natürlich wieder keinen Anklang. Müller verstand ja Nichts von der Religion.

Ich empfand damals den Weltgeist oft als unendlich feinen Äther, der mir kühlend um die Schläfe zu wehen schien.

Die Existenz der Materie schien mir endgültig überwunden – mir war so, als ginge ich stets auf feinen Luftwellen.

Alles schaukelte in mir.

Ich zweifelte wieder an Allem.

Wenn, dachte ich, selbst die Existenz des Raumes mit gutem Rechte angezweifelt werden kann, so kann man auch – nein, so muß man auch die Existenz des Weltgeistes anzweifeln.

Und dann fallen alle meine tiefphilosophischen Theorien wie Kartenhäuser durcheinander – und ich kann wieder in wüstester Gesellschaft im Unsinn schwelgen – und kann mir tausend Frauen kaufen wie König Salomo – und kann wieder wie mancher andre Prophet blödsinnig konstatieren, daß Alles – Alles Unsinn ist.

Ach ja!

Wir brauchen leider – einen Glauben!

Wenigstens brauchen wir einen Glauben von Zeit zu Zeit.

Ich fühlte mich schrecklich unglücklich.

Vor Verzweiflung überredete ich den Müller, mal mit mir zusammen auf die Eisbärenjagd zu gehn.

Er willigte ein – und in einer Nacht ging's los.

Als wir jedoch plötzlich ganz in der Nähe einen Eisbären brummen hörten, kniffen wir aus und kletterten auf eine hohe Tanne.

Oben angelangt wunderten wir uns natürlich nicht wenig, daß an dieser Stelle auf Nowaja Semlja eine Tanne gewachsen war.

Aber – es gibt eben Wunder.

Wir tranken unsern Wuttki, ließen den Eisbären brummen, rauchten und – und ich las beim hellen Scheine der großen Sterne, die wie Weihnachtskerzen zwischen den dunkelgrünen Tannenzweigen glitzerten, laut in den kalten unendlichen Weltäther hinauf:

KRIETZE UND KRATZE
ODER
DAS NEUE GEMÜSE.

Ein Märchen.

Krietze und Kratze – zwei gutmütige Zwerge – hatten sich freundlich an die Hand gefaßt und gingen so zusammen nachdenklich durch die Mondlandschaft.

Der Vollmond blinzelte drollig nach einigen weißen Wolken hinüber.

Und da rauschte was durch die Luft.

Krietze und Kratze blickten empor und sahen über ihren Köpfen die Gondel eines Luftballons hin und her baumeln.

Ein paar Augenblicke später stand die Gondel auf der Erde. Der Luftballon oben war knallrot und riesig groß.

Indessen – der Gondel entstieg ein hagrer unheimlicher Geselle mit grünen Katzenaugen. Der lachte sehr höhnisch, reichte Krietzen und Kratzen die Hand und sprach:

»Na, Kinder, wollt ihr mal mit meinem Ballon zum Monde hinauffahren?«

»Geht das denn?«

Also fragt mit aufgezogenen Augenbrauen der kleine Kratze. Aber der unheimliche Geselle lacht darüber, ruft laut: »Hihalláh! Hihalláh!« – setzt

Kratzen und Krietzen in die Gondel des Luftballons und geht rasch von dannen dem nahen Walde zu, in dem 's sehr dunkel war.

Die beiden Zwerge sehen sich verwundert an. Doch – Herr, du meine Zeit! – da fliegen sie auch schon empor – grade dem Monde zu – so als wenn der Luftballon genau wüßte, wohin's gehen soll.

Die Sache kommt den unfreiwilligen Luftfahrern anfänglich recht bedenklich vor.

Jedoch nach einiger Zeit finden sie sich in ihre seltsame schaukelnde Lage.

Die Erde liegt wie ein großer Teller unter ihnen – und der Mond – ja der scheint gar nicht mehr so fern zu sein.

Der knallrote Luftballon fliegt immer schneller. Die Gondel wackelt ganz gehörig. Die beiden Zwerge halten sich an den Stricken fest, mit denen das wackelnde Fahrzeug an den Ballon gebunden ist . . . . .

Es ist ziemlich still da oben in der Luft. Nur ein leises Pfeifen ist hörbar. Das wird allerdings immer stärker – es kommt vom Monde.

Krietze kuckt neugierig zum Monde hinauf – und – und glaubt seinen Augen nicht trauen zu dürfen. Da ist ein Altan unten am Vollmond, und auf dem Altan steht ein Mann – der pfeift.

Der knallrote Luftballon fliegt immer schneller. Die Gondel schießt mit einem mächtigen Rucke seitwärts und stößt an den Mondaltan.

Der Mondmann greift die Gondel, hält sie, sagt »guten Abend« und bittet die kleinen Zwerge, nur ruhig näherzutreten.

Na – Krietze und Kratze klettern denn auch raus aus der Gondel über das Geländer auf den Altan. Das Geländer, das den Altan umgibt, ist breit.

Der Mondmann schüttelt den Kleinen gemütlich die Hände und flüstert lächelnd – geheimnisvoll: »Kommt, Kinder! Ihr seid recht lange geblieben. Meine Frau wartet schon mit dem Abendbrot.«

Und bald darauf sitzen Krietze und Kratze beim Abendbrot an einem viereckigen Tisch; der Mondmann sitzt der Mondfrau, Kratze Krietzen gegenüber.

– – – –

Es ist urgemütlich im Wohnzimmer des guten Mondmanns.

Die Magd trägt ein braunes Pilzengericht auf und kuckt dabei die kleinen Zwerge so von der Seit' an – sie kann sich das Lachen nicht verbeißen und geht schnell wieder raus. –

Die große Zimmeruhr tackt in ihrem breiten großen Eichenkasten würdevoll und langsam nach rechts und nach links und dann wieder so und wieder . . . .

Große dicke Schränke stehen an den Wänden, und blau bemalte Vasen stehen auf den Schränken.

Die Möbel sind alle aus dunkelbraunem Holz, und die Sessel sind sehr breit, mit gepreßtem Leder überzogen und so großväterlich, daß die kleinen Zwerge auf diesen Sesseln urdrollig aussehen.

Grüne Papageien sitzen in schaukelnden silbernen Ringen.

Der Fußboden ist sehr sauber weißgescheuert. Kleine muntre Katzen spielen auf den Dielen mit einem schwarzen Gummiball. Die kleinen Katzen sind grau. Die Mondfrau sieht immer erst die kleinen Katzen und dann die kleinen Zwerge an.

Dabei essen aber Alle. Die braunen Pilze schmecken gradezu ausgezeichnet – prachtvoll schmecken sie.

Kratze ruft laut: »Prachtvoll!« und hebt den linken Zeigefinger steif in die Höh'. Krietze meint dazu: »Ja, wirklich!« – mahlt sich ein bißchen Pfeffer rüber und reißt dann plötzlich seine Zipfelmütz' vom Kopf. Kratze macht ihm das sofort nach.

Mondmann und Mondfrau lachen laut auf.

Die Zwerge wollen sich entschuldigen.

Aber die Mondfrau sagt: »Eßt nur!«

Er, der Mondmann, sagt: »Erst essen – dann reden!« Sagt's im tiefsten Baßton. Und sie essen.

– – – –

Das Tischtuch war schneeweiß.

Die Teller waren blau bemalt wie die Vasen auf den dicken Wandschränken. Links von jedem Teller stand ein feines, bunt schillerndes Spitzglas, in dem frische, gelbe Anemonen steckten, und rechts von jedem Teller stand ein großes Glas Milch.

In der Mitte der Tafel thronte sehr appetitlich eine große flache Schale – ganz bedeckt mit Walderdbeeren, die zwischen ihren grünen Blättern so friedlich dalagen, als wenn sie schlummerten.

Und über dem Tisch hing eine dicke Lisakárro-Ampel.

–––-

Kaum haben die beiden Zwerge den letzten Pilz aufgegessen, so bringt auch schon die Magd neue Teller herein – für die Erdbeeren.

Bei Milch und Erdbeeren fängt die Mondfrau zu reden an:

»Krietze und Kratze«, beginnt sie, »ihr wundert euch wohl sehr, daß ihr hier plötzlich bei uns seid, nicht wahr?«

»Ja«, versetzt Kratze höchst eifrig, »so haben wir uns den Mond doch niemals vorgestellt. Wir dachten immer, der Mond sei nur eine große Kugel – und weiter Nichts!«

»Kinder, ihr dürft nur«, erklärt die Mondfrau »ja nicht immer gleich glauben, was die dummen Menschen zu erzählen pflegen. Erstlich mal sind wir gar nicht so weit von der Erde entfernt – nicht viel mehr als zehn Meilen ist der Mond von der Erde ab – alsdann müßt ihr wissen, daß der Mond nicht eine Kugelform sondern eine Tonnenform besitzt – das werdet ihr später schon noch sehen. Außerdem ist Alles, was die Menschen sonst noch über den Mond fabeln, unglaublich dumm!«

»Ei!« entgegnet drauf der kleine Krietze, »das wundert mich nicht wenig – doch doll! – wie verhält sich's denn nun – im übrigen mit dem Monde? Ihr lebt hier sehr gemütlich. Lebt ihr hier ganz allein? Arbeiten müßt ihr nicht, nein? – oder doch?«

Das Ehepaar lächelt – so recht verschmitzt.

Der Hausvater stopft sich eine lange Pfeife mit Tabak, gibt Krietzen und Kratzen zwei kleinere Pfeifen – die drei Männer stecken sich die Pfeifen an – und der Hausvater beginnt seine wohlvorbereitete Rede – wie folgt:

»Oh, ihr Zwerge, ihr wollt wohl wissen, was wir hier tun. Ich will's euch erzählen. Es ist das nicht so einfach. Seht mal! Als der liebe Gott die Erde schuf, da schuf er auch den Mond und setzte uns in den Mond hinein, damit wir auf die Gedanken der Menschen aufpasssen sollten. Davon habt ihr wohl noch nie was gehört – was?«

Die Zwerge schütteln die Köpfe. Der Hausvater fährt in seiner Erzählung fort:

»Ich habe nun mit meinen Gesellen seit Erschaffung der Erde sorgfältig alle Gedanken der Menschheit gesammelt, auf Flaschen gezogen und hinten in unsrer großen Mondtonne aufgestapelt.«

»Ei!« meint da wieder der kluge Krietze, »da habt ihr wohl nur die klugen Gedanken der Menschen aufgestapelt – denn alle menschlichen Gedanken zu sammeln, wäre doch wohl ein bißchen mühsam.«

Nach diesen Worten schlagen aber Mondmann und Mondfrau mit der Faust auf den Tisch, lachen aus Leibeskräften, daß ihnen die Tränen über die Wangen rollen – und daß die kleinen Katzen erschrocken mit Miaugeschrei hinter den Ofen flüchten . . . . . . die beiden Alten lachen, daß die eichenen Wände dröhnen – und daß die Magd neugierig durchs Schlüsselloch kuckt.

Der Mondmann setzt sich, wie er wieder weniger laut lacht, seine große Hornbrille auf die Nase, qualmt riesige Tabakswolken in die Luft und schreit – noch immer lachend – in höheren Tönen als sonst: »Nee, Kinder, grad' umgekehrt wird 'n Schuh draus. Wir sammeln zwar so ziemlich alle menschlichen Gedanken – aber die dummen grad' mit Vorliebe – und nur die klugen stapeln wir nicht gleich auf – die stellen wir in unsren Eiskeller und lassen sie dort so lange stehen, bis sie auch dumm werden.«

Die Zwerge schmunzeln – aber klug sind sie noch nicht aus diesem Gerede geworden.

Kratze äußert zögernd: »So ganz hab' ich das Alles noch nicht begriffen! Das ist 'ne seltsame Geschichte! Was man nicht Alles erlebt!«

Dabei streichelt er seinen Bart und schmunzelt wieder – das sieht so pfiffig aus – daß jetzt alle Vier zu schmunzeln beginnen.

Die kleinen Katzen wagen sich wieder hinterm Ofen hervor.

. . . .

Aber wie der Hausvater abermals reden will, fällt ihm seine gute Frau mit der linken Hand die Luft schüttelnd ins Wort, indem sie hochaufatmend ausruft:

»Weißt du, Vater, geh' nur lieber mit unsren Gästen gleich in den Lagerraum! Zeig ihnen auch den Keller! Die kleinen Männer wissen ja noch gar nicht, was hier eigentlich los ist!«

Hiernach steht sie auf, reicht Vatern und den beiden Gästen die Hand und sagt »Gesegnete Mahlzeit!«

Das sagen die drei Männer auch.

Und alsdann gehen die Drei zusammen – mit ihren Pfeifen – mächtig qualmend – in den Lagerraum.

Sie gehen draußen erst ein paar Treppen rechts hinauf – dann links – dann wieder rechts – und schließlich kommen sie in einen kleinen Saal, in dem stehen viele leere Flaschen.

Kratze, der immer sehr vorsichtig ist, fragt den Mondmann, ob auch das Rauchen den Flaschen nicht schaden könne.

Der Mondmann erwidert dem Kleinen:

»Du meinst wohl, es seien feuergefährliche Gedanken in diese Flaschen gestopft. Hab nur nicht Angst, in denen ist gar nichts drinn.«

Und er öffnet eine große Tür, und alle Drei blikken in den großen Lagerraum hinein.

»Donnerwetter!« ruft Krietze, »so groß ist die Mondtonne? Man kann ja gar nicht bis ans Ende sehen! So viele Gedanken haben die Menschen schon gehabt?«

Natürlich lacht der Mondmann, und einige Gesellen, die in der Nähe weiße Zettel auf bunte Flaschen kleben, lachen mit.

Einer von den lachenden Gesellen wird herangerufen; er soll erklären, was hier im Lagerraum aufgestapelt ist.

Er sagt – und tut erschrecklich wichtig:

»Wir haben hier menschliche Gedanken in die Flaschen zu stopfen. Oben seht ihr das Gewölbe – da ist gar nichts – das heißt, da ist nur das Licht, mit dem der Lagerraum erhellt wird. Das Licht macht auch draußen die Mondscheibe hell – je heller die ist, um so mehr wird hier gearbeitet. Unser Arbeitsraum hat 'ne Röhrenform, daher geht's an den beiden Seiten schräg rauf, und daher ist es oben rund. Denkt euch eine Röhre durch ein dünnes Brett in zwei ungleich große Hälften geteilt, das heißt: das Brett müßt ihr euch hineingeschoben denken in die Röhre! In dieser geteilten Röhre entspräche der größere Teil der Röhre hier diesem Lagerraum – der kleinere dagegen dem Eiskeller, der unten unter dem Fußboden liegt. Hier oben stehen nun in langen, terrassenförmig übereinander liegenden Reihen zu beiden Seiten dieser Tonnenhalle – wie ihr seht – die Flaschen mit den menschlichen Ge-

danken – genau geordnet – es sind lauter dumme Gedanken .... Ihr staunt wohl, wie viel dumme Gedanken auf der Erde ausgedacht sind..... Ja! Ja! Es macht das Ordnen sehr viel Mühe!«

Krietze geht jetzt die Treppen runter in den Saal und nimmt neugierig eine Flasche in die Hand. Mondmann und Kratze folgen.

Auf der dunkelblauen Flasche, die Krietze in der Hand hält, sitzt ein weißer Zettel, der trägt die Aufschrift:

»Verbesserte Fußbekleidungsgedanken!«

Krietze, der an Hühneraugen leidet, muß lachen. Aber er wird immer neugieriger und fragt einen andern Gesellen:

»Sagt mir, lieber Freund, was wird denn aus diesen Flaschen – wozu sind die?«

Der Geselle antwortet mit einer Verbeugung:

»Lieber Herr, die Flüssigkeit in diesen Flaschen wird von uns so lange geschüttelt, bis sie dick wird wie Sirup, diesen Sirup gießen wir in große Steinkruken, die da hinten stehen, und in diesen Steinkruken wird der Sirup bei richtiger Erwärmung schließlich zu Gemüse.«

Krietze schaut Kratzen, Kratze Krietzen an, sie schmunzeln verschmitzt und glauben, der Geselle flunkre ihnen nur was vor.

Doch der Mondmann bemerkt tiefernst: »So ist es!«

Das klingt nun so bestimmt, daß die Zwerge zu zweifeln wagen.

Sie gehen oben links durch die Flaschenreihen weiter in den Saal und kommen allmählich an die Steinkruken. Die Gesellen arbeiten überall sehr emsig, lachen nebenbei aber so viel, daß jeder Fremde glauben muß, die Arbeit mache höllisch viel Spaß. Kratze denkt bei sich: »Die dummen Gedanken der Menschen auf Flaschen zu ziehen muß eigentlich auch eine spaßhafte Arbeit sein.« Und er will sich gleich beim Mondmann als Handlanger verdingen.

Krietze jedoch läßt Kratzen nicht zu Worte kommen, er fragt jetzt höchst neugierig: »Und was fangt ihr denn nun mit dem fertigen Gemüse an?«

Der Mondmann lacht abermals und erwidert:

»Das essen wir!«

»Warum eßt ihr das?« fragt der Kleine weiter.

»Erstlich mal: weil wir doch eben so gut wie die Zwerge und Menschen essen können und essen müssen – zweitens: weil wir nach dem menschlichen Gedankengemüse schrecklich lustig werden und kräftig lachen können.«

Also schallt's plötzlich dröhnend im Chore von allen Seiten als Antwort ....

Da schlägt sich Krietze mit der linken Hand aufs Knie und setzt sich zwischen die Steinkruken auf den Fußboden und fängt – die Pilze wirken schon – auch an zu lachen.

Und da lacht denn bald der ganze Lagerraum – so als wenn fünftausend Löwen heulten – so schrecklich laut schallt das Lachen durch den weiten schönen Lagerraum.

Das ist aber nur das in der Mondtonne übliche, ganz alltägliche Verdauungslachen nach dem Abendbrot.

. . . .

Wie man sich endlich so ein wenig beruhigt hat, tragen ein paar Gesellen den Krietze und den Kratze – dieser lacht jetzt erst – langsam und behutsam die steilen Treppen zum Eiskeller hinunter, allwo die klugen Gedanken so behandelt werden, daß sie allmählich immer dümmer werden.

Der Mondmann folgt und erklärt hier Alles selbst. Die Gesellen und Burschen müssen stille sein.

»Seht, Kinder«, donnert er mit seiner lauten Baßstimme, »dies hier ist meine Strafanstalt. Wer sich oben allzu *laut benimmt, wird hier nach unten geschickt zu den klugen Gedanken. Bei denen hört das Lachen von selbst auf. Nun – allzu lange braucht Niemand hier zu bleiben, aber die Arbeit hier unten will doch auch getan sein. Krietze, du kluger – und Kratze, du vorsichtiger kleiner Mann – wißt ihr nun schon, weswegen wir so sorgfältig mit den Gedanken der Menschheit umgehen?«*

»Na?« fragt Krietze.

»Nee, Kinder, hört!« braust da der Mondmann

auf, »begreift ihr denn nicht, daß wir bloß deswegen die menschlichen Gedanken auf Flaschen ziehen, um daraus Gemüse zu machen? Wir haben's doch vorhin schon deutlich genug gesagt! Was sollten wir nur anfangen, wenn wir uns nicht vom menschlichen Gedankengemüse ernähren könnten? Wir würden womöglich sterben! Wir haben doch nichts Andres zu essen – und essen müssen wir doch auch! Wir leben ja nur von dem Gemüse! Das ist ja unsre einzige Nahrung! Die aber macht lustig! Die erhält frisch! Die scheucht den Trübsinn! Und – daher die Umstände! Für erst eine Nahrung würden wir uns nicht so quälen. Das menschliche Gedankengemüse ist wohl für uns das, was für die Menschen das tägliche Brot ist – aber unser Gemüse ist besser als das tägliche Brot der Menschen. Die dummen Gedanken bekommen uns immer vortrefflich. Wir werden immer lustiger danach! Der liebe Gott verlangte allerdings anfänglich, ich sollt' mit meinen Gesellen bloß auf die menschlichen Gedanken aufpassen – und sollte nur die klugen sammeln und von den klugen unser Gemüse zubereiten – das tat ich aber nicht – denn ich hab' immer meinen Kopf für mich – ich sammelte hauptsächlich die dummen Gedanken und machte grad' aus den dummen unser Gemüse! .... ließ übrigens das Aufpassen – Aufpassen sein. Und der liebe Gott war am Ende gar nicht böse deswegen. Nur die dummen Gedanken der Menschen machen Spaß –

nur die dummen sind leicht verdaulich! Das haben alle die, die in der Welt was zu sagen haben, längst eingesehen. Das Gemüse aus den dummen Gedanken – das ist doch 'ne Nahrung! Wie unglücklich wär' ich, wenn's keine menschlichen Dummheiten gäbe – ich stürbe ja vor langer Weile – – – – – ich könnt' ja mein Lebtag nicht mehr lachen! Von den klugen Gedanken kann man sich beim besten Willen nicht vernünftig ernähren – die machen ja trübsinnig und liegen Einem wie kleine Steine auf dem Magen!«

Alle schmunzelten vergnügt.

Und die beiden Zwerge verstanden den Mondmann – ganz genau verstanden sie ihn – plötzlich war ihnen ein Licht aufgegangen! Alles war zum Lachen! Krietze hatte ein ganz klein wenig schon oben bei den Gemüsekruken begriffen, als er sich hinsetzen mußte, um sich auszulachen.

Jetzt war Alles klar!

Alles war zum Lachen!

Die Zwerge betrachteten die klugen Gedanken, die da in großen Schüsseln nebeneinander standen, mit verständnisvollster Gebärde – wie erhaben kamen sich die beiden Kleinen vor!

Wahrlich – die breiigen, mehligen Suppen, die hier »kaltgestellt« waren, sahen nicht sehr einladend aus – mit den klugen Gedanken konnte man nicht viel anfangen – die waren ja langweilig.

Krietze sagte das ebenfalls – und die Gesellen

stimmten kopfnickend zu, gingen verdrossen wieder an ihre Arbeit, während der Mondmann mit Krietzen und Kratzen langsam durch den Eiskeller zurückwandelte – seinen Wohnzimmern zu.

Unterwegs hielt der Mondmann noch einmal an, nahm auf einem alten Fasse Platz, setzte sich Krietzen aufs rechte und Kratzen aufs linke Knie und flüsterte den Kleinen was ins Ohr.

Er erzählte ihnen ganz heimlich, daß seine Frau demnächst Geburtstag habe – und daß er ihr zum Geburtstag ein neues Gemüse schenken wolle.

»Nun müßt ihr mir helfen«, fuhr er fort, »ihr müßt die Menschen verführen, ganz neue Dummheiten aushecken. Wollt ihr das? Na, wollt ihr? Deswegen hab' ich euch nämlich herkommen lassen. Ihr versteht – nicht wahr?«

Hui – da kicherten die kleinen Zwerge, und sie versprachen feierlich, den Menschen ordentliche Dummheiten beizubringen.

Und Krietze sowohl wie Kratze taten sehr eifrig, sie setzten dem Mondmann auseinander, daß sie ganz besonders berufen seien, Dummheiten auszuhecken – die Menschen sollten schon neue Dummheiten begehen – oh – ganz neue – daran zweifelten die Zwerge nicht.

»Das wäre noch schöner«, prahlten sie, »wenn wir den Menschen nicht einmal ein paar ordentliche Dummheiten aufreden könnten – das können wir Gott sei Dank noch alle Tage.«

Nun – es war gut – der Mondmann glaubte den Kleinen, freute sich und ging mit ihnen zu seiner Frau zurück.

Alle Drei dachten unterwegs nur noch ans neue Geburtstagsgemüse, sie schmunzelten, trugen ihre Pfeifen unterm Arm – und weder Krietze noch Kratze – nicht einmal der Mondmann – dachte daran, die Pfeifen wieder in Brand zu stecken – die drei Köpfe der drei Männer waren so ganz voller Dummheiten, daß jeder einigermaßen vernünftige Gedanke im Augenblicke ganz undenkbar in diesen drei Köpfen sein mußte.

– – –

Etwas später unterbricht ein älterer Geselle die Stille des Nachdenkens durch eine Verbeugung.

»Meister Mondmann«, flüstert er, »die Frau Meistrin schläft schon, sollt' ich sagen.«

»Dann«, versetzt der Meister, »wollen wir uns allein auf unsren Altan begeben. Bring' mal gleich ein paar Flaschen Wein hinaus! den Alten! Wir wollen mal unsren Gästen was Besondres – was ganz Feines vorsetzen. Das Abendbrot war sowieso ein bißchen einfach – nur Köhlergedanken!«

Die Zwerge widersprechen der letzten Bemerkung, aber der Mondmann hört nicht drauf.

Der Geselle bringt den Wein, und bald sitzt der lustige Meister mit Krietzen und Kratzen auf dem Mondaltan – vor vollen Gläsern – in traulichster Stimmung.

Die Drei rauchen und trinken und – werden natürlich schrecklich lustig.

Die Erde liegt unter ihnen wie ein Teller.

Auf den Weinflaschen bemerken die Zwerge kleine rote Zettel – auf den Zetteln steht – in goldenen Buchstaben:

»Weltverbesserungsgedanken.«

Krietzen kommt das natürlich wieder seltsam vor, und er fragt den mächtig qualmenden Wirt:

»Kann man denn aus dem menschlichen Gedankengemüse auch Wein machen?«

– – –

Der Mondmann lacht diesmal nicht – er trinkt, raucht und träumt – träumt so vor sich hin, indem er auf die Erde hinabblickt.

Nach einer Weile spricht er dumpf und tief:

»Seht nur! Wenn ich manchmal hier sitze und so die Menschheit mit ihren Gedanken überschaue, so sehe ich doch auch einige Gedanken, von denen man gewöhnlich nicht sagen kann, ob sie nun eigentlich klug oder eigentlich dumm genannt werden müßten ..... und diese Gedanken sind die »Weltverbesserungsgedanken« – – die stell' ich mir immer beiseite – und wenn diese Gedanken einige Zeit richtig gelagert haben, so werden sie zu Wein. Dieser Wein ist das Feinste, was wir hier auf dem Monde haben. Trinkt ihn, Kinder – und redet nicht! Denkt aber ja nicht darüber nach, ob ihr was

Kluges oder was Dummes vor euch habt! Trinkt! Trinkt!«

Und die Drei tranken.

Sie rauchten aus ihren langen Pfeifen und schauten auf die Erde hinab.

Die Drei tranken, rauchten und schwiegen.

Sie machten sich sonderbare Gedanken über die menschlichen »Weltverbesserungsgedanken«.

Kratze dachte des öfteren: »Ob unser Wirt auch meine Gedanken auf Flaschen ziehen wird?«

Doch er behielt den Gedanken wie so manchen andern stumm in seiner Brust, um nicht zu stören.

Krietze blieb ebenso zurückhaltend, obgleich's ihm schwer ward.

Die Drei tranken zwölf Flaschen.

– – – –

Dann aber graute der Morgen.

Die Mondfrau brachte noch Kaffee.

Indes – die Hände der Zwerge zitterten ..... zitterten – besonders, als sie ein Gebäck zum Munde führten, das mit »Künstlergedanken« gefüllt war ..... und .... und ... mittlerweile .. kam der knallrote Luftballon wieder herunter.

Mondmann und Mondfrau sagten Krietzen und Kratzen freundlich: »Na! Auf Wiedersehen!«

Der Wirt qualmte wieder mächtige Tabakswolken in die Morgenluft und ermahnte noch seine kleinen Gäste, ja nicht ihr Versprechen zu vergessen.

Die Zwerge riefen lustig »Nee! Nee!« stiegen in ihre Gondel, grüßten noch einmal zurück und schaukelten weinselig in die Tiefe hinab. Sie sahen die Erde ringsum schon ganz hell, die Sonne stieg tiefrot aus qualmigen Wolken empor. Und bald hörten die kleinen Zwerge kleine Lerchen zwitschern.

– –

Bald stand auch die Gondel wieder auf dem Erdboden.

Der unheimliche Geselle mit den grünen Katzenaugen – des Mondmanns Hausknecht – kam heran, setzte die Zwerge schnell auf eine taufrische Landstraße – schmiß danach einen großen Sack mit den neusten menschlichen Gesetzbüchern in seine Gondel und fuhr ohne Gruß in die Luft hinauf.

Krietze und Kratze faßten sich aber an die Hand und gingen heiter in die nächste große Stadt – um dort die Menschen zu veranlassen – ganz unglaubliche Dummheiten auszuhecken . . . .

. . . . .

Krietze und Kratze dachten eifrig über die neuen Dummheiten nach – – denn die Mondfrau mußte unter allen Umständen zum Geburtstag ein neues Gemüse haben – dazu mußten die Menschen neue Dummheiten machen – sie mußten . . . . das verstand sich für Kratzen sowohl wie für Krietzen ganz von selbst.

Die beiden Zwerge kamen sich fast bedeutend

vor – und die Menschen ahnten nicht – was sie wieder sollten – manche Menschen glaubten schon, genug Dummheiten ausgeheckt zu haben .... aber sie dachten eben nicht an den Geburtstag der guten Mondfrau – – –

Dieses Märchen hat mich recht erquickt, es ist ein Luftballon, der mich immer wieder über Wasser hält, so daß ich über den Wassern schweben kann.

Müller hatte wohl gar nicht ordentlich hingehört – es war mir auch herzlich gleichgültig.

Wie kam ich bloß darauf, diesen Müller bekehren zu wollen?

Die Zitrone der Liebe hatte ich ordentlich vor seinen Augen ausgepreßt und die trockne Schale warf ich ihm vor die Füße.

Und er, der Herr Müller?

Ach, ich glaube, er haßte mich.

Ich konnte nicht mehr mit ihm sprechen, es war mir unmöglich.

Als wir von unserm Jagdabenteuer schweigend nach Hause kamen, fing Müller an zu nörgeln. Bald hatte er dies, bald das. Ich mußte unter seiner Launenhaftigkeit sehr leiden.

Schließlich warf er mir noch vor, ich hätte ihn zum Trinken verführt.

Das ärgerte mich, ich sagte scharf:

»Lieber Egon, du solltest froh sein, daß du noch trinken kannst!«

Und dann tat ich so, als hätte ich ihm noch was Schönes vorzulesen, lächelte so recht freundlich, kletterte auf unsern Speisetisch, stellte mich auf dem wie ein Denkmal hin und las mit feierlichem Anstande:

WIR, DIE WAHREN GROSSEN MENSCHEN!

Weißt du, wie es kommt,
Daß die Menschen so viel trinken?
Daß sie dabei oft versinken?
Weißt du, wie es kommt?
Hör's! Ich weiß es ganz genau:
Wir, die wahren großen Menschen,
Sind vom Stamm der großen Löwen,
Die da immer einsam leben
Und sich ledern in Gesellschaft –
Wir, die wahren großen Menschen,
Sehn uns aber viel zu häufig!
Müssen drum gewaltig trinken!
Könnten sonst uns nie ertragen!

Das schlug dem Faß den Boden aus.

Müller rief wütend, während ich in Denkmalsstellung stehen blieb auf dem Tisch:

»Das laß ich mir jetzt nicht mehr gefallen. Ich tue Alles für dich, und du legst es bloß darauf an, mich in tiefster Seele zu verletzen. Ich fahre nach den Südseeinseln.«

»Das wird mir sehr angenehm sein«, gab ich spitz zur Antwort.

Ich zitterte vor Erregung.

Sollte die Befreiungsstunde wirklich schon geschlagen haben?

Ich konnt' es kaum fassen.

Mir war so wie einem Gefangenen, der zu lebenslänglichem Kerker verurteilt ist und plötzlich fessellos in einem Wundergarten erwacht – berauschende Blumendüfte wogen dem Armen entgegen, bunte Vögel umflattern ihn, und zwischen den Bäumen oben ist blauer Himmel, Sonnenschein – freie Welt überall! Das Glück ist zu groß; der Befreite weiß noch nicht, ob er wacht oder träumt.

Also war mir.

Und es war *kein* Traum.

Müller gab mir schweigend tausend Taler.

Das überraschte mich.

Donnerwetter, Müller war doch ein steiler Kerl; er trug mir Nichts nach.

Ich hab ihm in überschwänglichen Worten gedankt.

Und dann ist er mit dem nächsten Dampfer abgefahren.

Der Herr Rechtsanwalt Dr. Egon Müller wollte die sibirische Bahn benutzen und dann über Japan nach der Südsee gelangen.

Er ist jetzt wohl schon längst da.

Wie er abdampfte und noch zum letzten Male höflichst die Pelzmütze abnahm und mir grüßend zuwinkte – da rief ich dem Schiffe laut nach:

»Ich liebe dich, Müller!«

Und ich liebte ihn auch!

Es war nicht bloß eine leere Redensart.

— — — — — — — — — — — — — — — — — — — —

Und nun sitze ich hier schon viele Monate lang in der Einsamkeit, wie ich's gewollt.

Und ich kann hier noch sehr lange sitzen, denn die tausend Taler sind sehr viel Geld.

Draußen rauscht das grüne Eismeer.

Und neben mir flackert das rote Kaminfeuer.

Es ist schrecklich behaglich in meinem Blockhause.

Mir fehlt Nichts.

Jetzt kann ich leben.

Und es ist eine große Seligkeit – so allein – so ganz und gar allein mit seinen Träumen zu sein.

Ich muß nur öfters einen bösen Gast verscheuchen, der eigentlich noch schlimmer ist als Müller – es ist der Größenwahn!

Der sucht nur die Einsamen heim – denen raubt er den Frieden – dieser Wahnsinn der Stolzen.

Aber ich krieg ihn schon fort.

Er kommt schon seltener.

Ich bete zum großen Weltgeist, so recht inbrünstig – und dann geht der böse Gast fort.

»Ich liebe dich, Weltgeist!«

Wer das einmal aus vollster Brust in den ewigen Raum – das große Gotteshaus – hineingerufen, der muß Alles lieben – den Bettler und den König, den Narren und den Weisen, den Nüchternen und den Betrunkenen, das Weib und den Mann, den Löwen und den Hund, den Krieger und den Priester, den großen und den kleinen Verbrecher, Feind und Freund, Kind und Greis, die guten und die schlechten Bücher, die verrückten und die vernünftigen Ideen – sind's doch Alles Offenbarungen des Weltgeistes, der überall im ewigen Raume lebt und überall seine Gedanken offenbart. Und diese Gedanken umfassen Alles, was sich denken läßt – Geburt und Tod – immer wieder gleich das Gegenteil von Allem – das Niedrigste neben dem Höchsten!!

Und diese Liebe macht mich selig.

Ich flehe oft auf den Knien den Weltgeist an, er möchte mir allen Haß nehmen, und besonders – die Verachtung!

Oh, ich will Nichts mehr verachten!

Meiner Einsamkeit soll der böse Gast, der mich vernichten will, nicht wieder nahen.

Ich sitze vor meiner Tür auf einer alten Holzbank.

Viel Schnee ist wieder gefallen.

Das grüne Eismeer ist heute *nicht* grün.

Ich weiß nicht, welche Farbe es hat.

Ich sehe heute nicht, ich muß heute so viel hören – das Meer rauscht anders.

Und – mir ist so, als rauschte es eine uralte, mächtige Melodie – die klingt wie:

»Ich liebe dich, Weltgeist!«

Ich muß lächeln – das Meer ist so lustig.

Die Wellen hüpfen so drollig, als wollten sie Witze machen –

Haben die Wellen auch einen religiösen Humor?

Ach, das ganze Weltall lacht!

Der Weltgeist lacht auch!

Und ich lach' leise mit!

Jetzt hör' ich's von allen Seiten – wie ein wildes rasendes Chaos – es ist die alte Melodie:

»Ich liebe dich, Weltgeist!
Du alter alter Weltgeist!«

Ich sinke nieder, ich stammle verwirrtes Zeug – der Weltgeist kommt mir wieder so groß vor – *zu* groß!

»Weltgeist!« ruf ich, »vergib mir, daß ich dich zu lieben wage! Aber ich kann nichts anders! Vergib mir!«

Und es wird Alles immer größer – immer größer!

Ich erhebe mich und geh in mein Haus.

Diese selige Einsamkeit!

»Ich liebe dich, Weltgeist!«

NACHWORT

I

1912, drei Jahre vor Scheerbarts Tod, erschien die von Carl Bleibtreu verfaßte *Geschichte der Deutschen National-Literatur von Goethes Tode bis zur Gegenwart*. Darin schreibt er über seinen dichtenden Zeitgenossen:

> »Die eigenartigste Erscheinung unter allen, die sich auf humoristische Weltanschauung einschworen, bietet *Paul Scheerbart* (geb. 1863), der einerseits ungebundene Sinnlichkeit weniger aufs Erotische als – Gastronomische zuspitzt, andererseits in toller Erfindungsgabe Jules Verne übertrumpft, dessen lehrhafte Ziele er nicht teilt. Glänzende Phantasie paart sich mit hochstrebend barocker Weltbetrachtung, bizarre Ausschweifung der Einbildungskraft steigert sich nicht selten zu Großartigem und Tiefsinnigem. In Scheerbart treffen wir die erste geniale Natur im Kreis unserer Zeitgenossen-Revue. (...) Ein weltbefreiender Welthumor kündigt sich hier an.«

Solch lobende, ja begeisterte Beurteilung war zu Lebzeiten Scheerbarts durchaus keine Seltenheit. Von seinem ersten Buch an fanden sich stets Kritiker, Literaten und Wissenschaftler, die wohlwollend bis überschwenglich auf seine Publikationen reagierten. Dem gegenüber stehen aber auch abwertende Urteile, die so weit gehen, Scheerbart als literarischen Dilettanten zu bezeichnen. In vielen Fällen ist eine so divergente Rezeption für den Autor und sein Werk förderlich gewesen; im Falle Scheerbarts allerdings bewirkte sie keine allgemeine Berühmtheit oder wenigstens allgemeine Anerkennung. Und dies gilt mehr oder weniger bis heute.*

Natürlich ist Scheerbart nie ein völlig Vergessener und Verschollener gewesen, doch hielt und hält sich sein Bekanntheits- und Anerkennungsgrad in Grenzen, obwohl man in den letzten drei, vier Jahren eine Reihe seiner Bücher neu auflegte und hier und da über ihn arbeitete. Warum das so ist, läßt sich nicht mit Gewißheit sagen. Zum einen liegt es sicher im Werk selbst begründet, zum anderen spielen die Biographie und die damalige Berliner Bohèmeszene eine wichtige Rolle. Scheerbart wurde sehr schnell zum Gegenstand extremer Urteile, klischeehafter Äußerungen und Etikettierungen, die immer wieder, bis heute, aufgegriffen wurden und ihn als einen Außenseiter der Litera-

---

* Ausführlicheres zur Scheerbart-Rezeption in meinem Nachwort zur Neuausgabe von *Na prost! Phantastischer Königsroman*, Siegen: Affholderbach + Strohmann 1987. Um Wiederholungen zu vermeiden, genügen hier einige Hinweise bezüglich der Biographie, des Gesamtwerkes, der Zeit etc.

tur abstempelten. Dafür ist, trotz des lobenden Tenors, die eingangs zitierte Passage aus der Literaturgeschichte von Carl Bleibtreu ein typisches Beispiel. Scheerbart sei die »eigenartigste Erscheinung« unter den zeitgenössischen Schriftstellern, er wird als eingeschworener Welthumorist tituliert, seine Sinnlichkeit beziehe sich vornehmlich auf gastronomische Genüsse, es ist von »glänzender Phantasie« und »bizarrer Ausschweifung der Einbildungskraft« die Rede usf. Auch der Vergleich mit anderen Schriftstellern, die längst zu den Großen ihrer Zunft zählten, wird provoziert: Bleibtreu stellt Scheerbart über Jules Verne. Obwohl solch gutgemeinten Bemerkungen längst nicht immer falsch sein müssen, zuweilen auch ganz zutreffend sein mögen, sind sie doch durch genaue Text- und Werkanalyse erst nachzuweisen. Und eben dies ist bis heute kaum in Ansätzen geschehen.

Nicht uninteressant für das Verständnis der Werke Scheerbarts sind seine äußeren, kärglichen Lebensbedingungen, die ein kontinuierliches Schreiben in gesicherter Existenz unmöglich machten:

2

Paul Scheerbart wurde am 8. Januar 1863 als jüngstes von elf Kindern in Danzig geboren. Schon früh verlor Scheerbart seine Eltern, so daß ein Großteil der Kindheit und Jugendzeit unter dem erzieherischen Einfluß seiner Stiefmutter stand, über die er rückblickend in einer autobiographischen Skizze nicht unbedingt Freundliches zu sagen wußte. Die nächsten Stationen eines an äußeren Ereignissen eher armen Lebens waren geprägt durch die Suche nach der eigenen Bestimmung. Schon während seiner Gymnasialzeit in Danzig, aber auch später, interessierten ihn besonders die Literatur und die idealistische Philosophie. Scheerbart bildete sich vorwiegend autodidaktisch weiter. Mit Vorliebe las er Kant und die durch eine pessimistische Weltsicht geprägten Bücher Schopenhauers, dem er sich seelenverwandt fühlte. 1883 leistete Scheerbart seinen einjährigen Militärdienst ab und bezog erstmals eine Wohnung in Berlin. In den Folgejahren reifte in ihm der Gedanke, freier Schriftsteller zu werden. Nach eigenen Angaben fand er »1884 den Übergang zur Kunst«. Nach dreijährigem Wanderleben durch die Kunstmetropolen des Reiches ließ sich Scheerbart 1887 endgültig in Berlin nieder. Zwei Jahre später erschien sein erstes Buch mit dem Titel *Das Paradies. Die Heimat der Kunst*, das formal am ehesten der Jugendstilrichtung zuzuordnen ist. Immerhin dauerte es acht Jahre, bis ein weiterer umfangreicherer Text in Buchform von ihm auf den Markt kam: *Tarub, Bagdads berühmte Köchin*. Das 1893 erschienene Wunderfabelbuch *Ja .. was .. möchten wir nicht Alles!* kann, so schön sich die Geschichten auch lesen lassen, hier vernachlässigt werden, da es gerade zwanzig Seiten umfaßt und nur der erste von fünf angekündigten Teilen verwirklicht wurde.

Zuvor, 1892, hatte Scheerbart zusammen mit Erich Mühsam und Otto Erich Hartleben den ›Verlag deutscher Phantasten‹ gegründet, um sich damit eine Existenz zu sichern. Der Versuch schlug fehl. Durch weitere Publikationen literarischer, journalistischer und essayistischer Schriften, die regelmäßig sowohl in Buchform als auch in Zeitungen und Zeitschriften erschienen, machte sich Scheerbart im Berliner Bohème-Kreis einen Namen und wurde zu einem seiner charakteristischen Vertreter. Er war mit wichtigen Literaten und Künstlern befreundet und gehörte mehreren lokkeren Dichterzirkeln an. Am 13. September 1900 heiratete Scheerbart seine Zimmerwirtin, die ältere Postbeamtenwitwe Anna Sommer. Etwa in jener Zeit intensivierte er auch seine zeichnerischen Aktivitäten. Einige seiner kleinen dramatischen Arbeiten erlebten in den folgenden Jahren auf Berliner Bühnen Uraufführungen. Wegen antimilitaristischer Tendenz wurde ein Stück sogar verboten. Bis 1915 erschienen von Paul Scheerbart ca. dreißig Bücher, die, zusammen mit seinen sonstigen Arbeiten, die vielseitige Begabung dokumentieren. Er schrieb in den drei Gattungen Epik, Dramatik und Lyrik und versuchte sich in allen gängigen Literaturformen, wobei er nicht selten neue hinzuerfand. Besonders erwähnenswert unter den essayistischen Werken ist zum einen das Antikriegsmanifest *Die Entwicklung des Luftmilitarismus(...)*, das den Autor und Kritiker Anselm Ruest veranlaßte, einen Brief an das Nobelpreiskomitee zu richten, worin er Scheerbart nachdrücklich für den Friedensnobelpreis vorschlug; zum anderen ist das Buch über seinen fehlgeschlagenen Versuch der Entwicklung eines Perpetuum mobile einzigartig, für das sich Scheerbarts Verleger Rowohlt starkmachte. Neben den literarischen und zeichnerischen Aktivitäten fanden seine Vorstellungen einer Glashausarchitektur, die er in einigen Büchern beschrieb, in Fachkreisen besondere Aufmerksamkeit. Der befreundete Baumeister Bruno Taut widmete ihm seinen in Köln ausgestellten *Pavillon der Glashausindustrie (1914)*.

Scheerbart starb im Alter von 52 Jahren am 15. Oktober 1915 in Berlin. Über die Todesursache herrscht bis heute noch keine völlige Klarheit. Horst Hussel gibt als Grund für den Tod einen Gehirnschlag an. Andere, frühere Vermutungen brachten Scheerbarts Ende mit dem 1. Weltkrieg in Verbindung. Man machte geltend, daß er aus Gram über die schrecklichen Ereignisse seelisch zugrunde gegangen sei; auch hält sich die Version, Scheerbart habe aus demselben Grund heraus jede Nahrung verweigert und sei eines Hungertods gestorben. In der Tat muß es als wahrscheinlich gelten, daß Scheerbarts schlechter körperlicher Zustand über Jahre und Jahrzehnte hinweg zumindest indirekt zu seinem frühen Ende beigetragen hat. Denn er hatte zu keiner Zeit seiner Existenz als Schriftsteller ein festes Einkommen, ja er war oft dermaßen in Armut, daß er nur selten wußte, wovon er die nächsten Tage leben sollte.

So ist es nicht verwunderlich, daß die Angst um das tägliche Brot aus Scheerbarts Werk direkt oder indirekt abzulesen ist. In den Romanen und Erzählungen läßt er seine Helden in einem kulinarischen Überfluß leben, den er sich selbst immer gewünscht hat, der ihm aber meist verwehrt war. Man merkt den gastronomischen Ausschweifungen seiner Bücher förmlich an, wie er den Spielraum, den ihm seine Phantasie gewährte, für ein besseres, genießerisches Sein, ein Leben aus dem Vollen, gedanklich ausnutzte. Aber nicht nur inhaltlich, sondern auch an der äußeren Gestalt des Œuvres kann man die existentielle Bedrängnis des Autors erkennen. Ein Großteil seiner Arbeiten besteht aus kleinen und kleinsten Literaturstücken und feuilletonistischen Beiträgen, die für eine schnelle Verwendung in Zeitschriften und Tagesblättern konzipiert waren. Ein Leben nur für die Kunst, ein konzentriertes und ausdauerndes Schreiben war für Scheerbart und die meisten seiner Schriftstellerkollegen nicht möglich.

Auf diese allgemeine Misere des Künstlertums um 1900 geht ausführlich Christoph Jeanjour in seiner Dissertation *Sozialphänomenologie der Literatur* ein, die, wie der Untertitel verrät, *Untersuchungen am Beispiel und aus Anlaß von Paul Scheerbarts literarischem Werk* liefert. An vielen Exempeln kann er verdeutlichen, wie das Künstlertum im Laufe der 2. Hälfte des vorigen Jahrhunderts immer mehr in die Abhängigkeit des Marktes gerät, wie sich die Kluft zwischen eigenem Wirklichkeitsverständnis des Literaten und der Lesererwartung vertieft, wie immer mehr Schriftsteller gezwungen sind, sich anderweitig den Lebensunterhalt zu verdienen, und wie die Qualität der Arbeiten darunter leidet. In dieser über 1000 Seiten umfassenden, durch weitschweifige theoretische Diskurse etwas sperrig zu lesenden Arbeit entwikkelt der Autor die These der künstlerischen Identitätskrise, die aufgrund des Antagonismus vom Anspruch des Schriftstellers, frei schaffen zu wollen, und der Abhängigkeit vom Markt zustande kommt. Es ist das Verdienst Jeanjours, das Werk Scheerbarts erstmals unter einem gesamtgesellschaftlichen Blickwinkel betrachtet zu haben, wobei er durchaus zu neuen und für die Forschung interessanten Erkenntnissen kommt, die hier im einzelnen nicht referiert zu werden brauchen.

3

Ich liebe Dich! Ein Eisenbahnroman mit 66 Intermezzos (1897), der erste von insgesamt drei Episoden-Romanen – die beiden anderen erschienen 1898 (*Na prost!* Phantastischer Königsroman) und 1902 (*Immer mutig!* Ein phantastischer Nilpferdroman mit 83 merkwürdigen Geschichten) –, gibt schon im Untertitel das bestimmende Formelement an. In allen drei Fällen wird die Rahmenhandlung durch kleine Geschichten, Intermezzos, unterbrochen, welche sich die zwei oder drei Protagonisten gegenseitig vorlesen. Dabei handelt es sich bei der Rahmenerzählung im engeren Sinne gar nicht um ein tatsächliches Geschehen: Handlung findet eigentlich kaum statt. Wesentlich sind vielmehr die Gespräche der Helden über Literatur, Philosophie, Liebe und Leben. Alle drei Romane sind unterhaltend und durch die aufgelockerte Form, die einfache Sprache und ebensolche Inhalte leicht lesbar. Diese vordergründigen Wirkungsmerkmale haben bei einem Teil der Rezipienten dazu geführt, diese Literatur als minderwertig, zumindest aber als ästhetisch nicht voll durchgestaltet anzusehen. In die gleiche Richtung geht auch Jeanjours Urteil, der die – wie festgestellt – partiell zutreffende Behauptung über die Schaffensmöglichkeiten des Schriftstellers mit Allgemeingültigkeitsanspruch so formuliert, »daß es offenbar unter den herrschenden Produktions- und

Schreibzwängen für einen Schriftsteller ziemlich unmöglich ist, gute, stilistisch und ästhetisch ausgewogene Literatur zu machen.«

Seinem Argumentationsansatz folgend, kommt er auch auf die drei genannten Werke zu sprechen und meint, daß sie sich zwar »in den Untertiteln als Romane« ausgäben, daß es sich aber »bei diesen Romanen, genau besehen, eher nur um verkappte Kurzprosasammlungen (handelt), um die mehr oder weniger notdürftig ein Handlungsgerüst herumgebaut ist.«

Für diese nicht unbedingt neue Auffassung, die den künstlerischen Rang der Romane stark herabsetzt, werden verschiedene, aber wenig zutreffende Begründungen angeführt, die unzulässig pauschalieren: Einer dieser Gründe besagt, Scheerbart habe ohnehin zur kleineren Form tendiert und nicht das Durchhaltevermögen für größere Werke besessen. Dem ist allein für das Erscheinungsjahr von *Ich liebe Dich!* entgegenzuhalten, daß fast gleichzeitig ein Roman erschien, *Tarub, Bagdads berühmte Köchin*, der ohne Kurzprosastücke auskommt und eine durchaus geschlossene Fabel aufweist. Ein zweiter Grund wird darin gesehen, daß Scheerbart für bereits veröffentlichte Literaturminiaturen eine zweite, finanziell einträgliche Publikationsmöglichkeit in Buchform gesucht habe. Gerade aber beim Roman *Ich liebe Dich!* wurde bisher erst für eines der 66 Prosastücke eine Vorerwertung nachgewiesen. Ferner zeigt die Tatsa-he, daß er nach dem Erscheinen der Stücke in uchform jene Kleinkunstwerke kaum noch aus em Ganzen herauslöste und Zeitschriften anbot, aß er die Romane – auch *Na prost!* und *Immer nutig!* –, von denen deutlich mehr Stücke bereits uvor veröffentlicht waren, als Einheit ansah. Als ritten Grund nennt man die Unstrukturiertheit les Arrangements und die Formenvielfalt dieser ntermezzos, die das Provisorische der Romane bloßlegten. Dagegen spricht die thematische und notivische Verknüpfung der Prosaelemente, aber auch deren Verflechtung mit der Rahmenhand-lung. Leider zeigt sich bei einem Großteil der Re-zipienten, daß sie auf genaue Interpretation ver-zichten, die jene Thesen als nicht haltbar ausweisen würde. Jeanjour beispielsweise weigert sich fast programmatisch, am Text zu arbeiten und ›unter-mauert‹ seine Ansicht vom geringen Kunstcharak-ter der Werke durch mehrmaliges Zitieren eines Artikels aus dem Kindler Literatur Lexikon, über-sieht dabei aber, daß die Autorin dieses Beitrags, Mechthild Rausch, ausdrücklich betont, die Rah-menhandlung bilde für die Prosastücke den ästhe-tischen und weltanschaulichen Hintergrund. Des-halb ist meines Erachtens vornehmlich durch den Nachweis der Zusammenhänge von Rahmen- und Binnenhandlung auch der These über die geringe Durchgestaltung der Romane, bei einhergehender detaillierter Textuntersuchung, zu widersprechen. Dies bleibt eine Aufgabe der Forschung.

4

Wie bereits die Gattungsbezeichnung ›Eisenbahn-roman‹ im Untertitel andeutet, handelt es sich bei *Ich liebe Dich!* um die Beschreibung einer Reise, die den Ich-Erzähler Paul Scheerbart, der nicht unbedingt identisch ist mit dem realen Romanautor Scheerbart, und den reichen Rechtsanwalt Egon Müller zusammenführt. Sie treffen sich zufällig im Abteil des Zuges, der sie von der Berliner Station Friedrichstraße dem Ziel Nowaja Semlja näherbringt. Der Leser erfährt, daß Müller die Reise, die auch mit der Kutsche, zu Pferd und zu Wasser fortgesetzt wird, antritt, um die dortigen juristischen Gegebenheiten zu studieren. Anschließend sollen seine Beobachtungen Niederschlag finden in einem Buch mit dem umständlich- wissenschaftlichen Titel *Über die Justizpflege auf der russischen Insel Nowaja Semlja in ihren Beziehungen zu den agrarischen Rechtsverhältnissen der Südseeinsulaner*. Kurioserweise hängt die Reise des Ich-Erzählers auch mit Buchplänen zusammen. Als er nämlich sein fertiges Manuskript den Behörden vorlegt, reagieren sie ungewöhnlich. Die in diesem Werk vertretene Hauptthese, man solle die Dampfeisenbahn durch die moderne elektrische ersetzen, damit die Idee der Dezentralisation der Menschheit wirkungsvoll vollzogen werden könne, stößt auf heftige Bedenken, so daß man das Buch nicht drucken will. Statt dessen schenkt man dem Autor ein Eisenbahn-Freibillet für alle Länder, damit er seinen Groll gegenüber der Dampflok abbauen kann. Während also Müller einen inneren Reiseantrieb hat, fremde Rechtsverhältnisse zu erforschen, treiben bestehende nationale den Erzähler aus dem Heimatland und verhelfen ihm dadurch ungewollt zu einem neuen Eisenbahnroman, eben zu jenem mit dem Titel *Ich liebe Dich!*. Der Titelwahl liegt eine zufällige Begebenheit zugrunde: Es sind die gleichen drei Worte, die die Frau Müllers ihrem Mann beim Abschied, zusammen mit einem »Schreib' bald!«, zuruft, was der Erzähler als Aufforderung nimmt, den Roman bald zu schreiben. Dem Leser wird regelrecht ein ›work in progress‹ vorgeführt, bei dem während der Fahrt das Werk entsteht und die 66 Intermezzos im Roman 66 Eisenbahnstationen gleichkommen. Für die beiden Weggefährten beginnt eine Beziehung, die sich, trotz aller Gegensätzlichkeit in der Weltanschauung und allen wichtigen Fragen des Lebens, von einer schroffen Ablehnung zu einer zeitweilig echten Freundschaft, vom unpersönlichen Sie zum innigen Du entwickelt. Natürlich breitet sich während der Reise ein ausgeprägtes Genußleben aus, wie man es von vielen anderen Romanen Scheerbarts kennt.

Nach vielen heißen Disputen und manch gemeinsam durchzechter Nacht steht am Schluß aber die Trennung bevor. Müller reist weiter in die Südsee, während sein Begleiter als Eremit einsam aber glücklich zumindest so lange in Nordrußland zurückbleibt, wie das Geld, das Müller ihm zum Abschied gegeben hat, ausreicht. Der Zurückbleibende, der fortwährend von seiner Weltgeistliebe redete, macht am Ende die herbeigesehnte mystische Erfahrung. Am Strand sitzend, hört er »von allen Seiten – wie ein wildes rasendes Chaos (...) die alte Melodie:

›Ich liebe dich, Weltgeist!/Du alter alter Weltgeist!‹ /(...) Und es wird Alles immer größer – immer größer!/Ich erhebe mich und geh in mein Haus./Diese selige Einsamkeit!/›Ich liebe dich, Weltgeist!‹«

Sieht man einmal von einigen Bahnbediensteten, Kellnern und einer finnischen Gastfamilie ab, die alle nicht über eine Statistenrolle hinauskommen, wird die gesamte Romanhandlung ausschließlich von den beiden Reisenden getragen. Die Frage nach den Charakteren dieser so unterschiedlichen Helden und ihrer Beziehung zueinander ist deshalb bedeutungsvoll. Schon 1897 fragte Franz Servaes in einer Besprechung: »Wer ist nun dieser Rechtsanwalt Müller?« Er gibt dann folgende Antwort:

»Müller ... hat, ganz wie Schopenhauer's Satz

vom zureichenden Grunde, eine vierfache Wurzel.
Erstens ist er – eben der Erotiker!
Zweitens ist Müller der Repräsentant des reichgewordenen NeuBerlins, ganz Correctheit, Pflichtbewußtsein, Schnurrbart und kalte Schnauze.
Drittens ist ... er ein mit allerliebster Bosheit zusammengerührter Extract von Scheerbart's sämmtlichen ›Freunden‹(...).
Dafür aber ist er auch viertens ... Scheerbart selber, wenigstens ein Stück von ihm.«

Müller, »diese waschechte Romanfigur« (wie der Erzähler ihn an einer Stelle nennt), repräsentiert zum einen das gehobene neureiche Bürgertum, das in seiner platten, kapitalistischen und rationalistischen Denkweise, in der Pedanterie, der naiven politischen Linientreue und besonders in dem von Scheerbart gehaßten Kunstbanausentum genügend Angriffsfläche für karikierende, ironisch-satirische Überzeichnungen bietet – der Erzähler tituliert diese Gesellschaftsschicht spöttisch als ›Trivialismus‹, ja ›Müllerismus‹; zum anderen aber flößt Müller gerade durch seinen Status, aber auch durch gewisse Charaktereigenschaften dem fiktiven Erzähler Respekt und Sympathie ein, weil er selbst diese Dinge schmerzlich vermißt. Es sind einerseits die gesellschaftliche Anerkennung und das gesicherte Einkommen, andererseits die Realitätsbezogenheit und der Sinn fürs Praktische.

Der Erzähler hingegen ist – wie viele der von ihm verfaßten und ihn indirekt charakterisierenden Geschichten zeigen – ein Schwärmer, ein mit überschäumender Phantasie begabter Ästhet, der von einem besseren, d. h. geistigen Dasein für sich und alle Menschen träumt. Obwohl er auch den sinnlichen Dingen nicht abgeneigt ist und die ›Gesellschaft‹ als Zuhörer seiner Philosophie und Poesie braucht, betont er immer wieder nachdrücklich den eigenen antierotischen Standpunkt und sehnt sich nichts mehr herbei als eine durch Einsamkeit und Askese bestimmte Existenz, die in einer von pantheistischer Religiosität getragenen, uneingeschränkten Liebe zu einem allumfassenden Weltgeist ihre Erfüllung findet.

Die Romanfigur Scheerbart braucht also einen Gegenpol in Gestalt Müllers, um die eigenen Ideen zu entwickeln und die ungezügelte Phantasie vorzuführen. Eine Bekehrung des anderen ist jedoch von vornherein ausgeschlossen. Für den Romanschriftsteller Scheerbart ermöglicht die Zusammenführung der beiden Charaktere die virtuose Verwendung verschiedenster Erzählelemente, die eine Unzahl komischer Situationen und lustiger Dialoge heraufbeschwören. Groteske, satirische und phantastische Stilmomente sowie eine dem Inhalt oft unangemessene einfache Sprache oder pathetische Haltung der Handelnden führen fast zwangsläufig zum Aufeinandertreffen von gegensätzlichen Bedeutungsebenen, wodurch die Komik entsteht. Mißverständnisse zwischen Müller und seinem Gegenüber sind ebenso programmiert wie die Erzeugung und/oder Enttäuschung der Lesererwartung. Dabei will Scheerbart nie belehren. In seinen Büchern fehlt das didaktische Element. Nachdenken ist erlaubt und erwünscht, jedoch siegt immer der Humor, das Lachen und das Spielerische. Beispielsweise dann, wenn ein Streit das Schlimmste befürchten läßt, er aber eine überraschende, versöhnliche Wendung nimmt, die besiegelte Freundschaft dann jedoch durch ein falschverstandenes Wort während eines Trinkgelages wieder gefährdet scheint und letztlich doch das Schmunzeln des Lesers provoziert wird, wenn am Ende das Problem verpufft und der verzweifelnde Erzähler über so viel Dummheit des Rechtsanwalts kopfschüttelnd ausruft: »Müller ahnt das natürlich nicht, Müller ahnt überhaupt nie etwas.«

Daß der Roman gar nicht so einfach gebaut ist, wie es beim ersten Lesen erscheinen mag, zeigt sich, wenn man die Geschichten näher betrachtet, die 1. als eigenständige Literaturstücke die Ideenvielfalt und den Bilderreichtum des Verfassers eindrucksvoll demonstrieren und separat interpretiert werden können und 2. in ihrer Funktion innerhalb des Romans, quasi als Literatur in der Literatur, zu sehen sind. Das wird allein durch die Verwirrung deutlich, die sie in die Beziehung der beiden Reisenden bringen. Die Verfasserabsicht deckt sich nur selten mit der Deutung des Rezipienten; manchmal allerdings versteht Müller zu aller Überraschung des Autors die Intention ganz in seinem Sinne. So kann es vorkommen, daß, will der Autor seinen antierotischen Standpunkt durch eine Geschichte demonstrieren, ihm dies als seine Erotik ausgelegt wird. Anders herum fühlt sich der lesende Müller durch die Geschichte *Liebst du mich nicht mehr?* ganz in Einklang mit dem Verfasser. Daß aber das Mißverständnis – und zwar auf beiden Seiten – überwiegt, zeigt ein anderes Exempel. Nachdem zu Beginn eine Skizze vorgelesen wurde, macht Müller dem Erzähler den Vorwurf, der Inhalt läge ihm zu fern. Müller meint tatsächlich den Inhalt; der Erzähler glaubt, die Kritik hinge nur mit der Phantasielosigkeit des Advokaten zusammen, der nicht mehr in der Lage sei, über den Tellerrand seines juristischen Berufes hinauszusehen. So liest er dann die Zukunftsnovellette *Eine Gerichtssitzung im Jahre 1901* vor, die aber nur vordergründig etwas mit der weltlichen Gerichtsbarkeit, vielmehr mit gesellschaftlicher Gerechtigkeit zu tun hat. Da sich in der Skizze nicht zuletzt auch die sozialen Unterschiede des Erzählers und des Rechtsanwalts spiegeln, ist jener gespannt, wie Müller auf diesen Inhalt reagieren wird. Doch statt des erwarteten »hellen Gelächters«, eines »burschikosen Ausdrucks« oder sogar »Liebenswürdigem« kommt »Alles anders, als man gedacht hat«. Müller ruft heftig: »Sie machen sich wohl über mich und meinen Stand lustig! Warum kommt denn kein Rechtsanwalt in dieser Sitzung vor?« Mit dieser Bemerkung – das Vorurteil bestätigend, das der Erzähler vom Juristen zuvor hatte – entsteht zwischen beiden auf engstem Raum ein doppeltes Mißverstehen.

Diese immanenten Verstehensschwierigkeiten erfahren eine Steigerung, wenn das ›Kommunikationsmodell‹ um den realen Schriftsteller Scheerbart und den realen Leser erweitert wird. Der Roman muß nun als Ganzes, vom einen aus als eine Intentionseinheit, von jenem aus als Deutungseinheit gesehen werden. Hinzu kommt, daß die Intermezzos vom Leser ganz anders als von Müller – sowohl einzeln als auch im Romanzusammenhang – interpretiert werden können.

In einer der wenigen poetologischen Aussagen des Romans weist der Erzähler selbst auf diesen Umstand hin: »Wie verschieden doch die Literatur auf die Menschen zu wirken vermag. Ja, es ist wirklich nicht leicht, sich mit klaren deutschen Worten verständlich zu machen.« Der letzte Teil dieses Zitates ist ironisch zu verstehen, da Literatur durchaus nicht bestrebt ist, immer mit klaren deutschen Worten verständlich zu sein. Gerade Scheerbart erschwert das Verständnis traditioneller Literaturformen durch den häufigen Gebrauch travestierender und parodierender Elemente.

Es ist, so glaube ich, deutlich geworden, daß alleine durch die unauflösbare Verknüpfung des Erzählers und seiner Geschichten mit den Interpretationen der Geschichten durch Müller sowie ihre Dispute beider darüber der Zusammenhang von Rahmen- und Binnenhandlung konstitutiv ist, und daß damit die These der Zufälligkeit des Romanaufbaus zurückgewiesen werden konnte. Dies bestätigt auch der Erzähler im Roman, als er Müller erläutert, wie eine neue Romankunst auszusehen hat. In einer grundsätzlichen Bemerkung findet er ein anschauliches Bild, das sowohl die Eigenständigkeit der Stücke als auch deren Zusammenhang mit dem Ganzen betont: »Ein Kunstwerk soll wie ein Opal sein, auf jeder Seite muß man ein neues Farbenblättchen sehen, das auch selbständig einen Wert hat«. Dann fügt er sehr schön hinzu: »doch müssen alle die flimmernden bunten Geschichten von einer einfacheren Masse eingeschlossen sein.«

Man sieht also, daß sich Scheerbart sehr wohl klar darüber war, was er wie dem Leser präsentieren wollte. Die Künstler-Bürger-Problematik, das Spannungsverhältnis von Realität und Phantasie bzw. Erotik und Antierotik sowie Gesellschaft und Individuum – all diese Leitmotive werden in den Gesprächen thematisiert und in den Geschichten künstlerisch behandelt. Das Ineinandergreifen von Rahmen- und Binnenerzählung wird häufig überdeutlich signalisiert, wenn der Erzähler beispielsweise ausführt: »Ich mußte noch einmal lächeln, da es mir plötzlich sehr komisch vorkam, was Müller immer noch nicht bemerkt hatte, daß ich in jeder Situation stets eine Geschichte in der Tasche fand, die in die Situation grade hineinpaßte.« Selbst an einer sehr konstruiert wirkenden Stelle, als ein Schornsteinfeger das Abteilfenster einstößt und der Erzähler die kleine Geschichte *Die zerbrochene Fensterscheibe* vorliest, bemerkt Müller nichts.

Müller ist nicht unbedingt der beste Leser Scheerbarts. Das mag der Grund gewesen sein, warum letzterer sich oft über ihn, d. h. über seinen Leser, lustig macht. Vielleicht hat Gustav Kühl recht, der schon 1897 bemerkte: »Das deutsche Volk hat sich bei vielen Künstlern durch Äußerlichkeiten des Vortrags irritieren lassen, die uns heute den Reiz ihrer Werke nur erhöhen«. Die Äußerlichkeit des Vortrags mag auch besonders deshalb den Leser irritiert haben, weil Scheerbart in seinem Streben nach neuen Formen zu so ganz anderen Ausdrucksmöglichkeiten fand als der gerade etablierte Naturalismus. Als ob Scheerbart die Wirkung seiner Prosa geahnt hätte, setzte er dem Leser in seinem Vorwort ein ironisch-böses Denkmal.

5

Wenn man die Sekundärliteratur nach Hinweisen auf eventuelle Vorläufer Scheerbarts durchsieht, so ist weitgehend eine Fehlanzeige zu registrieren. Man mag beim Wort ›Eisenbahnroman‹ spontan an Tolstois *Kreutzersonate* denken, die 1891, sechs Jahre vor *Ich liebe Dich!*, erschienen ist. Auch in diesem Buch geht es um eheliche Beziehungen und geschlechtliche Liebe, über die die Reisenden – worunter sich auch ein Advokat befindet – während der Fahrt diskutieren; doch scheidet diese Meistererzählung trotz der äußerlichen Parallelen als Vorbild für Scheerbarts Roman aus vielerlei Gründen aus. Mechthild Rausch hat einmal die Vermutung ausgesprochen, Fritz Mauthners wenig bekannte Prosasammlung *Aus dem Märchenbuch der Wahrheit* (1892) käme als Vorläufer zumindest der Intermezzos in Frage. Die Formen- und Themenvielfalt sowie gewisse stilistische und sprachliche Ähnlichkeiten unterstützen diese These, doch sind die Miniaturen bei Mauthner häufig zielgerichtet und mit einer eindeutigen Aussage zu lesen. Scheerbart hat gerade dies zu vermeiden gesucht. Denkt man sich ein Prosastück von Mauthner in *Ich liebe Dich!* oder ein Scheerbartstück bei Mauthner, so fielen sie als Fremdkörper auf.

Interessanter vielleicht als die Frage nach den Vorläufern ist die nach der Wirkung. Schon früh wurde – vor allem von Albert Soergel – darauf verwiesen, daß Scheerbarts Werk – teilweise – expressionistische Merkmale zeige und es darum nachhaltig auf spätere expressionistische Schriftsteller gewirkt habe. Dies ist wohl unbestritten und erfuhr durch die Dissertation *Das Groteske in der Erzählung des Expressionismus (Scheerbart, Mynona, Sternheim, Ehrenstein und Heym)* von Colette Dimic 1960 die wissenschaftliche Bestätigung. – Einer der wenigen konkreten Hinweise, die einen Einfluß Scheerbarts auf einen jüngeren Kollegen benennen, stammt von Klaus Kanzog. Er sieht in seinem Nachwort der *Gesammelten Prosa* Alfred Lichtensteins Scheerbart gleich als ›Erfinder‹ der kurzen Geschichten an: »Die parataktischen Konstruktionen und die ›Schlüsse‹ lassen auch an eine Beeinflussung durch Paul Scheerbart denken, auf den das gattungsbildende Moment dieser ›Skizzen‹ zurückzuführen ist; so erscheint die Stilhaltung Lichtensteins bereits in einigen Intermezzos vorgeprägt, die Paul Scheerbart (›Ich liebe Dich! (...)‹, 1897) mit typischen Untertiteln (...) versah.« – Scheerbart wirkte auch auf die dadaistische Bewegung. Lautgedichte wie *Kikakokú! Ekoraláps!* beispielsweise wurden von Hugo Ball, Kurt Schwitters, Raoul Hausmann und anderen nachgeahmt und zu einer eigenständigen Gedichtform erweitert.

1903 erschien ein Werk des jungverstorbenen Wiener Philosophen Otto Weininger mit dem Titel

Geschlecht und Charakter, das in den kommenden Jahrzehnten einen sensationellen Erfolg feiern sollte. Obwohl ein direkter Einfluß Scheerbarts auf Weininger bisher nicht nachgewiesen werden konnte, erstaunen doch die vielen – bis ins Detail gehenden – Parallelen.

Wie ähnlich besonders das Thema der Erotik und die Frauenfrage behandelt ist, muß verblüffen. Weininger hat viele Thesen, die nicht nur in Scheerbarts Roman *Ich liebe Dich!*, sondern auch in unzähligen anderen epischen, anthropologischen, psychologischen und philosophischen Büchern der Jahrhundertwende immer wiederkehrten – Minderwertigkeit der Frau, Antierotik, Moralverfall usf. –, zu pervertierten Extrempositionen ausgebaut. Sollte ein Einfluß in einer noch zu schreibenden Studie gezeigt werden können, so wäre das ein trauriges Kapitel der Scheerbart-Rezeption. Denn bei Weininger gibt es keinen Humor und kein Spiel; er behandelt alle Fragen mit fanatischem Ernst, die Thesen fordern unsinnige Konsequenzen.

Der Eisenbahnroman *Ich liebe Dich!* präsentiert sich dem Leser zwar nicht ohne Ernst oder Nachdenklichkeit, doch ist das auf eigenartige Weise niveauvoll- artifizielle Werk heiter und unterhaltend. Einem zeitgenössischen Kritiker erschien es »wie eine Art Programm und Präludium zu künftigen größeren kosmischen Poesien«.

Meines Erachtens gehört der Roman als eines der frühen Bücher Scheerbarts bereits zu seinen wichtigsten.

Michael Matthias Schardt